L'homme dans le labyrinthe

J'AI LU

ROBERT SILVERBERG

L'HOMME DANS LE LABYRINTHE	*J'ai lu* 495/**4***
LE FILS DE L'HOMME	
LA TOUR DE VERRE	
LES MASQUES DU TEMPS	
LES PROFONDEURS DE LA TERRE	
LES AILES DE LA NUIT	*J'ai lu* 585/**2***
LE TEMPS DES CHANGEMENTS	
UN JEU CRUEL	*J'ai lu* 800/**3***
LA PORTE DES MONDES	
LES MONADES URBAINES	*J'ai lu* 997/**3***
SIGNAUX DU SILENCE	
LA FÊTE DE DIONYSOS	
SEMENCE DE LA TERRE	
TRIPS	*J'ai lu* 1068/**3***
L'OREILLE INTERNE	*J'ai lu* 1193/**3***
L'HOMME STOCHASTIQUE	*J'ai lu* 1329/**3***
LES CHANTS DE L'ÉTÉ	*J'ai lu* 1392/**3***
LE CHEMIN DE L'ESPACE	*J'ai lu* 1434/**3***
LES DÉPORTÉS DU CAMBRIEN	*J'ai lu* 1650/**2***
LE LIVRE DES CRÂNES	
L'HOMME PROGRAMMÉ	
LA GUERRE DU FROID	
LES DÉSERTEURS TEMPORELS	
AU TEMPS POUR L'ESPACE	
CHRONIQUES DE MAJIPOOR	
LE CHÂTEAU DE LORD VALENTIN	*J'ai lu* 2656/**8***
SHADRAK DANS LA FOURNAISE	*J'ai lu* 2119/**4***
PAVANE AU FIL DU TEMPS	*J'ai lu* 2631/**4***
À LA FIN DE L'HIVER	
COMPAGNONS SECRETS	
L'ÉTOILE DES GITANS	
LA GÉNÉRATION FINALE	
LES GUETTEURS DES ÉTOILES	
UN MILLIARD D'ANNÉES PLUS TARD...	
RÉSURRECTIONS	
REVIVRE ENCORE	
LE SEIGNEUR DES TÉNÈBRES	
LES TEMPS PARALLÈLES	
TOM O'BEDLAM	
VALENTIN DE MAJIPOOR	
LES CONQUÉRANTS DE L'OMBRE	
JUSQU'AUX PORTES DE LA VIE	
GILGAMESH, ROI D'OUROUK	
LE MAÎTRE DU HASARD	

ROBERT SILVERBERG

L'homme dans le labyrinthe

TRADUIT DE L'AMÉRICAIN
PAR MICHEL RIVELIN

ÉDITIONS J'AI LU

Ce roman a paru sous le titre original :

THE MAN IN THE MAZE

1

Muller vivait depuis neuf ans dans le labyrinthe. Maintenant il le connaissait bien. Il savait ses pièges, ses méandres, ses embranchements trompeurs, ses trappes mortelles. Depuis le temps, il avait fini par se familiariser avec cet édifice de la dimension d'une ville, sinon avec la situation qui l'avait conduit à y chercher refuge.

Il continuait néanmoins à se déplacer prudemment. A trois ou quatre occasions déjà, il s'était rendu compte que sa connaissance des lieux, quoique pratique et relativement exacte, était encore incomplète. Plus d'une fois il s'était trouvé au point d'extrême limite, se reculant juste à temps, grâce à un réflexe heureux, pour éviter le jet d'énergie brute barrant soudainement son chemin. Il avait noté ce piège, ainsi qu'une cinquantaine d'autres ; mais dans ses errements à travers le labyrinthe il savait que rien ne pouvait lui certifier qu'il n'en rencontrerait pas un autre jusqu'alors caché et inconnu.

Au-dessus de sa tête, le ciel s'assombrissait, passant du vert luxuriant du crépuscule au noir de la nuit. Muller cessa un instant de contempler les étoiles. Maintenant, cela aussi lui était devenu familier. Sur ce monde désolé, il avait choisi ses propres constellations, fouillant la voûte pour relier entre eux ces points de brillance et dessiner des figures selon son humeur si particulièrement sévère et amère. A présent, elles lui apparaissaient : le Poignard, le Dos, le Sillon, le Singe, le Crapaud. Sur le front du Singe scintillait faiblement une petite étoile qui constituait aussi l'œil gauche du Crapaud. Muller pensait que c'était le soleil de la Terre. Il n'en était pas sûr parce qu'il avait détruit l'étui contenant toutes ses cartes lors de son atterrissage ici ; néanmoins, il avait l'intuition que cette infinitésimale boule de feu devait être Sol. Parfois, Muller se disait que le soleil ne pouvait pas être visible dans le ciel de ce monde situé à quatre-vingt-dix années-lumière de la Terre, et d'autres fois il en était presque convaincu. Derrière le Crapaud, il y avait une constellation que Muller avait nommée la Balance, bien que les deux plateaux ne fussent pas de niveau.

Ici, trois petites lunes papillotaient dans la nuit. L'air était extrêmement léger mais respirable ; depuis longtemps Muller avait cessé de remarquer qu'il contenait trop d'azote et pas assez d'oxygène ni d'acide carbonique. En conséquence, il était obligé d'ouvrir largement la bouche pour respirer, ce qui lui donnait l'air de bâiller sans arrêt, mais il ne s'en souciait guère.

Tenant fermement son revolver, il marchait lentement à travers la cité étrangère en quête de son dîner. Cela aussi faisait partie d'une routine soigneusement établie. Dans un caisson à rayonnements, à un demi-kilomètre de là, il avait stocké des réserves de vivres pour six mois et pourtant, chaque nuit, il partait chasser afin de pouvoir aussitôt remplacer dans sa cache l'équivalent de nourriture qu'il en avait sortie. Pour lui, c'était une manière de tuer le temps et aussi un besoin. Cette réserve constante lui serait vitale si un jour le labyrinthe le blessait ou le paralysait. Son regard perçant scrutait les intersections des galeries qui s'ouvraient devant lui. Il vivait entre ces murs et ces écrans qui recelaient des trappes et des pièges. Il respirait profondément, assurant bien chaque pied sur le sol avant de lever l'autre. Son regard balayait toutes les directions. Le triple clair de lune analysait et disséquait son ombre, la reproduisant en plusieurs images qui dansaient et rampaient autour de lui.

Le détecteur de masse qu'il portait à l'oreille gauche émit un bruit aigu. Muller l'avait programmé pour distinguer trois ordres de poids : les créatures pesant entre dix et vingt kilos, à dentition redoutable, celles entre cinquante et cent kilos et celles pesant plus de cinq cents kilos. Les plus petites avaient la détestable habitude d'attaquer à la gorge, quant aux plus grosses elles écrasaient tout sur leur passage sans y prêter attention. Muller chassait uniquement les animaux de la gamme moyenne et évitait les autres. Le timbre aigu signifiait que le détecteur réagissait justement à la chaleur d'une bête de cette catégorie, la meilleure pour la nourriture.

Il s'accroupit, affermissant son arme dans sa main. Ici, sur Lemnos, les animaux qui vivaient dans le labyrinthe pouvaient être tués sans qu'il fût nécessaire d'employer des stratagèmes : ils se surveillaient et se combattaient entre eux, mais même après toutes ces années pendant lesquelles Muller en avait exterminé quelques-uns, ils n'avaient pas encore compris combien il leur était nuisible. De toute évidence, il y avait plusieurs millions d'années qu'aucune forme vivante douée d'intelligence ne les avait chassés sur cette planète et Muller les traquait de nuit, prenant bien soin de ne pas se montrer. Dans cet exercice, il s'attachait uniquement à choisir un affût sûr et protégé, d'où il pouvait tirer sur sa proie et surveiller dans toutes les directions, pour éviter l'attaque d'une créature plus dangereuse. Avec l'espèce d'éperon qu'il avait fixé au talon de sa botte gauche, il tâta le mur derrière lui, s'assurant qu'il ne s'ouvrirait pas pour l'engloutir. Le mur était solide. Bon. Lentement, il se pencha en arrière jusqu'à ce que son dos touche la pierre froide et polie. Son genou gauche se posa sur le dallage étrangement souple. Il appuya sa bouche contre le barillet de son revolver et soupira faiblement. Il était à l'abri. Il pouvait attendre. Peut-être trois minutes passèrent. Le détecteur de masse continuait à émettre un son plaintif, indiquant que la bête était toujours dans un cercle dont le rayon était d'une centaine de mètres. De temps en temps, le son augmentait légèrement suivant les variations du rayonnement calorifique. Muller n'était pas pressé. Il se tenait sur un des côtés d'une vaste place bordée de cloisons vitreuses incurvées et il serait facile d'atteindre tout ce qui émergerait de ces courbes lumineuses. Cette nuit, Muller chassait dans la zone E du labyrinthe, le cinquième secteur en partant de l'épicentre du réseau et un des plus dangereux. Il était rare qu'il dépassât la zone D, relativement sûre, mais ce soir-là quelque étrange humeur téméraire l'avait poussé vers la zone E. Depuis son arrivée ici, quand il avait dû trouver son chemin dans le labyrinthe, il ne s'était plus jamais risqué en G et H, et n'était allé en F que deux fois. En E, il ne venait pas plus de cinq fois par an.

A sa droite, sur une courbure translucide se réfléchirent des lignes convergentes, dessinant une ombre. Le détecteur de masse grésilla plus fort et atteignit un niveau sonore signifiant que l'animal appartenait à l'espèce la plus lourde dans sa catégorie. La plus petite lune, Atropos, dans sa rotation rapide dans le ciel, déforma le dessin de l'ombre : les lignes cessèrent de converger et se divisèrent en plusieurs longues traînées sombres. Un sanglier, pensa Muller. Un instant plus tard, il aperçut sa proie. La bête avait la taille d'un grand chien, le groin gris, le pelage fauve et l'échine voûtée. C'était laid et spectaculairement carnivore. Pendant ses premières années passées sur cette planète, Muller avait évité de chasser des carnivores, pensant que leur chair ne serait pas bonne. Il avait tué des équivalents locaux des vaches et des moutons terrestres — des onguiculés au caractère pacifique qui se promenaient dans les galeries du labyrinthe, broutant l'herbe là où ils en trouvaient. Ce fut seulement quand il ne supporta plus cette viande trop tendre qu'il décida de s'attaquer à ces créatures armées de crocs et de griffes qui décimaient les troupeaux d'herbivores. A sa grande surprise, il découvrit que leur chair était excellente.

Il vit l'animal déboucher sur l'esplanade. Son groin pointu fouillait et reniflait bruyamment dans tous les sens. D'où il se tenait, Muller pouvait l'entendre, mais la bête ne pouvait pas reconnaître l'odeur humaine.

Prudemment, le carnivore entra sur la place et fit quelques pas sur le sol lisse et brillant. Ses mâchoires proéminentes s'ouvraient et se refermaient avec un bruit sec et grinçant. Muller réduisit l'ouverture d'émission des rayons jusqu'à ce qu'elle ne soit pas plus grande qu'une tête d'épingle et visa soigneusement. Il hésitait entre l'échine et l'arrière-train. Son arme était munie d'un dispositif de visée automatique et pouvait tuer l'animal sans qu'il ait à intervenir, mais il préférait toujours brancher la visée manuelle. En effet, il s'était rendu compte que l'objectif du revolver et le sien étaient différents : l'arme avait comme fonction de tuer alors que lui pensait à sa nourriture. Il était plus facile d'ajuster son tir lui-même que de convaincre l'instrument qu'une blessure dans la bosse tendre et savoureuse le priverait des meilleurs morceaux. Pour le revolver, il s'agissait avant tout d'abattre la bête en touchant l'échine à travers cette bosse, quels que soient les dégâts ; Muller, lui, tenait à agir plus finement.

Il choisit finalement sa cible : un point situé à quinze centimètres devant la bosse, là où la colonne vertébrale rejoignait le crâne. Un coup suffit. L'animal s'écroula lourdement. Muller se dirigea vers sa proie aussi vite qu'il le put, vérifiant soigneusement l'endroit où il posait ses pieds. Rapidement, il enleva les parties qui ne l'intéressaient pas — les membres, la tête et les entrailles — et découpa dans la bosse et l'arrière-train deux gros morceaux de viande sur lesquels il pulvérisa une couche protectrice avant de les charger sur son épaule. Puis il se retourna et chercha du regard l'entrée qui le conduirait à la seule voie possible de retour. Dans moins d'une heure, il serait dans son repaire, au cœur de la zone A du labyrinthe.

Il avait à moitié traversé l'esplanade quand il entendit un bruit étrange.

Il s'arrêta et fit volte-face. Trois créatures rabougries approchaient déjà à petits bonds de la carcasse qu'il venait de laisser, mais le bruit n'avait rien de commun avec le grattement particulier de ces animaux. Etait-ce le labyrinthe qui lui préparait quelque surprise démoniaque ? Le son avait été une sorte de grondement sourd résultant de vibrations rauques de moyenne fréquence. Cela avait duré trop longtemps pour être le rugissement d'un des grands animaux. C'était un son que Muller n'avait encore jamais entendu.

Non ! C'était un son qu'il n'avait encore jamais entendu *ici*. Quelque part, loin dans sa mémoire, ce bruit existait. Il fouilla ses souvenirs. Sans aucun doute, ce son lui était familier. Comme une double explosion s'éteignant lentement dans le lointain... Qui pouvait en être responsable ?

Il repéra sa position. Le son lui avait semblé venir de derrière son épaule droite. Il regarda dans cette direction et vit seulement la triple cascade scintillante des terrasses ambrées qui constituaient l'enceinte secondaire du labyrinthe. Peut-être plus haut ? Il vit le ciel piqueté d'une multitude d'étoiles formant les constellations. Le Singe, le Crapaud, la Balance.

A présent, il reconnaissait le bruit.

Un vaisseau ; un vaisseau spatial se préparant à un atterrissage planétaire et émergeant de la trame temporelle pour passer en propulsion ionique. Les explosions correspondaient à l'allumage des propulseurs et les vibrations venaient des tubes de décélération. Un vaisseau avait survolé la cité. Muller n'avait pas entendu ces bruits depuis neuf ans ; depuis qu'il s'était volontairement exilé ici, sur Lemnos. Ainsi, il avait des visiteurs. Etaient-ce des importuns accidentels ou étaient-ils sur ses traces ? Que lui voulaient- ils ? Soudain, la colère le submergea. Il ne voulait plus d'eux ni de leur monde. Pourquoi venaient-ils l'ennuyer ici ? Il demeurait immobile, comme figé, les jambes raides. En esprit, il calculait le point d'atterrissage possible du vaisseau et, en même temps, il s'inquiétait de ce qui allait se passer. Il était sûr d'une chose : il s'était détaché une fois pour toutes de la Terre et de ses habitants. Il fixa haineusement le minuscule point de lumière qui brillait sur le front du Singe... l'œil du Crapaud... le soleil des hommes...

Ils ne l'atteindraient jamais, décida-t-il.

Ils mourraient dans le labyrinthe et leurs ossements iraient rejoindre les déchets qui jonchaient les galeries extérieures et qui s'étaient amoncelés durant des millions d'années.

Et s'ils réussissaient à pénétrer, comme lui...

Alors, il leur faudrait se battre contre lui. Cela ne leur plairait guère. Muller grimaça un sourire, assura son chargement sur son dos et se concentra à nouveau sur son chemin de retour. Bientôt il fut dans la zone C, à l'abri, et rejoignit son repaire. Là, il déposa le résultat de sa chasse et prépara son dîner. La colère et la douleur battaient dans son crâne. Après neuf années, il n'était plus seul sur ce monde. Ils avaient détruit sa solitude. Une fois de plus, il se sentit trahi. Il ne demandait qu'une seule chose aux hommes : qu'ils le laissent en paix, et ils lui refusaient même cela. Mais s'ils décidaient de le rejoindre dans le labyrinthe, ils le regretteraient. Si...

★

La propulsion ionique classique avait été branchée avec quelque retard, juste au moment où le vaisseau spatial allait atteindre les couches externes de l'atmosphère de Lemnos. Charles Boardman n'aimait pas ce genre d'erreurs. Il avait coutume d'exiger le meilleur de lui-même et il attendait des autres qu'ils en fassent autant... Surtout les pilotes.

Refoulant son irritation, il appuya sur un bouton et sur l'écran constitué par une paroi de la cabine apparut la planète qu'ils étaient en train de survoler. L'atmosphère était presque complètement dégagée et aucun nuage ne venait altérer l'image claire et précise, bien que le vaisseau fût encore à cent kilomètres du sol. Au milieu d'une immense plaine s'élevait un enchevêtrement de striures dont les contours se dessinaient parfaitement. Boardman se tourna vers le jeune homme assis à côté de lui :

— Nous y voici, Ned. Le labyrinthe de Lemnos. Et en plein centre, Dick Muller !

Ned Rawlins fit la moue :

— C'est gigantesque ! Plusieurs centaines de kilomètres de diamètre !

— Ce que vous voyez constitue les terrassements extérieurs. Le labyrinthe proprement dit est entouré par une série d'anneaux concentriques, dont la circonférence externe doit atteindre un millier de kilomètres et qui sont composés de murs en pierre atteignant cinq mètres de haut. Mais...

— Oui, je sais, l'interrompit Rawlins.

Presque immédiatement, son visage s'empourpra. Boardman appréciait justement chez le jeune homme cette innocence charmante et comptait bien l'utiliser. Rawlins se reprit :

— Excusez-moi, Charles. Je n'avais pas l'intention de vous interrompre.

— Cela ne fait rien. Que vouliez-vous me demander ?

— Cette tache sombre à l'intérieur des murs... est-ce la cité proprement dite ?

Boardman acquiesça d'un signe de tête :

— C'est le labyrinthe interne. Vingt, trente kilomètres de diamètre... et Dieu sait combien de millions d'années. C'est là où nous trouverons Muller.

— Si nous pouvons y pénétrer.

— *Lorsque* nous y pénétrerons.

— Oui, oui. Naturellement. *Lorsque* nous y pénétrerons, corrigea Rawlins, rougissant à nouveau.

Sans perdre son air sérieux, il sourit furtivement :

— Il est impossible que nous ne trouvions pas l'entrée, n'est-ce pas ?

— Muller l'a trouvée, laissa tomber Boardman calmement. Il est dedans.

— Mais il est le premier à avoir réussi. Tous les autres qui avaient tenté d'y pénétrer ont échoué. Je me demandais pourquoi nous...

— Bien peu ont essayé, poursuivit Boardman, et ils n'étaient pas assez bien équipés. Nous réussirons, Ned. Nous réussirons. Il le faut ! Maintenant détendez-vous et profitez des joies de l'atterrissage.

Le vaisseau plongea vers la planète. Boardman, oppressé par la décélération, pensa que la descente était trop rapide. Il détestait les vols et, par-dessus tout, il détestait le moment de l'atterrissage. Mais ce voyage-là, il n'aurait pu l'éviter, même s'il l'avait voulu. Il éteignit l'écran et s'enfonça profondément dans son fauteuil moulé en mousse plastique. Il aperçut Ned Rawlins, tout droit sur son siège, les yeux brillants d'excitation. Comme il était merveilleux d'être jeune, pensa Boardman, incapable de décider si cette remarque était sarcastique ou non. De toute façon, Ned était fort et de bonne constitution et il était moins bête qu'il ne le paraissait en certaines occasions. Un gentil jeune homme aurait-on dit quelques siècles auparavant. Boardman n'arrivait pas à se souvenir d'avoir jamais été pareil. Il avait l'impression d'avoir été toute sa vie un adulte : sérieux, calculateur et bien organisé. Il avait quatre-vingts ans à présent ; il était donc presque à la moitié de sa vie, et pourtant, quand il se regardait honnêtement et sans complaisance, il ne voyait aucun changement majeur intervenu dans sa personnalité depuis qu'il avait atteint la vingtaine. Il avait appris les pratiques, les astuces et les ruses nécessaires à ceux qui étaient chargés de commander d'autres hommes ; il était devenu plus adroit, mais en fait, il n'avait pas qualitativement changé. Le jeune Rawlins, lui, serait entièrement différent dans une soixantaine d'années. Boardman songea avec une certaine tristesse que la mission qu'ils allaient entreprendre constituerait pour Ned l'épreuve décisive qui le débarrasserait à jamais de son innocence.

Le vaisseau commençait les dernières manœuvres précédant l'atterrissage. Boardman ferma les yeux. La pesanteur agissait péniblement sur son corps vieillissant. Plus bas. Plus bas. Encore plus bas. Combien de fois s'était-il déjà posé sur des terres nouvelles et toujours aussi difficilement ? La vie de diplomate ne laissait pas de repos. Noël sur Mars, Pâques sur une des planètes du Centaure, et toujours d'autres fêtes passées sur des mondes lointains et parfois inhospitaliers... Et maintenant, cette mission, la plus complexe de toutes celles qui lui avaient été confiées. L'homme n'avait pas été créé pour traverser ainsi le vide, d'un astre à un autre. J'ai perdu le sens de l'univers, pensa-t-il. On prétend que notre époque offre le plus grand champ à l'existence humaine, mais je crois qu'un homme gagne plus à connaître chaque grain de sable doré d'une seule petite île du Pacifique que de passer sa vie à bourlinguer ainsi, de monde en monde.

Il avait conscience que son visage se déformait de plus en plus au fur et à mesure que le vaisseau pénétrait dans le champ d'attraction de Lemnos. De chaque côté de ses mâchoires pendaient de lourdes bajoues et par endroits, sous sa peau, des bourrelets de graisse qui le faisaient ressembler à un vieux bébé potelé. Pourtant, sans gros efforts, il aurait pu se faire maigrir et acquérir lui aussi, comme la plupart de ses contemporains, une allure svelte et élégante. Maintenant, un homme de cent vingt-cinq ans pouvait avoir l'air d'un adolescent s'il le désirait. Mais

Boardman avait choisi dès le début de sa carrière une autre solution. Son métier consistait à vendre des conseils à des gouvernements et les dirigeants politiques n'écoutaient pas les adultes qui ressemblaient à des gamins. Il avait donc choisi délibérément son personnage physique d'homme mûr, ayant atteint la cinquantaine, légèrement alourdi mais en pleine possession de ses moyens physiques et intellectuels. Ce qu'il avait perdu en élégance, il le gagnait en poids et en autorité. Depuis quarante ans, il n'avait pas changé et il espérait que cela durerait encore un bon demi-siècle. Plus tard, quand il aborderait la dernière étape de sa carrière, il laisserait le temps et l'âge agir. Il accepterait les cheveux blancs et les joues creuses de la vieillesse, s'imaginant plutôt comme un Nestor que comme un Ulysse. Pour l'heure, il était plus opportun, professionnellement parlant, de conserver cette apparence légèrement empâtée.

Il était trapu et de petite taille, mais son long torse puissant, ses épaules carrées et ses grands bras, qui auraient mieux convenu à un géant, lui permettaient de dominer n'importe quel groupe assis à une table de conférence. Debout, il se révélait plus petit que la moyenne ; assis, il était impressionnant. Il avait su utiliser au mieux cette caractéristique anatomique et n'avait jamais songé à se transformer. Un homme très grand semble mieux fait pour commander que pour conseiller ; or, Boardman n'avait jamais désiré se mettre en avant ; il préférait un exercice du pouvoir beaucoup plus subtil. Un homme petit qui sait paraître grand assis devant une table peut contrôler des empires, car le destin des mondes est toujours réglé autour d'une table.

Tout en lui exprimait l'autorité : le menton proéminent et volontaire, le nez long et pointu, la bouche à la fois dure et sensuelle, les sourcils bruns et touffus qui barraient son front massif et large. Ses cheveux longs étaient perpétuellement en désordre. Trois bagues brillaient à ses doigts, dont une était un gyroscope en platine et rubis portant des incrustations d'uranium 238. Ses goûts en matière d'habillement étaient sévères et conservateurs. Ses costumes étaient d'une coupe presque médiévale, dans des tissus lourds et riches. Dans d'autres époques, il serait devenu un prince de l'Eglise ou un homme politique. Il était conscient de son importance. Il savait aussi que cette vie agitée de voyages incessants était le prix de sa réussite. Dans quelques instants il lui faudrait mettre le pied sur une nouvelle planète étrange, où l'air sentirait mauvais, où la pesanteur serait un petit peu trop lourde, et où l'éclat du soleil ne serait pas parfait. Il se renfrogna. Quand allaient-ils atterrir pour de bon ?

Il jeta un coup d'œil sur son jeune compagnon. Vingt-deux, vingt-trois ans, l'image parfaite de la naïveté humaine. Toutefois, Boardman savait que Ned avait assez vécu pour avoir eu le temps d'apprendre plus qu'il n'en avait l'air. Grand, d'une beauté classique qui ne devait rien à la chirurgie esthétique, une belle chevelure soyeuse, de grands yeux bleus, une bouche mobile découvrant des dents saines et blanches, il était le fils d'un théoricien des communications, aujourd'hui décédé, et qui avait été autrefois un des amis les plus intimes de Richard Muller. Boardman comptait sur cette relation pour favoriser la délicate transaction qu'il allait mener.

— Comment allez-vous, Charles ? demanda Rawlins.

— Ça va. Je crois que je survivrai. Nous toucherons bientôt le sol.

— Cet atterrissage semble interminable, vous ne trouvez pas ?

— Encore une minute, dit Boardman.

Les traits du visage du jeune homme semblaient à peine altérés par la pesanteur et la décélération. Seule sa joue gauche était légèrement étirée vers le bas, comme s'il souriait ironiquement d'on ne sait quel ridicule, mais c'était le seul signe visible. Cette grimace semblait incongrue sur ce visage ouvert et innocent.

— Nous y sommes presque, murmura Boardman — et il referma les yeux.

Le vaisseau toucha le sol en douceur ; les propulseurs et les tubes de décélération se turent. Un dernier moment d'hésitation : le vaisseau vacilla très légèrement sur sa base, puis il s'immobilisa pour de bon quand les vérins s'agrippèrent au sol. Après, le silence... Nous y voici, songea Boardman. Maintenant, le labyrinthe. Maintenant, Mr Richard Muller. Qu'est-il devenu après ces neuf années ? Peut-être pire qu'avant ? Peut-être est-il simplement devenu comme tout le monde ? Si c'est le cas, pensa-t-il, que Dieu nous vienne en aide !

★

Ned Rawlins n'avait pas encore beaucoup voyagé. Il n'avait été que dans cinq planètes et encore trois d'entre elles faisaient partie du système originel. Pour ses dix ans, son père l'avait emmené sur Mars pour les vacances d'été. Deux ans plus tard, il avait vu Vénus et Mercure, puis comme récompense à ses succès aux examens, à seize ans, il était sorti pour la première fois du système solaire jusqu'à Alpha Centauri IV. Enfin, trois ans plus tard, il avait fait le triste voyage jusqu'au système de Rigel pour aller chercher le corps de son père, après l'accident.

Ned ne se targuait pas d'être un grand voyageur, car il vivait à une époque où l'hyperpropulsion permettait de passer d'un système à un autre sans plus de difficultés que d'aller d'Europe en Australie. Mais il savait que plus tard, quand il serait chargé de missions diplomatiques, il aurait tout le temps de se rattraper. Cependant, à en croire Charles Boardman, l'enthousiasme des voyages diminuait rapidement et parcourir l'univers de bout en bout devenait très vite une habitude comme les autres. Ned Rawlins écoutait avec déférence cet homme qui avait presque quatre fois son âge, et il était assez intelligent pour se douter qu'il y avait bien quelque chose de vrai dans ces propos désabusés.

Et alors ? Peut-être, un jour, moi aussi serai-je blasé, se disait-il, mais, pour l'instant, il venait pour la sixième fois de sa vie d'atterrir sur un monde nouveau et il s'en réjouissait. Le vaisseau s'était posé dans la grande plaine, à quelques centaines de kilomètres au nord-ouest des premiers terrassements du labyrinthe dans lequel vivait Muller. Sur Lemnos, le jour durait trente heures et l'année comptait vingt mois. Dans l'hémisphère où ils se trouvaient, c'était le milieu de la nuit, au début de l'automne ; pas étonnant que l'air fût frais. Rawlins fit quelques pas autour de l'astronef. L'équipe démontait les carapaces des propulseurs qui leur serviraient pour construire le campement. Un peu à l'écart, emmitouflé dans un épais manteau de fourrure, se tenait Charles Boardman, plongé dans une sombre méditation. Ned n'osait pas s'approcher de lui, craignant de le déranger. En fait, l'attitude de Ned envers Boardman était un mélange de respect et de terreur. Il savait pertinemment bien que c'était un vieux requin cynique, mais il ne pouvait s'empêcher d'éprouver une véritable admiration pour lui. Boardman était réellement un grand homme, Ned en était conscient. Il n'en avait pas rencontré beaucoup ; son propre père, peut-être ; Dick Muller aussi avait été un grand homme, mais Ned n'avait pas plus de douze ans quand cette sombre et horrible histoire qui avait bouleversé la vie de Muller était arrivée. Enfin, avoir connu trois hommes aussi importants, lui qui était encore si jeune, lui apparaissait comme un grand privilège. Il espérait que sa vie serait seulement à moitié aussi remplie et réussie que celle de Boardman. Naturellement, il ne possédait pas sa ruse, et il espérait bien ne jamais l'acquérir, mais il avait d'autres cordes à son arc dont Boardman était entièrement dépourvu : la noblesse de l'âme par exemple. Je peux devenir utile moi aussi, pensa-t-il, et aussitôt il se demanda s'il n'était pas un peu trop naïf.

Il remplit ses poumons de cet air étranger et regarda le ciel parsemé d'étoiles inconnues, recherchant spontanément quelques constellations familières. Un vent glacé balayait la plaine. Ce monde semblait vide, morne et désolé. A l'école, il avait appris quelques notions sur Lemnos : une des anciennes planètes abandonnées depuis mille siècles par une race étrangère et inconnue. Rien ne restait de ce peuple à part quelques ossements fossilisés et quelques débris d'objets façonnés... et le labyrinthe. Ce labyrinthe démoniaque qui défendait une ville morte, à peine dégradée par le temps.

Faute de pouvoir étudier sur place, les archéologues avaient dû avoir recours à l'observation aérienne pour mesurer et essayer de comprendre la cité intérieure. Les douze premières expéditions sur Lemnos n'avaient jamais réussi à trouver un chemin dans le labyrinthe ; chaque homme qui avait tenté d'y pénétrer avait péri, victime d'une des trappes, si diaboliquement cachées dans les zones périphériques. La dernière tentative, tout aussi vaine, avait eu lieu une cinquantaine d'années auparavant. Puis Richard Muller était venu à la recherche d'un endroit où il serait à l'abri des hommes et, d'une manière ou d'une autre, il avait réussi.

Rawlins se demanda s'ils arriveraient à entrer en contact avec Muller. Combien d'hommes avec qui il avait fait le voyage mourraient avant qu'ils trouvent leur route dans cet enchevêtrement ? A son âge, il ne pouvait imaginer la possibilité de sa propre mort, ne considérant que celle des autres. Dans quelques jours, combien parmi les hommes qui s'activaient à monter le camp seraient encore vivants ?

Plongé dans ses pensées, il remarqua avec quelque retard un animal qui venait d'apparaître au sommet d'un monticule sablonneux, à quelque distance de lui.

Rawlins considéra cet être étrange avec curiosité. Cela ressemblait un peu à un gros chat, mais les mâchoires ne se rétractaient pas et découvraient plusieurs rangées de crocs verdâtres. Des raies lumineuses zébraient les flancs décharnés de la bête. Rawlins ne comprenait pas à quoi pouvait bien servir une pareille robe fluorescente à un carnassier, à moins qu'il ne l'utilisât pour appâter ses proies.

L'animal s'approcha à une douzaine de mètres, le regarda sans lui accorder une grande attention, et finalement se détourna pour trottiner en direction du vaisseau. Il y avait dans cette bête un étrange mélange de beauté, de puissance et de menace qui avait quelque chose d'attirant.

A présent, elle s'approchait de Boardman. Celui-ci tenait une arme à la main.

— Non ! hurla Rawlins, surpris par son propre cri. Ne le tuez pas, Charles ! Il veut seulement nous regarder !...

Boardman fit feu.

L'animal fut projeté en l'air et culbuta lourdement sur le sol. Ses membres s'agitèrent convulsivement pendant une seconde avant de retomber, inertes. Outré, Ned se précipita. Il n'y avait aucune nécessité de tuer, pensait-il. Cet animal était venu pour voir, non pour attaquer. C'était ignoble !

— Vous n'auriez pas pu attendre une minute, Charles ? lâcha-t-il, le visage empourpré de colère. Il serait peut-être parti de lui-même. Pourquoi l'avoir...

Boardman se contenta de sourire. Il fit signe à un membre de l'équipage qui pulvérisa une membrane plastique sur la bête inanimée. L'animal, pris comme dans un filet, fut hissé dans le vaisseau et, à la grande stupeur du jeune homme, s'agita faiblement. Boardman s'adressa à Ned d'une voix calme :

— Je l'ai seulement assommé, Ned. Nous allons essayer de faire payer une partie des dépenses de cette expédition par le zoo fédéral. Pensiez-vous que j'étais un tueur aussi impitoyable ?

Tout à coup, Rawlins se sentit tout petit et stupide :

— Eh bien... euh... pas réellement. C'est que...

— Oubliez cela. Non, ne l'oubliez pas. N'oubliez jamais rien. Que cela vous serve de leçon : ne jamais dire de bêtises avant de connaître tous les éléments.

— Mais si j'avais attendu et que vous l'ayez vraiment tué...

— Alors vous auriez appris quelque chose de moche sur moi, aux dépens de la vie de cette bête. Par exemple, vous sauriez que je suis poussé à tuer tout ce qui est étrange et possède des dents pointues et acérées. Au lieu de cela, vous vous êtes contenté de crier. Si j'avais vraiment eu l'intention de tuer cet animal, croyez-vous que cela m'en aurait empêché ? A la rigueur, vous auriez pu me faire dévier mon tir, me laissant face à face avec une bête blessée et désireuse de se venger. Alors, dorénavant, prenez votre temps pour évaluer et réfléchir, Ned. Parfois, il est préférable de ne pas trop vite annoncer la couleur, quitte à laisser faire.

Boardman se tut un instant et fit un clin d'œil à son jeune compagnon :

— Mon petit discours vous dérange-t-il, Ned ? Avez-vous l'impression que je radote ?

— Non, pas du tout, Charles. Je sais que j'ai encore beaucoup à apprendre.

— Et c'est moi qui vous l'apprendrai, Ned, même si je suis un vieux râleur, mauvais et hargneux.

— Charles, je ne...

— Allons, Ned. Je vous prie de m'excuser. C'est idiot de ma part de vous agacer ainsi. Vous aviez raison d'essayer de m'empêcher de tuer cet animal. Ce n'était pas votre faute si vous n'avez pas compris mes intentions. A votre place, j'aurais agi exactement comme vous.

— Vous voulez dire que j'ai bien fait de ne pas réfléchir et de ne pas attendre d'avoir tous les éléments pour crier ? demanda Rawlins, d'un ton ahuri.

— A peu près, oui.

— Mais vous vous contredisez, Charles.

— C'est le privilège de ma profession, répondit Boardman en riant de bon cœur. Prenez une bonne nuit de sommeil, Ned. Demain, nous irons faire un saut au-dessus du labyrinthe afin de l'étudier un peu ; puis nous commencerons à envoyer des hommes à l'intérieur. Je pense que d'ici à une semaine nous pourrons converser avec Muller.

— Croyez-vous qu'il acceptera de coopérer ?

Une ombre passa sur le lourd visage de Boardman :

— Au début, il refusera. Son amertume le poussera à nous cracher au visage. Après tout, c'est nous qui l'avons exilé ainsi. Pourquoi accepterait-il maintenant d'aider la Terre ? Mais il changera d'avis, Ned, parce que, fondamentalement, il est un homme d'honneur... de cette race d'hommes qui restent toujours fidèles à eux-mêmes malgré la maladie, la solitude et l'angoisse. Même la haine ne peut corrompre le sentiment de l'honneur. Vous devriez savoir cela, Ned, parce que vous êtes de la même race vous aussi, comme moi d'ailleurs, mais à ma façon. Un homme d'honneur. Nous agirons sur Muller. Nous le forcerons à sortir de ce labyrinthe diabolique et à venir nous aider.

— J'espère que vous aurez raison, Charles, dit Rawlins, d'un ton légèrement hésitant. Et que va-t-il nous arriver à nous ? Je veux dire, cette confrontation entre lui et nous... considérant le personnage qu'il est... comment il peut influencer les autres...

— Cela sera moche. Très moche.

— Vous l'avez vu, n'est-ce pas, après son histoire ?

— Oui. Plusieurs fois.

Ned se tut un instant avant de reprendre :

— Je n'arrive pas à m'imaginer ce que l'on ressent quand on se trouve devant un homme qui déverse sur vous le trop-plein de tout ce qui est accumulé dans son âme. Muller est ainsi, n'est-ce pas ?

— C'est comme se plonger dans un bain d'acide, dit Boardman sourdement. On peut arriver à s'y habituer, mais ce n'est jamais agréable. Vous avez l'impression que toute votre peau est en feu. Il vous noie sous une fontaine de fange et de boue où apparaissent tous ses monstres, ses fantasmes, ses terreurs, ses bassesses, ses tourments et ses folies.

— Et Muller est un homme d'honneur ?... un homme de bien ?

— Il l'était, oui.

Boardman détourna les yeux et regarda le labyrinthe au loin :

— Dieu merci, il l'était. Mais c'est une bien piètre consolation, vous ne trouvez pas, Ned ? Si l'esprit d'un homme de la qualité de Muller est à ce point infesté d'horreurs, comment croyez-vous que soient celui des êtres ordinaires ? Les cerveaux de tous ces petits hommes mesquins, écrasés sous le poids de leurs défaites perpétuelles ? Qu'ils aient à subir la même malédiction que Dick Muller et ils deviendront des incendies monstrueux consumant les esprits dans un rayon de plusieurs années-lumière.

— Mais il y a neuf ans que Muller mijote dans sa misère, dit Rawlins. Que va-t-il se passer s'il nous est impossible de nous approcher de lui ? Et si cette force qu'il irradie est trop puissante pour que nous puissions la supporter ?

— Nous la supporterons, dit Boardman.

2

A l'intérieur du labyrinthe, Muller étudiait sa situation et considérait les différentes possibilités. Dans la cabine de vision, les multiples écrans d'un vert laiteux lui renvoyaient les images de l'astronef, des dômes de plastique qui s'élevaient à présent autour du vaisseau et des hommes minuscules se déplaçant de-ci de-là. Il regrettait de n'avoir pas été capable de découvrir le réglage parfait du système ; les images qu'il recevait étaient floues. Mais il avait tout de même de la chance d'avoir trouvé le moyen de mettre en marche la cabine de vision. Dans cette cité, beaucoup des anciens instruments étaient devenus inutilisables à cause de la détérioration d'un élément vital, mais un nombre surprenant d'entre eux avaient résisté à plusieurs éternités, ce qui en disait long sur le degré technique de ceux qui les avaient fabriqués. Malheureusement, Muller n'avait découvert le fonctionnement que d'un petit nombre parmi ces derniers et encore ne les utilisait-il qu'imparfaitement.

Il ne pouvait détacher ses yeux des images troubles qui représentaient ses congénères humains en pleine activité et il se demandait quel nouveau tourment ils lui préparaient.

Quand il avait quitté la Terre, il avait essayé de ne laisser aucun indice sur sa destination. Il était arrivé sur un vaisseau de location, empruntant un faux plan de vol passant par Sigma Draconis. Naturellement, pendant son voyage dans la trame temporelle, il avait dû s'arrêter dans six stations de contrôle : mais dans chacune il avait enregistré un itinéraire galactique excentrique différent et totalement contrefait de manière à confondre autant que possible ses éventuels poursuivants.

Une vérification de routine dans les six stations de contrôle pour comparer les localisations successives qu'il avait annoncées aboutirait inévitablement à une position absurde et non existante. De toute façon, il avait joué sur le fait qu'il aurait terminé son voyage et se serait évanoui avant que soit entreprise une de ces vérifications périodiques. Il avait gagné son pari puisque aucun astronef d'interception ne l'avait pris en chasse.

Sortant de l'hyperpropulsion à proximité de Lemnos, il avait procédé au dernier stratagème pour éviter d'être retrouvé en laissant son vaisseau cosmique sur une orbite de stationnement et en descendant sur le sol avec une capsule de débarquement. Une bombe préprogrammée avait totalement désintégré l'appareil, éparpillant les fragments à travers l'univers sur un milliard d'orbites différentes. Il leur faudrait un sacré ordinateur pour calculer l'épicentre de cette dispersion ! La bombe avait été mise au point pour que chaque mètre carré d'explosion garantisse cinquante faux vecteurs ; toutes ces précautions devaient lui assurer un bon moment de solitude. D'ailleurs, il n'avait pas besoin de très longtemps... disons soixante ans... guère plus. Il avait presque atteint la soixantaine quand il avait quitté la Terre. Normalement il aurait pu espérer encore un siècle au moins de vie active : mais ici, sans soins médicaux, à part ceux qu'il se prodiguait lui-même grâce à son diagnostat, il ne devrait pas dépasser sa onzième ou douzième décennie. Cela lui laissait encore soixante années de solitude qui s'achèveraient par une mort tranquille et privée. C'est tout ce qu'il désirait. Et voilà qu'ils venaient le déranger dans sa retraite, seulement neuf ans après !

Avaient-ils retrouvé ses traces, d'une manière ou d'une autre ?

Il se dit que c'était impossible. D'abord, il avait pris toutes les précautions possibles pour ne laisser absolument aucun indice. D'autre part, ils n'avaient aucune raison de le rechercher. Il n'était pas un fugitif devant être ramené devant la justice. Il était simplement un homme atteint d'une affection répugnante, devenu une abomination aux yeux de ses frères humains. Sans aucun doute, la Terre ne devait pas le regretter. Il était un motif de honte et un reproche vivant à la race humaine, une source de péchés et de douleurs, une blessure béante à la conscience planétaire. La meilleure chose à faire était de partir, de débarrasser ses frères de sa vue. Il avait fui, le plus discrètement possible. Il paraissait impossible que les hommes tentent le plus petit effort pour rechercher un être aussi ignoble à leurs yeux.

Mais alors, qui étaient ces intrus ?

Des archéologues, pensa-t-il. La cité en ruine de

Lemnos les attirait toujours aussi magnétiquement et fatalement... eux comme les autres d'ailleurs. Muller avait espéré que les dangers du labyrinthe continueraient à tenir les gêneurs à l'écart.

Il avait été découvert il y avait un peu plus d'un siècle, mais il y avait eu une certaine période, avant l'arrivée de Muller, pendant laquelle la planète avait été fuie comme la peste. Il y avait de bonnes raisons à cela d'ailleurs. Souvent, il avait vu les cadavres de ceux qui avaient vainement tenté d'entrer dans le labyrinthe. Lui-même avait été tiraillé entre plusieurs tendances quand il avait choisi sa retraite : peut-être une certaine volonté suicidaire de rejoindre la liste des victimes du labyrinthe ; son insatiable curiosité qui le poussait à percer le secret caché entre ces galeries diaboliquement entrecroisées ; et surtout, la conscience que s'il arrivait à pénétrer au cœur de ce réseau, il serait définitivement à l'abri des hommes. Maintenant, il avait réussi à entrer, mais des importuns étaient venus.

Ils ne trouveraient jamais le chemin, pensa-t-il.

Confortablement installé au cœur du labyrinthe, il avait assez de moyens à sa disposition pour suivre, quoique vaguement, la progression de toute créature vivante dans l'enclos. Ainsi, il pouvait suivre les errements de zone en zone des animaux qu'il chassait ou ceux des grosses bêtes qui pouvaient constituer un danger pour lui. Dans une certaine mesure, il était capable de contrôler les pièges du labyrinthe. Ceux-ci, à l'état normal, n'étaient ni plus ni moins que des trappes passives mais, si on savait convenablement les utiliser, ils pouvaient être dirigés offensivement contre un ennemi désigné. Plus d'une fois Muller avait déclenché l'ouverture d'un puits vertigineux sous les pattes d'un gigantesque carnivore chargeant dans la zone D. Il se demandait s'il oserait utiliser ces défenses contre des êtres humains, s'ils arrivaient à pénétrer aussi loin dans le labyrinthe, et il ne pouvait trouver de réponse. Il ne haïssait pas réellement sa propre espèce ; il voulait simplement qu'on le laisse seul et en paix.

Il passa en revue les différents écrans qui remplissaient un des murs de la petite cellule hexagonale dans laquelle il se tenait. Cette pièce était située dans les unités d'habitation occupant le centre de la cité. Il lui avait fallu plus d'un an pour découvrir à quelles parties du labyrinthe correspondaient les images des écrans : mais patiemment, en déposant des marques distinctes en différents endroits, il avait réussi à établir des rapports entre les images floues et la réalité extérieure. Les six écrans les plus bas concernaient des espaces situés dans les zones A, B, C, D, E et F. Les caméras, ou ce qui en faisait fonction, panoramiquaient sur des angles de 180°, permettant aux mystérieux objectifs invisibles de balayer toute la surface entourant l'entrée de chaque zone. Comme il n'y avait qu'une seule entrée correcte pour chaque zone, toutes les autres étant des leurres sans issue, les écrans permettaient effectivement à Muller de suivre la progression de n'importe quel rôdeur, homme ou animal. Ce qui se passait dans les fausses entrées n'avait pas d'importance. Quiconque continuait trop loin ne rencontrait que la mort.

Les écrans de la rangée supérieure, de sept à dix, retransmettaient apparemment des images des zones extérieures G et H, les plus grandes et les plus mortellement traîtres du labyrinthe. Muller s'était refusé à retourner dans ces régions trop dangereuses simplement pour vérifier sa théorie : le fait de savoir qu'il pouvait espionner quelques endroits des réseaux extérieurs lui suffisait et il eût été inutile et téméraire de chercher à savoir précisément lesquels. Quant aux onzième et douzième écrans, ils montraient sans aucun doute des vues de la plaine au milieu de laquelle était construit le labyrinthe. Cette plaine sur laquelle venait d'atterrir un vaisseau venu de la Terre.

Parmi les autres objets laissés par les anciens bâtisseurs du labyrinthe, bien peu étaient aussi humainement utilisables et pratiques. Il y avait, par exemple, dressée sur une estrade en plein milieu de l'esplanade centrale de la cité, une pierre à douze faces de couleur rubis, qui était abritée sous une voûte de cristal. A l'intérieur de ce bloc battait un mécanisme hautement compliqué. Muller pensait que ce devait être une sorte de pendule, fondée sur un système d'oscillation nucléaire, chargée d'égrener les unités de temps utilisées par ceux qui l'avait construite. Périodiquement, la pierre subissait des changements temporaires ; elle pivotait sur son axe et ses faces s'assombrissaient, virant au bleu et même au noir. Muller notait soigneusement ces différents changements, mais il n'avait pas encore réussi à en comprendre la signification, ni même la périodicité. Ces métamorphoses ne devaient rien au hasard, il en était persuadé, mais les motifs et les lois auxquels elles obéissaient dépassaient sa compréhension.

Aux huit coins de l'esplanade, se dressaient des

cônes métalliques lumineux hauts d'environ six mètres. Tout au long du cycle de l'année ces cônes tournaient sur eux-mêmes, bien qu'aucun support ni aucun moyen ne fût visible. Ce devait être une sorte de calendrier, pensait Muller, car il avait découvert qu'ils accomplissaient une révolution complète en trente mois de Lemnos, mais il soupçonnait leur rôle principal d'être beaucoup plus profond et hermétique. En fait, ses conjectures à ce propos occupaient la plus grande partie de son temps.

Dans les rues de la zone A, à espaces réguliers, étaient disposées des cages faites de barres taillées dans ce qui semblait être de l'albâtre. Muller avait eu beau chercher, il n'avait pu trouver aucun moyen pour ouvrir ces cages ; pourtant par deux fois durant ses années passées ici, il avait constaté à son réveil que les barreaux avaient coulissé dans le pavement de pierre, laissant les cages grandes ouvertes. La première fois elles étaient restées trois jours ainsi ; puis les barres s'étaient remises en place pendant son sommeil. Même l'examen le plus minutieux n'avait révélé aucun espacement ; les barres étaient ajustées parfaitement comme si elles n'avaient jamais bougé. Quand les cages s'ouvrirent à nouveau, quelques années plus tard, Muller les surveilla constamment afin de percer le secret du mécanisme, mais la quatrième nuit, il ne put s'empêcher de sommeiller quelques instants. Quand il reprit ses esprits, les cages étaient fermées.

L'aqueduc était également mystérieux. Autour du périmètre de la zone B courait une sorte de rigole fermée, peut-être en onyx, portant une sorte de robinet pointu tous les cinquante mètres. Il suffisait de placer n'importe quel récipient, ou même une coupelle formée avec les mains réunies sous un robinet, pour qu'aussitôt en coule de l'eau pure. Pourtant il était impossible de glisser un doigt à l'intérieur d'un des robinets et on n'apercevait pas la moindre ouverture en regardant pendant que l'eau ruisselait. Il n'y avait donc pas d'orifice ; c'était comme si le liquide eût filtré à travers une membrane pierreuse perméable. Muller avait du mal à l'admettre, mais cette eau était tout de même la bienvenue.

Ce qui le surprit le plus, c'était que la cité ait survécu dans une si large mesure. D'une étude des débris d'objets et de squelettes trouvés sur Lemnos à l'extérieur du labyrinthe, les archéologues avaient conclu que toute forme de vie intelligente avait disparu de cette planète depuis un million d'années, voire cinq à six millions. Muller n'était pas un spécialiste, mais il possédait assez d'expérience pour connaître les effets du temps. Les fossiles découverts dans la plaine étaient très anciens, sans aucun doute, et la stratification des murs périphériques extérieurs prouvait à l'évidence que le labyrinthe était contemporain de ces fossiles.

Et pourtant, la plus grande partie de la cité, supposée construite avant l'évolution de l'humanité sur la Terre, semblait avoir été protégée des dégradations et de l'usure. On pouvait admettre que le climat sec en était grandement responsable ; ici, il n'y avait jamais d'orages et pas une goutte de pluie n'était tombée depuis l'arrivée de Muller. Mais en un million d'années le vent et le sable qu'il transportait auraient dû éroder les murs et le pavement de la cité ; et pourtant, ici, nulle trace d'érosion... ni de monticules de sable accumulés dans les galeries ouvertes à tous les vents. Quant à cela, Muller savait pourquoi. Des pompes cachées ramassaient tous les débris, ne laissant traîner aucune poussière. Il avait fait l'expérience, amenant des jardins des poignées de terre qu'il dispersait un peu partout dans les rues. Quelques minutes après, les parcelles de terre commençaient à glisser sur le pavement poli vers des trappes coulissantes, construites au pied des murs, qui s'ouvraient et se refermaient aussitôt après avoir avalé le tas de détritus.

Il était évident qu'il devait exister sous la cité un système de machineries inconcevable chargé de la protéger contre les dégradations du temps. Cela, Muller en était persuadé, bien qu'il n'eût pas réussi à atteindre ce réseau souterrain, car il ne possédait pas un outillage lui permettant de percer le pavement. Avec des moyens de fortune, il avait essayé de creuser dans les jardins, mais le résultat avait été négatif ; à plus de quatre mètres de profondeur on ne rencontrait que de la terre. Il n'avait pas pu aller plus loin ; et pourtant ils devaient absolument être cachés quelque part tous ces instruments qui contrôlaient le système de transmission des images, nettoyaient les galeries, réparaient la maçonnerie et dirigeaient les pièges mortels qui défendaient les zones externes du labyrinthe.

Il était difficile d'imaginer une race d'êtres capables de construire une ville pareille, destinée à survivre des millions d'années. Il était encore plus difficile de comprendre comment ils avaient pu disparaître totalement. Si on acceptait que les fossiles découverts dans les sortes de champs funéraires à l'extérieur du labyrinthe appartenaient aux constructeurs de la cité, ce qui n'était pas absolument certain, ceux-ci devaient être des humanoïdes assez trapus, mesurant un mètre cinquante de haut, la poitrine et les épaules extrêmement larges sur des jambes courtes à double articulation et portant huit doigts à chaque main.

Ils avaient disparu des mondes connus de l'univers et aucun être semblable n'avait été remarqué dans un autre système ; peut-être avaient-ils émigré dans une lointaine galaxie que l'homme n'avait pas encore visitée. Il se pouvait aussi qu'ils aient constitué une race spatiale sédentaire qui avait évolué et disparu ici, sur Lemnos, laissant cette cité comme seul monument témoin de son existence.

Le reste de la planète ne portait aucune trace d'habitation à l'exception des champs funéraires, disposés sur des cercles concentriques dont le labyrinthe était le centre ; certains en étant éloignés de mille kilomètres. Peut-être les siècles avaient-ils effacé de Lemnos toutes les autres cités, sauf celle-ci. Ou peut-être celle-ci, qui avait pu abriter un million d'êtres, avait-elle été la seule ? Cette race s'était évanouie sans laisser d'indications. La diabolique ingéniosité du labyrinthe plaidait en faveur d'une thèse selon laquelle pendant les derniers temps ces gens auraient été menacés par des ennemis et se seraient retranchés dans cette forteresse bourrée de pièges ; mais ce n'était que pure spéculation, pensait Muller. Pour lui, le labyrinthe n'était ni plus ni moins que la concrétisation d'une culture paranoïaque et n'avait rien à voir avec la protection contre une menace extérieure.

Ou alors, avaient-ils été envahis par des êtres qui s'étaient joués des traîtrises du labyrinthe et qui les avaient massacrés dans leur brillant enclos ; après quoi les nettoyeurs automatiques avaient balayé et aspiré leurs ossements ? Il n'y avait aucun moyen de savoir ce qui s'était passé. Ils avaient disparu ; quand Muller avait pénétré dans leur cité, il l'avait trouvée silencieuse et désolée comme si aucun être vivant ne l'avait jamais habitée ; une ville automatisée, stérile, parfaite. Seules des bêtes en étaient les occupants. Elles avaient eu un million d'années pour découvrir leur chemin à travers les enchevêtrements du labyrinthe et en prendre possession. Muller avait dénombré à peu près deux douzaines d'espèces de mammifères dont la taille variait entre l'équivalent d'un rat jusqu'à l'éléphant. Il y avait les herbivores qui broutaient l'herbe des jardins et les carnivores qui les chassaient ; et l'équilibre écologique semblait parfait. En fait, cette cité ressemblait à la Babylone décrite par Isaïe : « Les animaux sauvages du désert s'y reposeront ; et leurs tanières seront pleines de créatures plaintives ; et les hiboux habiteront en ces lieux et les satyres y danseront. »

A présent, la cité était à lui. Il avait le reste de son existence pour essayer de percer ses mystères.

D'autres êtres intelligents étaient déjà venus avant lui et, parmi eux, tous n'étaient pas des hommes. En entrant dans le labyrinthe, Muller avait tout de suite vu ce qu'il en coûtait de se tromper. Tout au long de son laborieux cheminement il avait répertorié plusieurs squelettes humains dans les zones H, G et F ; trois hommes étaient arrivés jusqu'en E et un seul avait atteint D. Muller était au courant des précédentes tentatives, restées infructueuses, et il s'était attendu à ce spectacle ; ce qui l'avait étonné, c'était la collection d'ossements non humains. En H et G, il avait trouvé les restes de créatures immenses, plus ou moins semblables à des dragons, sur lesquels pendaient encore des lambeaux de tenues de voyages intersidéraux. Un jour peut-être la curiosité triompherait-elle de sa peur et il retournerait là-bas pour étudier plus en détail ces dépouilles étranges. Plus près de l'épicentre, encore d'autres cadavres ; ceux-là semblaient être des humanoïdes, bien que n'en présentant pas toutes les caractéristiques, ou alors sous une forme éloignée. Muller ne pouvait savoir depuis combien de temps ils gisaient ainsi, exposés à tous les vents : même dans ce climat sec, se pouvait-il qu'un squelette dure plus de quelques siècles ? Ces restes si différents les uns des autres constituaient la preuve concrète de quelque chose que Muller soupçonnait depuis longtemps : l'univers était largement peuplé ; si aucune autre forme de vie intelligente n'avait été découverte pendant les deux derniers siècles, depuis que les hommes avaient commencé à sortir du système solaire, cela n'était qu'une question de temps ; un jour ou l'autre il y aurait une rencontre. Les ossements qui meublaient le pavement des galeries du labyrinthe appartenaient à au moins une douzaine d'espèces différentes les unes des autres. Dans une certaine mesure, l'orgueil de Muller était flatté de constater qu'apparemment il avait été le seul à atteindre le cœur de ce dédale inextricable ; mais d'apprendre qu'une multitude d'êtres peuplaient l'univers ne lui plaisait qu'à moitié.

Il avait déjà eu son compte des autres.

Ce fut des années plus tard qu'il s'étonna d'avoir trouvé des squelettes à l'intérieur du labyrinthe. En effet, il savait que les mécanismes cachés enlevaient inlassablement les particules de poussière ainsi que les carcasses des animaux qu'il tuait pour se nourrir ; et pourtant, les ossements des envahisseurs qui avaient échoué restaient là où ils avaient péri. Pourquoi cette contradiction ? Pourquoi cette entorse à la propreté générale de la cité ? Pourquoi expulser la charogne d'une bête de la taille d'un éléphant foudroyée par une décharge de puissance jaillie d'une bouche cachée et laisser les restes d'une sorte de dragon tué par le même piège ? Parce que ce monstre portait une tenue protectrice, et donc qu'il était doué d'intelligence ? Pour Muller cela devint une évidence : les cadavres d'êtres doués d'une forme d'intelligence étaient délibérément laissés sur place... comme des avertissements.

Oui. Comme des avertissements. *VOUS QUI ENTREZ ICI, ABANDONNEZ TOUTE ESPERANCE.*

Ces squelettes faisaient partie des défenses que cette cité impitoyable, diabolique et morte, avait dressées pour se protéger des envahisseurs éventuels. Ils servaient à rappeler les périls auxquels s'exposaient ceux qui cherchaient à entrer. Comment cette chose chargée de garder le labyrinthe établissait-elle la distinction entre ce qui devait être rejeté et ce qui devait être laissé en vue ? Muller ne savait pas comment s'opérait le tri, mais il était convaincu qu'il y avait un choix intelligent et délibéré.

Sur les écrans, il observait les petites silhouettes

qui se détachaient sur la plaine, autour du vaisseau cosmique.

Qu'ils viennent donc, pensa-t-il. La cité, depuis des années, n'avait pas dévoré de victimes. Je me chargerai d'eux. Moi, je suis à l'abri.

Il savait aussi que même si, par miracle, ils arrivaient jusqu'à lui, ils ne resteraient pas longtemps. Sa maladie, tellement spéciale et si particulière, les chasserait inexorablement. Ils seraient peut-être assez adroits pour vaincre le labyrinthe, mais ils ne pourraient supporter Richard Muller : l'homme qui était devenu intolérable à ses propres frères.

— Allez-vous-en, dit-il à voix haute.

Il entendit le vrombissement produit par des rotors. En sortant de sa cellule, il vit l'ombre d'un astronef glisser et traverser l'esplanade. Ils observaient le labyrinthe d'en haut. Il rentra précipitamment et, aussitôt, sourit de la naïveté de son réflexe. Ils pouvaient le détecter, où qu'il soit. Leurs écrans leur signaleraient qu'un être humain habitait là. Et eux, naturellement, bien qu'ignorant son identité, en seraient tellement surpris qu'ils essayeraient d'entrer en contact avec lui. Après...

Tout à coup, il se raidit. Il sentait monter en lui un désir fou de les voir venir à lui. Qu'il puisse à nouveau parler à des hommes. Qu'il ne soit plus seul !

Il *désirait* qu'ils viennent.

Cela ne dura qu'une seconde. Après cet instant de dépression, revint la raison. Il frissonna en pensant à ce que ce serait de faire face à nouveau à des hommes. Non, pensa-t-il. Partez ! Ou sinon vous mourrez dans le labyrinthe. Partez ! Partez ! Partez !

★

— Juste sous nos pieds, dit Boardman. C'est là qu'il doit être. Vous ne croyez pas, Ned ? Vous voyez ce point brillant ? Il indique le même poids, la même densité. Tout correspond. Un homme. Ce ne peut être que Muller.

— Au cœur du labyrinthe, dit Rawlins. Ainsi, il a donc réussi !

— Oui. D'une façon ou d'une autre.

Boardman se pencha pour étudier l'écran avec attention. Vue de deux mille mètres, la forme de la cité intérieure apparaissait nettement. On pouvait remarquer huit quartiers distincts, chacun possédant son style propre d'architecture ; ses places et ses avenues ; les intersections de rues à angle droit ; le dessin étrange des galeries qui se nouaient, s'entrelaçaient et s'agençaient inextricablement. Toutes ces zones composaient plusieurs anneaux concentriques dont le centre était une vaste esplanade qui semblait être le cœur de cette ville. C'était là justement, dans une rangée de bâtiments peu élevés situés à l'est, que le détecteur de masse avait localisé Muller. Par contre, Boardman n'arrivait pas à découvrir de passage reliant une zone à une autre. Toutes les voies semblaient être des impasses. Si même en vision privilégiée plongeante le bon itinéraire n'apparaissait pas, qu'en serait-il quand il s'agirait d'avancer entre les murs ? Cela sera très difficile, pensa

Boardman, mais il faudra réussir coûte que coûte. L'ordinateur géant qui était installé à bord du vaisseau avait enregistré les données des premières tentatives infructueuses, puis les avait confrontées avec les informations scientifiques recueillies sur Lemnos et le labyrinthe. Le résultat de toutes ces recherches n'avait guère été encourageant. Seul restait valable en fin de compte le plan tortueux et génial qui avait permis à Muller de pénétrer jusqu'au cœur de l'édifice.

Rawlins le détourna de ses pensées :

— Je sais que cela peut sembler naïf, Charles, mais pourquoi ne descendons-nous pas simplement pour atterrir sur l'esplanade centrale ? Ce serait très faisable.

— Je vais vous montrer, répondit Boardman.

Il donna un ordre. Un engin de sondage téléguidé, équipé de caméras, se détacha de l'astronef et plongea vers le sol. Boardman et Rawlins suivirent des yeux la descente rapide du projectile d'un gris métallique qui, au fur et à mesure de son approche, envoyait une image de plus en plus nette de la cité. On pouvait distinguer sur l'écran certains détails compliqués d'architecture. Soudain, alors que le robot volant n'était plus qu'à quelques mètres au-dessus des bâtiments, il se passa une chose étrange. Le projectile s'enflamma brusquement, puis apparut un petit nuage de fumée verte... et puis plus rien. Rien ne subsistait, pas même quelques éclats...

Boardman sembla approuver :

— Non, il n'y a pas eu de changement. Cette ville est toujours défendue par un champ protecteur. Tout ce qui essaye de le traverser est immanquablement volatilisé.

— Même un oiseau qui s'approcherait de trop près...

— Il n'y a pas d'oiseaux sur Lemnos.

— Et la pluie ? Tout ce qui...

— Il ne pleut jamais sur Lemnos, l'interrompit durement Boardman. Du moins pas sur ce continent. Cette cité ne se préserve que d'une seule chose : des intrus qui cherchent à y pénétrer. Nous avons découvert cela dès la première expédition. Des hommes courageux ont payé de leur vie pour l'apprendre.

— Mais ils n'avaient pas envoyé un engin téléguidé avant de descendre eux-mêmes ? demanda Rawlins.

Boardman sourit étrangement :

— Vous savez, quand par hasard vous trouvez une cité inhabitée, en plein milieu d'un désert, sur une planète morte, vous ne vous attendez pas à être désintégré en essayant d'y atterrir. C'est le genre d'erreur excusable. Malheureusement, sur Lemnos, les erreurs ne pardonnent pas.

Il poussa une manette, le vaisseau spatial perdit de l'altitude pour décrire une courbe suivant la circonférence des murs extérieurs. Puis ils remontèrent et se maintinrent immobiles, à la verticale de la place centrale de la cité, pour prendre des photographies. Les lueurs de leurs projecteurs se réfléchissaient brillamment sur une rangée de miroirs et les éblouissaient en retour. Soudain, Boardman se sentit bizarrement oppressé par une immense lassitude. Il poursuivit néanmoins la mission de repérage. Ils survolèrent plusieurs fois le labyrinthe de part en part, obéissant au schéma d'observation programmé, vérifiant chaque point soigneusement. Tout à coup, Boardman sut ce qu'il attendait si nerveusement : qu'un éclair de lumière issu de ces miroirs vienne les frapper en plein vol pour les détruire, lui épargnant d'avoir à remplir sa mission. Il avait perdu son goût pour les préparatifs méticuleux et trop de détails restaient encore à régler. Il refusait d'attendre. On prétend que l'impatience caractérise la jeunesse, que les vieillards sont seuls capables de finesse et de ruse pour échafauder et ourdir soigneusement leurs combinaisons machiavéliques comme des araignées tissant leurs toiles ; or, Boardman, pour la première fois de sa vie, désirait en terminer au plus tôt avec sa tâche, quitte à la bâcler. Envoyons un engin blindé téléguidé dans le labyrinthe, qu'il se saisisse de Muller et le sorte de son repaire. Nous dirons à cet homme ce que nous attendons de lui et nous le forcerons à accepter. Et en route pour la Terre, vite, vite ! Puis, aussi subitement qu'elle l'avait assailli, sa dépression le quitta. Il redevint l'habile diplomate, subtil et calculateur.

Un peu plus tard, le capitaine Hosteen, qui devait diriger la première tentative de pénétration dans le labyrinthe, vint le saluer. Hosteen avait le teint basané. Il était petit et très trapu. Son nez aplati et sa manière de porter son uniforme comme s'il allait lui tomber sur les talons lui donnaient une allure un peu comique mais Boardman savait qu'il pouvait compter sur lui. Hosteen serait prêt à sacrifier un bon nombre de vies, y compris la sienne, pour réussir sa mission.

Son regard se posa quelques instants sur l'écran de vision puis il se tourna vers Boardman :

— Vous avez appris quelque chose ?

— Rien de nouveau.

— On retourne au campement ?

— Oui, ce sera aussi bien, dit Boardman. (Il se tourna vers Rawlins :) A moins que vous n'ayez encore quelque chose à vérifier, Ned ?

— Moi ? Oh ! non... non... C'est-à-dire que... euh, je me demande si, après tout, il est absolument nécessaire que nous pénétrions dans le labyrinthe. Vous comprenez ? Si nous pouvions attirer Muller dehors, d'une façon ou d'une autre, et lui parler...

— Non !

— Cela ne marcherait pas ?

— Non, répéta Boardman. D'abord, Muller n'acceptera jamais de sortir de son antre si nous le lui demandons. C'est un misanthrope. Vous ne devez pas l'oublier. Il est venu s'enterrer ici afin de fuir l'humanité. Pourquoi voulez-vous qu'il se montre coopératif avec nous ? Deuxièmement, pour l'attirer en dehors du labyrinthe, nous serons obligés de lui dire en partie ce pour quoi nous sommes venus le chercher. Non. Dans cette affaire, Ned, il nous faut employer une stratégie mûrement réfléchie et non jouer tous nos atouts d'un seul coup.

— Je ne comprends pas.

— Supposez que nous utilisions votre méthode d'approche, reprit patiemment Boardman. Que diriez-vous à Muller pour le pousser à sortir ?

— Eh bien... que nous sommes venus de la Terre pour lui demander son aide, car notre planète traverse une crise qui peut détruire tout notre système. Que nous avons rencontré une race d'extra-terrestres avec lesquels nous sommes incapables de communiquer et qu'il est absolument nécessaire que nous puissions franchir ce barrage au plus vite. Et il est le seul homme qui puisse réussir... notre seule chance... et nous...

Le rouge aux joues, il se tut subitement comme frappé par la vanité de ses propres paroles. Il reprit d'une voix rauque :

— Cela ne fera pas bouger Muller d'un pouce, n'est-ce pas ?

— Non, Ned. Une fois déjà, la Terre lui avait confié une mission identique et c'est cela qui l'a démoli. Il n'est certainement pas disposé à recommencer.

— Alors, comment ferons-nous pour le convaincre de nous aider ?

— En jouant sur son sens de l'honneur. Mais pour l'instant ce n'est pas notre problème. Notre problème actuel consiste à savoir comment nous pourrons le faire sortir de son sanctuaire. Vous suggériez de mettre en place des haut-parleurs et de lui dire ce que nous voulons de lui. Puis nous l'attendons gentiment et, quand il sort, nous le prions de faire de son mieux pour sauver notre bonne vieille planète. C'est bien cela ?

— Oui. A peu près.

— Vous savez déjà que cela ne marchera pas. Donc il nous faut pénétrer nous-mêmes dans le labyrinthe, gagner la confiance de Muller, et finalement nous essayerons de le persuader de nous venir en aide. Pour cela nous devons à tout prix lui taire la situation réelle jusqu'à ce que ses soupçons se soient évanouis.

Un éclair d'admiration illumina le visage de Rawlins :

— Alors, que lui dirons-nous, Charles ?

— Pas *nous*. Vous !

— Que lui dirai-je, alors ?

Boardman soupira lourdement :

— Des mensonges, Ned. Beaucoup de mensonges.

★

Comme il se doit, l'astronef contenait l'équipement et les informations nécessaires pour tenter de résoudre l'énigme du labyrinthe. L'ordinateur de bord était bien sûr de la dernière génération et avait digéré les données de toutes les précédentes tentatives venues de la Terre, sauf de celle, la seule malheureusement, qui avait réussi. Quoi qu'il en soit, il ne fallait négliger aucun indice. L'équipement comprenait entre autres des robots téléguidés volants et rampants, pourvus d'appareils de vision et de détection à distance. Avant de risquer une seule vie humaine, Boardman et Hosteen essayeraient toutes les possibilités des engins électroniques et mécaniques, dont un des avantages était qu'ils pouvaient être réparés ou fabriqués sur place, les soutes du vaisseau contenant tout un arsenal de pièces de rechange. Mais, à un certain moment, ils devraient céder la place aux hommes : le rôle des appareils était de ramasser le plus d'informations possible. Après, ce serait aux hommes de les utiliser.

C'était la première fois qu'autant de moyens étaient mis en œuvre pour forcer le labyrinthe. Les premiers explorateurs étaient entrés à pied sans prendre de précautions et avaient péri. Les suivants en savaient assez pour éviter les pièges les plus évidents et avaient utilisé, dans une certaine mesure, quelques instruments de détection, mais c'était la première fois que l'on essayait de repérer vraiment les lieux en détail avant d'y pénétrer. Même si cette technique n'annulait pas tous les risques, elle n'en constituait pas moins la meilleure et la plus sûre manière d'aborder le problème.

Les vols de reconnaissance du premier jour avaient permis à tous les membres de l'expédition de bien visualiser le labyrinthe. S'ils l'avaient voulu, ils auraient pu, confortablement installés dans leur campement, suivre sur de grands écrans les mêmes images transmises par des caméras montées sur des robots volants. C'était Boardman qui avait insisté. L'esprit enregistrait mieux quand l'œil regardait directement la réalité plutôt que l'image retransmise de cette réalité. A présent, tous avaient vu le labyrinthe de haut et ils avaient pu constater la puissance destructrice du champ protecteur qui recouvrait la cité.

Rawlins avait suggéré qu'il existait peut-être des trous dans ce champ protecteur. Ils vérifièrent cette hypothèse, l'après-midi même, en chargeant un robot de billes métalliques. Volant à une hauteur constante de cinquante mètres au-dessus du bâtiment le plus élevé du labyrinthe, l'engin couvrit toute la surface de la cité découpée en petits secteurs d'un mètre carré, en projetant une bille dans chaque portion. Devant les écrans les hommes suivaient la descente des projectiles. Aucune bille ne perça le barrage.

L'expérience permit de calculer que l'épaisseur du champ de protection variait : approximativement à deux mètres au-dessus des zones intérieures, il se situait beaucoup plus bas vers la bordure externe On pouvait le comparer à une immense tasse invisible renversé sur la cité. Mais il fallait se rendre à l'évidence ! il n'y avait pas de trous, le champ était continu.

— Peut-être peut-il être saturé ? dit Hosteen.

On rechargea le robot de billes qu'il alla catapulter simultanément sur tous les petits carrés à la fois. Le champ les détruisit toutes, créant un court instant une rotonde de feu qui illumina la cité.

Aux dépens de quelques robots excavateurs, ils découvrirent qu'il était également impossible d'atteindre la cité par un tunnel. Partant de la plaine, les taupes mécaniques creusèrent leur chemin à travers la terre sablonneuse jusqu'à une profondeur de cinquante mètres puis, quand elles furent sous la cité, elles entreprirent de remonter. En arrivant à vingt mètres de l'affleurement du sol, elle furent détruites aussi irrémédiablement que les engins volants. Le champ protecteur agissait souterrainement. Une tentative de percement juste à la base des remblais extérieurs se révéla tout aussi infructueuse. Le champ protecteur semblait constituer une sphère entourant complètement la cité.

Un technicien proposa de dresser un pylône interférentiel qui pourrait drainer l'énergie du bouclier. Ce fut un échec. Le pylône, d'une centaine de mètres de haut, condensa une puissance fantastique ; des éclairs bleutés crépitaient et auréolaient les accumulateurs, mais sans que cela affecte l'imperméabilité du champ. Ils inversèrent le circuit et envoyèrent une décharge d'un million de kilowatts vers la cité. Le champ absorba le courant et il semblait capable de supporter beaucoup plus. Personne ne pouvait avancer la moindre théorie expliquant la source de la puissance qui nourrissait le champ. Le technicien qui avait proposé la solution électrique proféra sérieusement : « Il doit capter l'énergie intrinsèque de rotation de cette planète », puis, réalisant à quel point sa remarque était inutile pour leur mission, il se détourna et aboya quelques ordres dans son haut-parleur.

Trois journées passées en expériences similaires leur démontrèrent définitivement qu'aucun passage ne pouvait être ménagé, par le haut ou par le bas.

— Il n'y a qu'un seul moyen, dit Hosteen, il faut entrer à pied, par l'ouverture principale.

— Si les habitants de cette cité avaient désiré se protéger à ce point, demanda Rawlins, pourquoi ont-ils laissé une porte ouverte ?

— Peut-être se réservaient-ils le droit, pour eux-mêmes, d'entrer et de sortir librement, répondit Boardman, doucement. Ou peut-être ont-ils voulu accorder une chance aux envahisseurs éventuels. Pour le sport, pourrait-on dire. Bon, Hosteen, envoyons-nous quelques engins à l'intérieur ?

C'était un matin gris. Le ciel, souillé de nuages rappelant la fumée d'un feu de bois, semblait apporter la pluie. La bise écorchait le sol, projetant des grains de sable qui griffaient les visages. Derrière les nuages, comme si la couleur s'était dissoute dans le ciel, luisait faiblement un disque orange. Il paraissaient légèrement plus grand que le soleil vu de la Terre, et pourtant la distance était plus de deux fois inférieure. Le soleil de Lemnos était un astre nain, lugubre, froid et triste, autour duquel gravitaient une douzaine de vieilles planètes. La plus proche, Lemnos, était la seule qui eût jamais abrité une forme de vie ; les autres étaient stériles et mortes, n'étant pas fertilisées par les pâles rayons de l'astre moribond. Cet ensemble constituait un système languissant, à mouvement lent, dans lequel la planète la plus rapprochée elle-même mettait trente mois pour effectuer sa révolution. Les trois lunes tournoyantes qui voltigeaient sur des orbites croisées à quelques milliers de kilomètres autour de Lemnos n'étaient, de toute apparence, pas contaminées par cette ambiance morbide.

A moins d'un kilomètre des premières murailles du labyrinthe se tenait Ned Rawlins, devant un récepteur d'images. Il sentit un frisson le parcourir tandis qu'il regardait les ingénieurs et les mécaniciens vérifier les engins-robots et leurs instruments pour la dernière fois. Même la planète Mars, aussi désolée qu'elle fût, ne l'avait pas déprimé à ce point ; parce qu'elle avait toujours été morte, alors qu'ici la vie avait existé et avait fui. Ce monde était la demeure de la mort. Une fois, à Thèbes, il avait pénétré dans le tombeau d'un pharaon, vieux de cinq mille ans. Pendant que ses compagnons de voyage contemplaient les fresques murales gaiement colorées représentant la navigation sur le Nil ou d'autres scènes de la vie quotidienne, lui n'avait pu détacher ses yeux du sol de pierre sur lequel gisait un scarabée mort, les élytres raidies, au milieu d'un petit tas de poussière. Pour lui, l'Egypte évoquerait toujours ce scarabée à moitié enterré dans la poussière, et Lemnos se résumerait à des plaines balayées par des vents froids d'automne et une ville sur laquelle régnait le silence. Il se demanda comment un homme comme Dick Muller, aussi doué, aussi vivant, aussi énergique et chaleureux, avait échoué dans ce labyrinthe lugubre.

Puis il se rappela ce qui était arrivé à Muller sur Bêta Hydri IV et il admit que même un homme comme lui avait eu de bonnes raisons pour venir dans une cité pareille, sur cette planète fantomatique. Lemnos était le refuge idéal : un monde dont les conditions étaient plus ou moins identiques à celles de la Terre, inhabité, où il avait la quasi-certitude de ne pas être importuné et de trouver enfin la solitude. Et nous sommes venus troubler sa paix et le chasser de sa retraite, pensa-t-il sombrement. C'était ignoble, ignoble, ignoble ! Et tout ce gâchis au nom de la vieille rengaine à propos de la fin et des moyens. Au loin, il voyait la silhouette massive de Charles Boardman. Lui, il était devant un récepteur central. Il agitait ses bras pour faire signe à certains hommes de ne pas s'approcher trop près du labyrinthe. Ned commençait à comprendre que Boardman l'avait entraîné dans une aventure douteuse. Avant de partir, le vieux renard fourbe ne s'était pas expliqué sur les méthodes exactes qu'il emploierait pour obtenir la coopération de Muller. Boardman avait présenté la mission comme une croisade glorieuse. En réalité, ce serait une sale tricherie. Boardman n'aimait pas donner de détails tant qu'il n'y était pas obligé, ainsi que Ned l'avait appris. Règle numéro un : ne pas annoncer trop hâtivement la couleur. Garder des atouts dans sa manche. Et voilà ce que je suis, songea le jeune homme, une carte dans le jeu de Boardman.

Hosteen et Boardman avaient réparti une douzaine d'engins aux différentes entrées du labyrinthe. Il était clair que le seul accès offrant une réelle possibilité de réussite était la porte nord-est ; mais ils avaient une quantité de robots de rechange et ils désiraient collecter le plus d'informations possible. Le récepteur dont Rawlins avait la charge correspondait à une de ces entrées. Déjà, sur l'écran, il pouvait voir un bout du labyrinthe et il avait tout le temps d'étudier l'enfilade de méandres, de replis, de zigzags et de contorsions. Il devait suivre la progression de l'appareil dans son secteur. Il en était de même aux autres entrées. Chaque robot était contrôlé doublement par l'ordinateur et par un homme. Boardman et Hosteen, eux, se trouvaient à la régie centrale d'où ils pouvaient surveiller le déroulement de l'opération dans son ensemble.

— Allez, dit Boardman.

Hosteen poussa une manette et les robots se mirent en marche. Par les yeux électroniques de la machine, Rawlins eut sa première vision de la zone H du labyrinthe. D'abord, un mur dentelé ondulant vers la gauche, construit en une matière qui semblait être de la porcelaine bleue trop cuite et, de l'autre côté, une barrière de fils d'acier se balançant le long d'une épaisse muraille de pierre. Le robot évita ce treillis métallique qui, sous l'effet du léger déplacement d'air, se mit à frissonner et à onduler souplement ; puis la machine se rapprocha du mur de porcelaine, qu'elle suivit le long d'une courbe douce sur une vingtaine de mètres à peu près. A cet endroit, le mur s'enroulait sur lui-même, formant une sorte de pièce presque fermée. Lors de la quatrième expédition, deux hommes avaient emprunté cette voie. Ils étaient arrivés devant cette chambre ouverte ; l'un était resté dehors et avait été détruit ; l'autre était entré et avait été épargné. Le robot entra. Un instant plus tard, un jet de lumière rouge jaillit d'un détail de la fresque en mosaïque sur le mur et balaya toute la surface immédiatement autour de la chambre.

Rawlins perçut dans les écouteurs de son casque la voix de Boardman :

— Nous avons perdu cinq engins au moment où ils franchissaient leur porte. C'est exactement ce que nous avions prévu. Comment se porte le vôtre ?

— Il suit son itinéraire, répondit Rawlins. Jusqu'à présent, ça va.

— Il ne devrait pas tenir plus de six minutes. Depuis combien de temps est-il entré ?

— Deux minutes quinze secondes.

A présent, le robot était sorti de la pièce et traversait rapidement l'endroit ratissé par le flot de lumière. Rawlins déclencha les relais olfactifs et il reçut l'odeur d'air brûlé, chargé d'ozone. Devant, le chemin se divisait. Un tronçon était constitué par un pont de pierre à travée unique qui enjambait une vallée de flammes, et l'autre était un enchevêtrement précaire de blocs cyclopéens entassés les uns sur les autres. Le pont semblait être nettement plus sûr et pourtant le robot s'en détourna immédiatement et entreprit une progression difficile sur l'amoncellement instable. Rawlins posa la question sur cet étrange choix. L'ordinateur de l'appareil lui répondit que le « pont » n'existait pas ; c'était uniquement une illusion projetée dont la source était soigneusement dissimulée. Ned demanda néanmoins une simulation d'approche. Sur son écran apparut l'image du faux appareil. A peine engagé sur le pont, il piqua brusquement du nez. C'était horrible, l'illusion était parfaite. Comme l'engin se débattait pour conserver son équilibre, le pilier se déroba subitement, le précipitant dans un bouillonnement féroce. Charmant, pensa Rawlins, et il ne put maîtriser un frisson.

Pendant ce temps, le vrai robot avait escaladé les blocs et descendait, intact, sur l'autre versant vers une route rectiligne, saine d'apparence. Trois minutes et huit secondes s'étaient déjà écoulées. L'avenue était bordée de part et d'autre par d'immenses tours de cent mètres de haut, dépourvues de toute ouverture, construites en un minerai irisé, lisse et luisant, sur lequel se reflétait l'image moirée de l'engin lancé à toute vitesse. Quelques instants après la quatrième minute, il contourna habilement une sorte de chausse-trape brillante, constituée de pieux semblables à d'énormes dents entrecroisées, puis il esquiva une masse terrifiante qui vint s'écraser sur le sol à quelques centimètres de lui. Quatre-vingts secondes plus tard, il évita une trappe qui s'ouvrait sur des abîmes béants. Le piège fut suivi d'un autre que le robot déjoua tout aussi habilement : cinq monstrueuses lames tétraédriques qui jaillirent subitement du pavement. Enfin, l'appareil déboucha sur un trottoir roulant qui l'emporta vertigineusement. Il le quitta exactement à la quarantième seconde.

Tout ce chemin avait déjà été parcouru, il y avait

longtemps, par un explorateur nommé Cartissant. En liaison constante avec une équipe restée à l'extérieur du labyrinthe, il avait relaté en détail sa progression et les difficultés qu'il rencontrait. Il avait tenu cinq minutes trente. Son erreur avait été de rester sur le trottoir roulant pendant plus de quarante secondes. Ses confrères, dehors, n'avaient plus entendu parler de lui et ignoraient ce qu'il était devenu.

Rawlins demanda une autre simulation et l'ordinateur lui retransmit le résultat de ses conjectures : le trottoir roulant s'ouvrait brusquement pour engloutir son passager. Pendant ce temps, le robot avançait rapidement vers ce qui semblait être la sortie de cette zone. De l'autre côté de l'ouverture, Rawlins pouvait voir une place, brillamment éclairée, gaiement décorée de petits ballons vermeils faits en une substance perlée et qui dansaient en l'air.

— J'entame la septième minute, Charles, dit Rawlins dans son micro, et tout semble continuer à marcher. Devant, on dirait une porte ouvrant sur la zone G. Peut-être devriez-vous prendre les commandes de mon écran.

— Je le ferai, si vous tenez encore deux minutes, répondit Boardman.

Le robot marqua un arrêt prudent devant cette entrée. Il se brancha sur son gravitron et accumula une charge d'énergie égale à sa masse. Il projeta cette boule d'énergie à travers l'ouverture. Rien ne se passa. Satisfait, l'engin avança. Il était à moitié engagé quand, subitement, avec une violence démentielle, les deux montants vinrent s'écraser l'un contre l'autre, telles les mâchoires d'une presse gigantesque, et broyèrent l'appareil. L'écran de Rawlins s'obscurcit aussitôt. Rapidement, il passa sur une autre longueur d'onde, et il reçut un choc en voyant l'appareil proprement coupé en deux, gisant à côté du piège mortel. Un homme aurait été littéralement broyé, se dit-il.

— Mon robot vient d'être détruit, rapporta-t-il à Boardman. Six minutes et quarante secondes.

— C'est bien ce à quoi nous nous attendions. Il nous en reste encore deux. Coupez votre circuit et regardez bien.

Il vit sur son écran une carte du labyrinthe, sur laquelle l'endroit où chaque robot avait été détruit était marqué d'une croix. En regardant attentivement, il repéra la voie suivie par la machine dont il était responsable, avec un petit X sur la porte broyeuse. Il ne put s'empêcher d'éprouver, tout en se moquant de lui, une sorte d'orgueil enfantin à constater que son engin avait pénétré plus loin que la plupart des autres. Il n'en restait pas moins que deux robots continuaient encore à avancer. L'un se trouvait à l'intérieur de la seconde zone du labyrinthe, et l'autre était en train de franchir un passage menant à cette même zone.

Le plan disparut et il fut connecté avec un des robots. Habilement, la machine, de la hauteur d'un homme, se frayait un chemin à travers les dédales baroques du labyrinthe. Elle dépassa une colonne dorée qui vibrait en produisant une étrange mélodie en une clé inconnue, puis une fontaine de lumière, puis une sorte de toile d'araignée géante composée de fils métalliques étincelants, puis des monceaux d'ossements de toutes formes.

Le robot poursuivait sa marche en avant et Rawlins n'avait que de brefs aperçus des ossements, mais il était sûr qu'ils n'étaient pas tous humains. Ici gisaient des téméraires venus de toutes les galaxies.

L'excitation le gagnait progressivement. Il se sentait à ce point relié avec le robot qu'il avait l'impression de cheminer lui-même à l'intérieur du labyrinthe, évitant les pièges mortels les uns après les autres, et en lui grandissait un sentiment de triomphe au fur et à mesure que passait le temps. Quatorze minutes s'étaient maintenant écoulées. Cette seconde zone du labyrinthe était moins tortueuse que la première : de larges avenues spacieuses, de belles colonnades, de longs passages clairs rayonnant autour des artères principales. Il se détendit ; l'agilité de l'appareil et la sensibilité des moyens de détection le rassuraient et lui procuraient une certaine fierté. C'est à cet instant qu'un élément du pavement se redressa brusquement, entraînant le robot dans une chute vertigineuse vers un broyeur titanesque qui le réduisit en miettes.

Quelle que fût son émotion, il réalisa que le robot avait néanmoins dépassé toutes leurs espérances. Maintenant il ne restait plus que celui qui était entré par la porte principale, la plus sûre. Il était arrivé à l'intérieur de la zone G, presque à la limite de la zone F, ayant déjoué tous les périls grâce à toutes les informations accumulées aux dépens de si nombreuses vies. Jusqu'à présent, l'opération s'était déroulée selon les plans prévus ; elle avait corroboré les expériences et les conclusions issues des expéditions antérieures. La machine animée suivait exactement les données acquises par les explorateurs, tournant ici, esquivant là, et il y avait maintenant dix-huit minutes qu'elle était dans le labyrinthe.

— Nous y voici, dit Boardman. C'est là que Mortenson est mort, n'est-ce pas ?

— Oui, répondit Hosteen. La dernière chose qu'il a dite, c'est qu'il se tenait près de cette petite pyramide, et puis plus rien.

— Donc, c'est à partir de maintenant que nous allons acquérir de nouvelles informations. Pour l'instant, nous avons seulement appris que nos données sont valables. Nous savons aller jusque-là. Mais, maintenant...

N'étant plus programmé, le robot se déplaçait à présent beaucoup plus lentement. Il marquait de nombreux temps d'arrêt pour collecter des informations dans toutes les directions qui étaient instantanément retransmises à l'ordinateur central et additionnées aux précédentes. Il recherchait les cloisons mobiles, les trappes dissimulées dans le pavement, les projecteurs, les lasers, les détecteurs de masse et les sources d'énergie. Chaque centimètre gagné était une nouvelle source d'enseignements.

Il conquit, en tout, vingt-trois mètres. En dépassant la petite pyramide, il inspecta un squelette humain brisé, vieux de soixante-douze ans : Mortenson. De cet examen, il déduisit que l'explorateur avait été tué par un piège se déclenchant par une pression, même la plus légère, sur une dalle proche de la pyramide. Plus loin, il évita deux trappes relativement faciles à déceler, avant de se laisser dérouter par un écran de distorsion. Ses cerveaux perturbés, le robot ne put se défendre contre la descente fracassante d'un piston pulvérisateur.

— Le prochain que nous enverrons devra couper tous ses circuits de contrôle en arrivant à ce point, marmonna Hosteen. Y aller les yeux bandés, en quelque sorte. Enfin, nous verrons bien.

— Peut-être dans ce cas un homme s'en sortirait-il mieux, dit Boardman. Nous ne savons pas si cet écran troublerait un esprit humain de la même façon que des circuits électroniques.

— Nous ne sommes pas encore assez prêts pour envoyer un homme là-dedans, lui fit remarquer Hosteen.

Boardman acquiesça, mais avec une certaine réticence. C'est du moins ce qu'il sembla à Rawlins qui écoutait le dialogue. L'écran se ralluma : un nouveau robot repartait à l'attaque. En fait, Hosteen avait prévu une seconde vague d'appareils qui devaient emprunter la seule voie d'accès offrant quelque chance de succès. Maintenant ils étaient arrivés au point de la dix-huitième minute, aux abords de la pyramide fatale. Hosteen en fit avancer un, tandis que les autres restaient immobiles en retrait, se contentant de surveiller l'opération. L'engin entra dans le champ de distorsion et coupa aussitôt ses relais de détection : pendant un moment, il dériva de droite à gauche, totalement désorienté, puis se stabilisa. Sans aucun contact avec l'environnement il restait insensible aux hallucinations provoquées par l'écran de distorsion qui avaient trompé son prédécesseur et l'avaient attiré sous le piston pulvérisateur. A l'abri des ondes déformantes le groupe de robots envoyait à l'ordinateur une image nette et vraie de la situation. Celui-ci, en comparant ces données avec celles retransmises par le précédent appareil, pourrait établir un itinéraire évitant le piston mortel. Quelques instants plus tard, le robot aveugle commença à bouger, totalement guidé par des impulsions venues de la régie centrale. Dépourvu de toute possibilité de détection ou de choix, il dépendait entièrement de l'ordinateur, qui lui fit suivre une série de petites lignes brisées jusqu'à ce qu'il ait franchi le cap dangereux. Là, les circuits autonomes de détection furent à nouveau branchés. Pour vérification, Hosteen envoya un autre appareil, dans les mêmes conditions de soumission totale à l'ordinateur. Il réussit lui aussi. Puis Hosteen essaya une autre expérience. Il lança un appareil dont les cerveaux n'avaient pas été déconnectés. L'ordinateur central essaya vainement de retenir le robot sur le bon chemin ; celui-ci, saoulé par les fausses informations venues du champ de distorsion, se rua furieusement vers sa destruction.

— Très bien, dit Hosteen. Si nous pouvons faire passer une machine, nous pourrons faire passer un homme. Il fermera les yeux et l'ordinateur lui dictera ses déplacements pas à pas. On y arrivera.

Le robot de tête reprit sa progression. Il parcourut dix-sept mètres avant de passer sur une grille d'argent sur laquelle dardaient deux électrodes qui l'incendièrent en une seconde. Rawlins, tristement, suivit des yeux le suivant qui évita cet obstacle pour rencontrer très vite un autre piège. Patiemment, les appareils attendaient leur tour pour se presser vers leur fin.

Et bientôt, des hommes seraient à leur place, songea-t-il. *Nous* allons entrer nous aussi.

Il ferma son récepteur et rejoignit Boardman.

— Quelle est votre opinion, Charles ? demanda-t-il.

— C'est difficile, mais pas impossible, dit Boardman. Ce ne peut être aussi dur jusqu'au bout.

— Et si cela était ?

— Nous ne manquons pas de robots. Nous allons arpenter ce labyrinthe jusqu'à ce que nous sachions où se trouvent tous les points dangereux et alors seulement nous commencerons à essayer à notre tour.

Rawlins posa la question qui lui brûlait les lèvres :

— Allez-*vous* entrer *vous* aussi, Charles ?

— Naturellement. Tout comme vous.

— Quelles sont nos chances d'en sortir vivants ?

— Elles sont bonnes, dit Boardamn, sinon, je ne m'y risquerais pas. Oh ! c'est une balade dangereuse, Ned, mais ne vous exagérez pas les risques. Nous commençons seulement les premiers travaux d'approche. Nous en saurons pas mal plus dans quelques jours.

Rawlins resta un moment silencieux.

— Muller n'avait aucun robot, dit-il finalement. Comment a-t-il survécu dans un enfer pareil ?

— Je ne sais pas très bien, marmonna Boardman. Dans un sens, on peut dire qu'il est un veinard.

3

A l'intérieur du labyrinthe, Muller surveillait tous ces préparatifs sur ses écrans troubles. Ils envoyaient des sortes de robots en avant-garde. Les pauvres mécaniques se faisaient broyer les unes après les autres, mais chaque nouvelle vague pénétrait chaque fois un peu plus profondément. A force d'erreurs et de rectifications ils avaient trouvé leur chemin à travers la zone H et ils étaient maintenant en G. Muller se tenait prêt à se défendre si les engins atteignaient les zones internes. En attendant, il restait calme au centre de la cité, vaquant à ses occupations quotidiennes.

Il avait l'habitude de passer une grande partie de la matinée à réfléchir à son passé. A une époque lointaine, il avait connu d'autres mondes, d'autres printemps, des saisons plus chaudes que celles d'ici. Des regards aimables l'avaient caressé, des mains avaient étreint les siennes ; il se souvenait de sourires, de fêtes, de parquets bien cirés et de silhouettes élégantes se découpant dans des embrasures de portes. Il avait été marié deux fois. Chaque fois, l'arrangement avait été rompu pacifiquement après quelques années pendant lesquelles chacun avait donné et pris sans mesquinerie. Il avait voyagé dans tous les mondes possibles. Il avait traité avec des ministres et des souverains. Son odorat se souvenait encore des parfums respectifs de centaines de planètes disséminées dans le ciel. Nous sommes à peine une petite flammèche qui disparaît sitôt allumée ; pourtant, il avait brûlé et brillé suffisamment pendant son printemps et son été. Maintenant, il vivait son automne, triste et sans joies.

A sa manière particulière, la cité prenait soin de lui. Il avait une habitation... en fait, il en avait des milliers ; de temps en temps, il déménageait pour le plaisir de changer de point de vue. Tous les bâtiments étaient des boîtes vides. Avec des lanières de cuir, des os et des fourrures d'animaux, il s'était fabriqué un lit et une chaise ; il n'avait besoin de rien de plus. La cité lui fournissait l'eau. Les animaux sauvages étaient en si grand nombre ici qu'il ne risquait pas de manquer de nourriture tant qu'il serait assez fort pour chasser. De la Terre, il avait amené quelques objets de première nécessité. Par exemple, trois cubes de lecture et un de musique ; ils formaient une pile n'atteignant pas un mètre de haut et pouvaient nourrir son esprit pendant tout le reste de sa vie. Il avait aussi un petit magnétophone auquel il dictait parfois ses mémoires ; des cahiers à dessin ; des armes ; un détecteur de masse ; un diagnostat et un stock de médicaments régénérateurs. C'était bien suffisant.

Il mangeait régulièrement. Il dormait bien et sa conscience ne le tourmentait pas. Il avait presque fini par admettre et accepter son destin. Il avait isolé et inhibé la blessure d'où sourdait le poison de l'amertume.

Maintenant, il ne blâmait plus personne pour ce qui lui était arrivé. Ses propres désirs, son ambition étaient les coupables. Il avait essayé de dévorer l'univers, de devenir une sorte de dieu, et quelque force implacable l'avait rejeté impitoyablement de cette haute position, le brisant et l'écrasant. Pour tenter de rassembler ce qui restait de lui, il avait rampé comme un infirme vers cette planète morte.

Il retrouvait chaque étape principale qui l'avait conduit jusqu'ici. A dix-huit ans, par une chaude nuit d'été passée à contempler le firmament, il avait eu la révélation de ses hautes ambitions. A vingt-cinq ans, il avait commencé à les réaliser. Avant d'avoir atteint la quarantaine, il avait déjà visité des centaines de mondes et il était célèbre dans trente systèmes. La décennie suivante lui avait permis de connaître les joies et les désillusions inhérentes à la puissance. Puis, un jour de sa cinquante-troisième année, Charles Boardman était venu lui proposer une mission sur Bêta Hydri IV.

Cette année-là, il était en vacances sur Marduk, à une douzaine d'années-lumière de la Terre. Cette planète était la quatrième du système Tau Ceti. Elle servait de base de repos et de villégiature aux ingénieurs et aux mineurs qui extrayaient des fortunes en minerais radioactifs des autres planètes du système. Muller n'approuvait pas cette exploitation intensive qui confinait au pillage, mais cela ne l'empêchait pas de venir chercher une détente sur Marduk. Grâce à sa révolution non rotative, ce monde ne subissait presque pas le cycle des saisons ; sous l'éternel printemps, les quatre continents étaient baignés par une mer tranquille, jamais profonde. L'eau était d'un vert tendre, la végétation tendait vers le bleu pâle et l'air pétillait légèrement comme du champagne nouveau. Les hommes en avaient fait une sorte de copie de la Terre, mais une Terre comme elle avait dû être dans les temps plus doux et paisibles ; ce n'était que parcs et prairies, avec de-ci de-là quelques auberges accueillantes. Un monde reposant où n'existaient ni violences ni dangers. Les poissons géants dans les mers étaient peu vivaces et se laissaient prendre sans difficultés. Les montagnes aux sommets enneigés semblaient traîtresses et dangereuses, même si on portait des bottes à gravitation, mais personne ne s'y était encore perdu. Les grands et puissants animaux qui peuplaient les forêts chargeaient correctement, mais n'étaient jamais aussi féroces qu'ils le paraissaient. Muller désapprouvait en principe ce genre d'endroit, mais il était un peu rassasié d'aventures et il était venu ici pour chercher quelques semaines de paix, même contrefaite. De plus, il n'était pas seul.

Elle s'appelait Marta. Il l'avait rencontrée l'année précédente, à quelque vingt années-lumière de là. Elle était grande et mince ; ses grands yeux sombres étaient élégamment dessinés au crayon rouge et sa chevelure d'un bleu éclatant tombait souplement sur ses épaules douces. Elle semblait avoir tout juste atteint la vingtaine, mais naturellement elle aurait tout aussi bien pu avoir quatre-vingt-dix ans et en être à son troisième remodelage facial. Il était devenu impossible de deviner l'âge de quelqu'un, tout particulièrement d'une femme. Quoi qu'il en fût,

Muller pensait qu'elle était véritablement jeune. Cette impression tenait plus à une certaine dose d'enthousiasme manifesté et à une véritable féminité qui, il aimait à le croire, ne devaient rien à un quelconque chirurgien, plutôt qu'à une souplesse ou à une gracieuse agilité qui pouvaient tout aussi bien être fabriquées. Marta avait la faculté de se donner entièrement à son plaisir, que ce fût en nageant, en se laissant flotter, en chassant ou en faisant l'amour ; ce qui prouvait à l'évidence que ces joies étaient relativement nouvelles pour elle.

Muller ne cherchait pas à trop approfondir ces questions. Il savait seulement qu'elle était riche, Terrienne, n'était pas embarrassée de liens familiaux et qu'elle était libre de ses mouvements. Il avait eu subitement envie de la voir. Il lui avait téléphoné, lui demandant de venir le rejoindre sur Marduk et elle était venue de son plein gré, sans poser de questions. Elle n'avait pas craint non plus de partager une suite d'hôtel avec lui. Visiblement, elle savait qui était Richard Muller, mais elle semblait être indifférente à sa célébrité. Pour elle ne comptaient que les mots qu'il lui disait, comment il la serrait entre ses bras et leurs jeux et leurs joies communs. Elle ne tenait aucun compte de son passé.

L'hôtel qu'ils habitaient était une spirale brillante, haute de mille mètres, dominant une vallée au milieu de laquelle scintillait un lac de forme ovale. Leurs chambres se trouvaient au deux centième étage. Ils prenaient leurs repas sur une terrasse accessible par un disque à gravitation, d'où ils pouvaient admirer les calmes paysages de Marduk. Il y avait une semaine qu'ils étaient ensemble. Ils ne s'étaient pas quittés une seconde. Le temps était beau. Muller se sentait bien. Les petits seins frais de sa compagne avaient la taille idéale pour la paume de ses mains ; ses longues jambes fines et musclées l'enserraient doucement pour l'étreindre avec une brutale et délicieuse ferveur à la montée de son plaisir. Huit jours après leur arrivée débarqua Charles Boardman. Il loua une suite dans un hôtel situé de l'autre côté du continent et téléphona aussitôt à Muller pour lui demander de passer le voir.

— Je suis en vacances, répondit Muller.

— Une demi-journée seulement, insista Boardman.

— Je ne suis pas seul, Charles.

— Je suis au courant. Amenez-la avec vous. Nous ferons un tour ensemble. C'est une affaire importante.

— Justement, je suis venu ici pour échapper aux affaires importantes.

— Il n'y a pas moyen d'échapper, Dick. Vous le savez bien. Vous êtes Dick Muller, vous vous souvenez ? Et nous avons besoin de vous.

— Que le diable vous emporte, dit Muller d'une voix douce.

Le lendemain matin, ils prirent un appareil qui devait les mener rapidement à l'hôtel de Boardman. Muller se souvenait de ce voyage comme s'il remontait au mois dernier et pourtant il y avait presque quinze ans de cela. Ils frôlaient les sommets enneigés de si près qu'ils virent distinctement un magnifique chamois géant à longues cornes recourbées sautant par-dessus de luisantes coulées de glace. Il était splendide : deux tonnes de muscles et d'os grimpant avec une incroyable légèreté sur des cimes vertigineuses. Marduk n'offrait pas de chasse plus chère. En une vie entière, certains hommes ne gagnaient pas ce que coûtait la licence pour tuer une de ces merveilleuses bêtes. C'était encore trop bon marché, pensa Muller.

Ils tournèrent trois fois autour du gracieux animal puis, après avoir sauté un dernier pic, ils plongèrent en suivant la pente de la montagne. La vallée constituait la taille du continent ; elle était émaillée d'une multitude de petits lacs qui étincelaient au soleil comme un collier de diamants. A midi, ils atterrirent devant l'hôtel de Boardman. Celui-ci avait loué la suite la plus luxueuse, toute en fausses cloisons et en trompe-l'œil. Il étreignit le poignet de Muller pour le saluer et il serra Marta dans ses bras avec une évidente convoitise. La jeune femme resta froide et distante ; il était clair que cette visite lui semblait être une perte de temps.

— Avez-vous faim ? demanda Boardman. Nous déjeunerons d'abord, ensuite nous parlerons.

Il leur versa à boire du vin ambré dans des gobelets en cristal de roche bleu taillés sur Ganymède. Puis ils embarquèrent sur une capsule-restaurant et quittèrent l'hôtel pour survoler les forêts mauves et les lacs. Ils étaient étendus sur des sièges gonflables dans une sorte de nacelle transparente, comme suspendus en plein ciel. La nourriture leur parvenait automatiquement. Salade frisée, poisson grillé de la planète, légumes importés saupoudrés de fromage râpé du Centaure, flacons de bière de riz fraîche et, pour terminer, une épaisse et sirupeuse liqueur verte épicée. Entièrement passifs, bercés dans leur capsule mobile, ils acceptaient la nourriture, les boissons, les paysages ; ils respiraient cet air pétillant pompé de l'extérieur, tout en regardant des oiseaux aux couleurs éclatantes voltiger autour d'eux avant de plonger se perdre dans les forêts touffues de conifères. Boardman avait soigneusement mis tout cela au point afin de créer une ambiance favorable, mais ses efforts ne serviraient pas à grand-chose, songea Muller. On ne pouvait l'endormir aussi facilement. Il accepterait peut-être la mission que lui proposerait Boardman, mais il se déciderait en toute conscience.

Marta s'ennuyait. Elle l'exprimait par le profond désintérêt avec lequel elle accueillait les coups d'œil langoureux de Boardman. Sa tenue de jour scintillante était destinée à montrer le plus possible d'elle. La texture moléculaire mobile du tissu était subtilement programmée pour dessiner des petites ouvertures de différentes formes qui découvraient soit un morceau de cuisse et un sein, soit le ventre et les reins, soit un bout de hanche et les fesses. Boardman appréciait visiblement ce qu'il voyait et semblait prêt à prendre possession de ce qui lui était si généreusement montré, mais Marta faisait mine d'ignorer ses propositions non formulées. Muller s'amusait de cette petite comédie. Ce n'était pas le cas de Boardman.

Après le déjeuner, la capsule se posa sur la rive d'un lac argenté. La cloison s'ouvrit devant les eaux profondes et claires.

— Peut-être notre jeune amie préférera-t-elle aller nager pendant que nous discuterons de nos ennuyeuses bêtises ? proposa Boardman.

— Bonne idée, répondit Marta platement.

Elle se leva et détacha l'agrafe sur son épaule. Sa robe glissa le long de son corps et tomba à ses pieds. Boardman se précipita et pendit ostensiblement le léger vêtement avec le plus grand soin. Elle lui sourit froidement pour le remercier et lui tourna le dos pour descendre vers la berge. Sa peau bronzée brillait merveilleusement sous les rayons du soleil qui filtraient à travers les arbres. Les pieds dans l'eau, elle s'arrêta un instant, exposant à leurs regards son dos cambré et ses fesses rondes et hautes, puis elle plongea résolument dans le lac et s'éloigna rapidement, laissant une mince traînée d'écume derrière elle.

Boardman se retourna vers Muller :

— Elle est vraiment adorable, Dick. Qui est-ce ?

— Une fille. Assez jeune, je crois.

— Plus jeune que celles que je vous ai connues, en tout cas. Avec un je ne sais quoi de déjà défloré, si je peux me permettre. Vous la connaissez depuis longtemps ?

— Depuis l'année dernière. Elle vous intéresse ?

— Naturellement.

— Je le lui dirai, dit Muller. Dans quelque temps.

Boardman lui répondit par un sourire énigmatique de bouddha et il avança la main vers la console portant les liqueurs. Muller refusa d'un mouvement de tête. Au loin, Marta nageait sur le dos. Seuls les deux bouts roses de ses seins étaient visibles sur la surface immobile du lac. Les deux hommes se considéraient. Ils semblaient avoir à peu près le même âge, vers la cinquantaine ; Boardman était légèrement empâté alors que Muller était mince, mais ils grisonnaient tous les deux et ils dégageaient la même impression de force. Assis, ils semblaient aussi avoir la même taille. Les apparences étaient trompeuses : d'une part Boardman avait une trentaine d'années de plus que Muller, d'autre part ce dernier mesurait quinze centimètres de plus que son aîné. Ils se connaissaient depuis trente ans.

Dans un sens, leurs professions étaient plus ou moins identiques. Leur rôle consistait à préserver les structures de la société humaine dispersée dans la galaxie, bien que ni l'un ni l'autre n'aient aucun rang officiel dans un corps, administratif quelconque. Ils étaient animés par une même obéissance à leurs tâches et un même désir de servir l'humanité. Muller respectait Boardman pour l'utilisation qu'il avait faite de ses multiples talents pendant sa longue et impressionnante carrière, sans toutefois pouvoir dire qu'il l'appréciait. Il savait Boardman intelligent, entièrement dévoué à la cause humaine et totalement dépourvu de scrupules. Ce genre d'individu est toujours dangereux.

D'une poche de sa tunique, Boardman sortit un cube de vision de six ou sept centimètres de côté et le posa devant Muller. On aurait dit un élément oublié d'un jeu compliqué. Sa couleur jaune pâle se reflétait sur le marbre noir poli de la table.

— Branchez-le, dit Boardman, la visionneuse est derrière vous.

Muller glissa le cube dans le logement prévu. Du centre de la table s'éleva alors un cube plus grand. Sur ses faces, de près d'un mètre de côté, apparurent des images. Muller vit une planète, entourée par une masse de nuages gris. Ce pouvait être Vénus. Puis des veines d'un rouge sombre strièrent le gris.

Ce n'était donc pas Vénus. L'œil traversa l'épaisseur nuageuse et révéla une planète non familière, totalement différente de la Terre.

Sur le sol, d'apparence spongieuse et humide, s'élevaient des arbres caoutchouteux qui ressemblaient à de gigantesques champignons vénéneux. Il était difficile de juger des hauteurs, mais ils semblaient grands. Les troncs blafards, léchés par de longues fibres déchiquetées, se tordaient lamentablement et étaient protégés, jusqu'à peu près le cinquième de leur hauteur, par des sortes de cuirasses constituées par des excroissances d'apparence morbide. Au-dessus, aucune branche ni aucune feuille, seulement quelques coupelles végétales, largement évasées, plissées et mouchetées par un phénomène de moisissure. Soudain, à travers cette ténébreuse plantation, apparurent trois silhouettes étranges. Elles étaient très allongées. De leurs épaules étroites pendaient des grappes de huit ou dix membres articulés qui les faisaient presque ressembler à des araignées. Les têtes étaient coniques, bordées de plusieurs yeux, et portaient des excroissances de chair qui pointaient verticalement et qui devaient être les narines. Les bouches s'ouvraient sur les côtés. Ces êtres marchaient debout sur des jambes élégantes terminées par des petits piédestaux ronds qui leur tenaient lieu de pieds. Ils étaient nus, à l'exception de petites bandes d'étoffe, probablement ornementales, nouées entre leur premier et deuxième poignet, et pourtant Muller n'arrivait pas à découvrir sur eux le moindre équivalent d'un appareil de reproduction ou de fonctions mammifères. La peau n'était pas pigmentée, partageant la teinte grise de ce monde triste, et semblait râpeuse, comme si elle était recouverte d'une couche de petites écailles à multiples facettes.

Avec une grande élégance dans la démarche, chacune des trois silhouettes s'approcha d'un des champignons géants et entreprit de l'escalader jusqu'à ce qu'elle arrive au bord supérieur de la carapace protectrice. Parmi les membres, un semblait spécialement adapté à cette circonstance. Alors que les autres portaient cinq doigts vrillés disposés en anneau, celui-ci se terminait par un organe pointu comme une aiguille qui pouvait s'enfoncer facilement et profondément dans le tronc mou et gommeux. Les créatures restèrent un long moment ainsi, appuyées contre l'arbre, comme si elles en suçaient la sève. Puis elles descendirent et reprirent leur promenade, comme si de rien n'était.

Soudain, l'une d'elles s'arrêta, se baissa et sembla chercher quelque chose du regard. Très vite, elle repéra l'œil qui les avait espionnées pendant leurs activités. L'image devint chaotique ; Muller pensa que les créatures devaient se passer l'œil de main en main. Tout à coup, ce fut le noir. L'œil avait été détruit et le cube était arrivé à sa fin.

Muller rompit le lourd silence quelques instants plus tard.

— Ils sont très convaincants.

— C'est la moindre des choses. Ils sont vrais.

— Cela a-t-il été filmé par un robot extragalactique ?

— Non, dit Boardman. Dans notre propre galaxie.

— Bêta Hydri IV, alors ?

— Oui.

Muller réprima un frisson :

— Puis-je le repasser, Charles ?

— Naturellement.

Il réactiva le cube de vision. A nouveau l'œil traversa l'épaisseur de nuages ; à nouveau il repéra les arbres caoutchouteux ; à nouveau le trio de créatures apparut, se nourrit aux arbres, remarqua l'œil et le détruisit. Muller était fasciné par ces images. Il n'avait encore jamais vu, ni personne à sa connaissance, d'êtres doués de raison venus d'une autre création.

Le cube s'éteignit à nouveau.

— Cela a été pris il y a moins d'un mois, dit Boardman. Nous avons placé un vaisseau-robot à cinquante mille kilomètres de Bêta Hydri IV et nous avons laissé tomber à peu près un millier d'yeux à la surface. La moitié au moins s'est perdue au fond des océans, et d'autre part la plus grande partie des terres est inhabitée ou inintéressante. C'est le seul qui nous ait retransmis une image précise de ces créatures.

— Pourquoi a-t-il été décidé de rompre la quarantaine que nous avions établie autour de cette planète ?

Boardman souffla lentement :

— Nous pensons qu'il est temps d'entrer en contact avec eux, Dick. Il y a dix ans que nous tournons autour sans oser leur dire bonjour. Ce n'est pas très poli de notre part. Or, comme les Hydriens et nous sommes les deux seules races intelligentes perdues dans cette sacrée galaxie, du moins à notre connaissance, nous en sommes venus à penser que nous devions commencer à établir des relations amicales.

Muller savait que le seul moyen d'éviter de se

laisser prendre dans les pièges de Boardman était d'attaquer de front. Il parla assez brusquement.

— Votre sens des convenances me semble bien subit. Une décision avait été prise en conseil à l'unanimité, après une année de débats, selon laquelle on laisserait les Hydriens en paix pendant au moins un siècle, s'ils ne tentaient pas de sorties dans l'espace. Qui a modifié cette décision, pourquoi et quand ?

Boardman eut son habituel sourire énigmatique. Puis, après un silence, il dit d'une voix douce :

— Je n'ai pas cherché à vous tromper, Dick. Cette décision a été annulée lors d'une session du conseil qui s'est tenue il y a huit mois, pendant que vous étiez en route vers Rigel.

— Et la raison ?

— Un de nos robots extragalactiques est revenu avec des éléments convaincants qui prouveraient l'existence d'au moins une espèce supérieure douée d'intelligence dans un des systèmes voisins.

— Où ?

— Cela n'a pas d'importance, Dick. Ne m'en veuillez pas, mais je ne suis pas autorisé à vous le dire pour l'instant.

— Très bien.

— Tout ce que je peux vous dire c'est que, d'après ce que nous savons d'eux pour le moment, ils sont beaucoup plus avancés que nous. Ils pratiquent les voyages inter et extragalactiques et un de ces siècles ils viendront nous rendre visite. A ce moment-là, nous aurons un très gros problème sur les bras. Il a donc été voté que nous entrerions en contact avec les Hydriens avant terme, afin de nous préparer pour le jour où les autres débarqueront.

— Vous voulez dire, demanda Muller, que nous voulons nous assurer de bonnes relations avec l'autre race de notre galaxie avant que se montrent les extragalactiques ?

— Exactement.

— Maintenant, je boirais bien le verre que vous m'avez offert.

Boardman fit un geste. Muller commanda sur un clavier le mélange qu'il désirait. Il vida son verre d'un trait et se fit aussitôt resservir. L'effet de surprise passé, il avait besoin de digérer ces informations. Le cube de vision dans les mains, comme s'il se fût agi d'une relique sacrée, son regard se perdait au loin, oubliant Boardman et tout ce qui l'entourait.

Pendant deux siècles, l'homme avait exploré l'univers sans trouver la trace d'un rival possible. Il y avait une infinité de planètes et un grand nombre d'entre elles étaient potentiellement habitables. Parmi celles-ci, cinq ou six, ce qui était surprenant quoique prévu par les savants, étaient entièrement semblables à la Terre. Le ciel est peuplé de systèmes solaires dont beaucoup appartiennent aux types F et G susceptibles d'abriter des formes de vie. Le procédé de genèse planétaire est général : la plupart des soleils sont cernés par un nombre de grosses planètes allant de cinq à douze dont certaines ont la taille, la masse et la densité voulues pour permettre la rétention d'une atmosphère et l'évolution favorable de la vie. Encore faut-il qu'elles soient situées sur des orbites convenables, leur évitant des températures trop excessives. Cette galaxie foisonnait de vie et elle était un merveilleux champ d'expériences pour les zoologistes.

Mais dans son expansion désordonnée en dehors de son propre système l'homme avait seulement trouvé des vestiges laissés par des espèces intelligentes disparues. Des bêtes hantaient les ruines de civilisations inimaginablement anciennes, dont une des plus spectaculaires était le labyrinthe de Lemnos ; mais d'autres mondes conservaient encore des décombres de cités, des débris de constructions, des champs funéraires et des amas de fragments de toutes sortes. Les archéologues eux aussi s'étaient emparés de l'espace. Il avait fallu inventer de nouvelles spécialités scientifiques pour étudier les espèces étrangères d'animaux et d'objets. Des chercheurs s'attachaient à faire revivre des sociétés déjà disparues avant même que les Pyramides fussent construites.

Mais il semblait que toutes les autres races intelligentes habitant la galaxie avaient été détruites par une curieuse épidémie, ne laissant aucun survivant, même sous une forme abâtardie ou dégénérée. Les peuples de Ninive et Tyr, eux aussi, avaient été détruits et étaient restés sans descendance. Les études scientifiques avaient démontré que les plus jeunes civilisations extra-solaires, sur la douzaine connue et observée, étaient mortes quatre-vingt mille ans plus tôt.

La galaxie est immense et l'homme continue de la fouiller à la recherche de ses frères stellaires, poussé par un désir pervers, fait de curiosité et de crainte. Bien que l'hyperpropulsion ait ouvert la voie vers tous les points de l'univers. il n'existe pas assez de personnel et de vaisseaux pour voir et étudier tous les mondes. Plusieurs siècles après sa première intrusion dans la galaxie, l'homme continuait à faire des découvertes ; certaines même près de lui. Sept planètes gravitaient autour de l'étoile Bêta Hydri, la quatrième portait une espèce douée d'intelligence.

Il n'y avait pas eu de débarquement. Une pareille possibilité avait été envisagée longtemps auparavant, mais on avait décidé d'éviter les conséquences imprévisibles d'une telle maladresse. La surveillance de Bêta Hydri IV avait été menée de derrière la couche nuageuse qui l'entourait. Des appareils ultra-sensibles avaient mesuré son activité cachée derrière cet épais rideau gris. On connaissait la production totale énergétique à quelques millions de kilowatts-heure près ; les districts urbains avaient été relevés et leur densité de population estimée ; grâce à l'étude des radiations thermiques, on avait même pu calculer le taux de développement industriel. Là-bas existait une civilisation puissante, agressive par son expansion continue, d'un niveau technique probablement comparable à celui du XXe siècle de la Terre. Sauf, et cette différence était capitale, que les Hydriens n'avaient tenté aucun essai pour voyager dans l'espace. La faute en incombait à l'écran de nuages. Des êtres n'ayant jamais aperçu d'étoiles ne manifestaient aucun désir de les atteindre.

Muller avait siégé dans les différentes et tumultueuses conférences qui avaient suivi la découverte des Hydriens. Il connaissait les motifs ayant conduit à laisser la race étrangère dans son isolement ; c'est pourquoi il comprenait combien devaient être urgentes les raisons de briser cette quarantaine. N'ayant aucune certitude sur ses relations éventuelles avec des êtres non humains, la Terre avait sagement choisi de se tenir à l'écart pendant un certain temps. Subitement, toute cette politique était remise en question.

— Que comptez-vous faire ? demanda-t-il. Une expédition ?

— Oui.

— Bientôt ?

— L'année prochaine.

Muller se raidit :

— Qui la dirigera ?

— Peut-être vous, Dick.

— Pourquoi peut-être ?

— Vous pourriez refuser.

— Un jour de mes dix-huit ans, dit Muller, j'étais avec une fille dans une forêt en Californie. Nous avons fait l'amour. Ce n'était pas exactement la première fois que cela m'arrivait, mais c'était la première fois que cela se passait vraiment bien. Après, nous nous sommes couchés sur le dos et nous avons regardé les étoiles. J'ai dit à mon amie qu'un jour je partirais dans le ciel et que je marcherais sur ces mondes lointains. Elle m'a répondu : « Oh, Dick, tu es formidable ! » Vous le savez aussi bien que moi, ce genre de pensées n'a rien d'étrange. Tous les mômes à dix-huit ans ont les mêmes rêves. Mais j'ai continué. Je lui ai dit que je ferais des découvertes dans l'espace, afin que mon nom devienne célèbre comme celui de Christophe Colomb, Magellan ou les premiers astronautes. Je disais que je serais toujours le premier, devant tous les autres, et que je me déplacerais au milieu du firmament comme un dieu. C'était un beau morceau d'éloquence. J'ai continué ainsi pendant dix minutes. Nous sommes restés silencieux, perdus dans notre contemplation, puis je me suis retourné vers elle et de nouveau je l'ai prise. Mais, même tournant le dos aux étoiles, je sentais s'affermir en moi mes ambitions. (Il sourit :) Il y a des choses que l'on dit à dix-huit ans et que l'on ne peut plus jamais répéter.

— On peut aussi faire certaines choses à dix-huit ans que l'on ne peut plus recommencer plus tard, dit Boardman. Eh bien, Dick ? Vous avez dépassé la cinquantaine, n'est-ce pas ? Vous avez voyagé d'étoile en étoile. Vous sentez-vous un dieu ?

— Parfois.

— Voulez-vous aller sur Bêta Hydri IV ?

— Vous savez très bien que oui.

— Seul ?

Muller sentit le plancher se dérober sous lui. Il eut la même sensation que lors de son premier départ cosmique, plongeant pour se perdre dans l'univers infini :

— *Seul ?*

— Nous avons entrepris des études prospectives. Elles ont conclu qu'envoyer une équipe serait une erreur. Déjà les Hydriens n'ont pas très bien accepté nos yeux-robots. Vous l'avez constaté ; ils ont ramassé celui-ci et ils l'ont écrasé. N'ayant encore jamais rencontré d'êtres intelligents différents de nous, nous ne connaissons absolument pas leurs structures psychologiques. Mais nous pensons qu'il est plus sûr, sur le plan des risques éventuels et aussi de l'effet produit sur leur société, d'envoyer un seul ambassadeur. Un homme venant pacifiquement ; un homme ayant assez d'expérience des situations complexes et entièrement nouvelles ; et suffisamment intelligent et fort pour prendre des initiatives permettant d'établir un premier contact. Deux éventualités existent : ou il est mis en pièces dans les trente secondes qui suivent l'atterrissage, ou, s'il survit, il aura accompli un acte véritablement unique dans l'histoire de l'humanité. Voilà l'option qui vous est proposée.

Comment refuser ? Etre le premier ambassadeur auprès des Hydriens ! Partir seul, fouler un autre sol et être porteur du premier message des hommes à leurs voisins du cosmos...

La récompense en était l'immortalité. Son nom écrit pour toujours dans les étoiles.

— Quelles sont les chances de s'en sortir ? demanda-t-il.

— Les ordinateurs donnent une chance sur soixante-cinq de revenir entier, Dick. Bêta Hydri IV n'est pas une planète du type de la nôtre, vous serez donc obligé d'avoir un système protecteur. Il se peut aussi que la réception soit fraîche. Enfin, je vous le répète : une sur soixante-cinq.

— Ce n'est pas mal.

Boardman fit une grimace :

— Je peux vous dire que moi je n'accepterais jamais un tel taux de risques.

— Vous non, mais moi je pourrais.

Il termina son verre. Mener cette mission à bien signifiait l'assurance d'une gloire impérissable. Et même l'échec, sanctionné par la mort, n'était pas si terrible. Il avait bien vécu. Il y avait des morts bien plus terribles que d'être tué en mission, investi par les hommes pour les représenter auprès d'une espèce différente. Tout le poussait à accepter : son orgueil démesuré, sa soif de gloire, son désir enfantin, auquel il n'avait pas voulu renoncer, de devenir célèbre. Après tout, les risques n'étaient pas si grands.

Marta revint, encore toute mouillée de son bain. Les petites perles d'eau scintillaient sur son corps nu et ses longs cheveux se plaquaient sur ses épaules. Elle était légèrement essoufflée ; ses seins, petits cônes de chair douce et tendre ponctués d'un bouton rose, se soulevaient en cadence. Elle pourrait presque être une gamine trop vite poussée, songea Muller, s'émerveillant de ses hanches étroites et de ses cuisses longues et minces. Boardman lui passa un séchoir. Elle le mit en marche et pénétra dans le champ jaune. Sous la chaude lumière, elle fit un tour complet, puis elle sortit et décrocha sa tenue. Sous le regard des deux hommes, elle s'habilla sans se presser.

— C'était délicieux, dit-elle.

C'est alors que son regard croisa celui de Muller pour la première fois depuis son retour.

— Dick, qu'as-tu ? Tu as l'air égaré... absent. Tu te sens bien ?

— Très bien.

— Que s'est-il passé ?

— M. Boardman m'a fait une proposition.

— Vous pouvez lui donner tous les détails, Dick. Nous ne cherchons pas à les garder secrets. Bientôt, nous allons lancer l'information partout dans la galaxie.

Muller parla à voix douce :

— On va envoyer du monde sur Bêta Hydri IV. Un seul homme. Moi. Au fait, quel procédé utiliserons-nous, Charles ? Un vaisseau restera sur une orbite d'attente et je descends dans une capsule de débarquement équipée pour le retour ?

— Oui. Nous...

Marta l'interrompit :

— C'est fou, Dick ! Ne le fais pas ! Tu le regretterais toute ta vie.

— Si les choses ne marchent pas bien, ce sera une mort rapide. J'ai déjà pris de plus grands risques, Marta.

— Non. Ecoute-moi, Dick. Je suis intuitive. Parfois même j'ai des prémonitions. (Elle rit nerveusement, oubliant d'un seul coup sa pose élégamment sophistiquée :) Je ne crois pas que tu mourras si tu vas là-bas. Mais je sens que tu ne vivras plus réellement. Refuse. Refuse cette mission, Dick.

— Officiellement, vous n'avez toujours pas accepté ma proposition, fit remarquer Boardman.

— Je sais, dit Muller.

Il se leva. Sa tête touchait presque le plafond de la capsule-restaurant. Il marcha vers Marta et la prit dans ses bras. Il se rappelait cette autre fille, il y avait si longtemps, dans une forêt de Californie, et ce désir inextinguible de puissance qui s'était emparé de lui quand, tournant le dos aux étoiles, il avait écrasé son corps contre la peau douce et chaude, l'obligeant à s'ouvrir. Maintenant il étreignait Marta. Elle le regardait avec horreur. Il embrassa le bout de son nez et le lobe de son oreille gauche, mais elle se dégagea violemment. Comme ivre, elle recula en chancelant dans les bras de Boardman qui l'attrapa et la soutint. Muller le regarda :

— Vous connaissez ma réponse, dit-il.

★

Ce même après-midi, un des robots atteignit la zone F. Il leur restait encore une certaine distance à parcourir, mais Muller savait qu'il ne leur faudrait plus longtemps pour atteindre le cœur du labyrinthe.

4

— Le voici, dit Rawlins. Enfin !

Grâce aux yeux du robot, il voyait enfin l'homme du labyrinthe. Les bras croisés, négligemment appuyé contre un mur, Muller ne semblait pas du tout inquiet de la présence du robot. C'était un grand type, le teint hâlé, avec un menton carré et un nez fort et proéminent.

Rawlins brancha le système d'audition et entendit Muller qui disait :

— Salut, robot. Pourquoi viens-tu m'ennuyer ?

Celui-ci, naturellement, ne répondit pas. Rawlins non plus, quoiqu'il lui eût été possible de passer un message par l'intermédiaire de l'appareil. Il se tenait devant la régie centrale et se collait près du récepteur pour mieux voir l'étrange objet de leur expédition. Ses yeux fatigués cillèrent. Il avait fallu neuf jours de Lemnos pour qu'un robot atteigne enfin le cœur du labyrinthe. Ils avaient arraché cette réussite au prix d'une centaine d'engins ; chacun progressant d'une vingtaine de mètres après son précédesseur, gagnant ainsi un peu de terrain pour son suivant et ainsi de suite. Pourtant c'était plutôt positif comme résultat, considérant que les possibilités de choix étaient infinies. Grâce à la chance, à un usage judicieux des moyens de détection retransmis et parfaitement utilisés par l'ordinateur de bord, ils avaient réussi à éviter les pièges les plus évidents et certains parmi les plus subtilement cachés. Maintenant, ils avaient atteint le centre.

Rawlins se sentait exténué. Il avait passé la nuit à diriger la phase critique : la pénétration dans la zone A. Hosteen était parti se coucher le premier, et Boardman l'avait suivi peu de temps après. Quelques membres de l'équipage s'activaient autour des appareils et du vaisseau, mais Rawlins était le seul civil éveillé.

Il se demanda si la découverte de Muller avait été prévue pendant son tour de garde. Certainement pas. Boardman n'aurait pas pris le risque de laisser un novice au poste de commandement à cet instant crucial. Eh bien, tant pis. Il avait réussi à faire gagner quelques mètres au robot, et maintenant il voyait Muller.

Il chercha sur le visage de l'homme certains stigmates de ses tourments intérieurs.

Ce n'était pas évident. Des années de solitude vécues dans ce lieu infernal et ce que lui avaient fait endurer les Hydriens auraient dû se graver dans son âme et sur ses traits. D'après ce qu'il pouvait voir, cela n'apparaissait pas très visiblement.

Le regard portait bien une profonde tristesse et les lèvres serrées formaient un trait dur, mais Rawlins, naïvement romantique, s'était attendu à une expression plus dramatique, une sorte de miroir reflétant une agonie intérieure. A la place, il voyait seulement le visage ridé, indifférent, presque figé, d'un homme fort et solide, ayant atteint l'âge mûr. Les cheveux avaient blanchi, les vêtements s'étaient usés et l'allure semblait fatiguée, mais tout cela n'avait rien d'étonnant après un tel exil de neuf ans. Rawlins avait imaginé un masque horrible, un visage décharné et amer, au regard brûlant de désespoir.

— Que veux-tu ? demanda Muller au robot. Qui t'envoie ? Pourquoi ne repars-tu pas ?

Rawlins n'osait pas répondre, ne sachant quelle carte Boardman désirait abattre quand ils en seraient arrivés à ce point. Il figea le robot et se rendit sous le dôme de Boardman.

Boardman dormait comme chaque nuit sous sa tente de revitalisation. C'était le seul moyen pour rester en forme ; grâce à cela, Boardman ne paraissait pas ses quatre-vingts ans ou plus. Rawlins était très embarrassé d'avoir à déranger le vieil homme pendant son sommeil réparateur. Deux électrodes méningées branchées sur le front de Boardman garantissaient une progression parfaitement correcte des différents degrés de sommeil, éliminant ainsi les traces de fatigue emmagasinée dans la journée. Un système ultrasonique purgeait ses artères des débris et des toxines. L'espèce de collier finement ouvragé servait à régulariser le flux hormonal. Tous ces appareils étaient reliés et commandés par l'ordinateur central. Couché sous sa tente de revitalisation, Boardman ressemblait à une statue de cire. Sa respiration était lente et régulière, sa bouche était détendue et ses joues pendaient, molles et bouffies. Derrière les paupières baissées on pouvait distinguer les globes oculaires se déplaçant rapidement dans leur orbite.

C'était un signe de rêve. N'était-il pas dangereux de le réveiller ainsi dans ce profond sommeil ?

Rawlins ne voulait pas prendre le risque, du moins pas directement. Il s'adressa à l'ordinateur central :

— Faites passer un rêve à Charles Boardman. Dites-lui que nous avons découvert Muller et qu'il doit se réveiller tout de suite. Dites-lui : Charles, Charles, réveillez-vous, nous avons besoin de vous ! Compris ?

— J'accuse réception, répondit le cerveau électronique.

Le message partit vers le vaisseau, fut traduit en impulsions et revint sous le dôme jusqu'à l'esprit de Boardman en passant par les électrodes frontales. Rawlins attendit en regardant le vieil homme couché devant lui.

Boardman remua. Ses mains se contractèrent nerveusement.

— Muller... marmonna-t-il.

Ses yeux s'ouvrirent, mais il semblait ne rien voir. Puis le processus de réveil se poursuivit, accélérant les réactions du métabolisme jusqu'au rythme actif.

— Ned ? dit-il d'une voix rauque. Que faites-vous ici ? J'ai rêvé que...

— Ce n'était pas un vrai rêve, Charles. C'est moi-même qui l'ai programmé. Nous sommes entrés dans la zone A et nous avons trouvé Muller.

Boardman débrancha le système de revitalisation et se redressa aussitôt sur son lit, alerte et conscient :

— Quelle heure est-il ?

— Tout juste l'aube.

— Quand l'avez-vous découvert ?

— Il y a à peu près un quart d'heure. J'ai figé le

robot et je suis tout de suite venu vous chercher. Mais je ne voulais pas précipiter votre réveil, alors je...

— Très bien, très bien.

Boardman se dressa et tituba légèrement sur ses pieds. Rawlins réalisa que le vieillard n'avait pas encore tout à fait récupéré sa vitalité et que son âge se révélait cruellement.

Il fit mine d'étudier le système de revitalisation pour ne pas avoir à regarder le corps adipeux et informe.

Quand j'aurai son âge, pensa le jeune homme, je me ferai faire des remodelages corporels régulièrement. En vérité, ce n'est pas une question de vanité, mais plutôt de la courtoisie envers les autres. Pourquoi avoir l'air vieux si on ne veut pas passer pour vieux. Pourquoi choquer ?

— Allons-y, dit Boardman. Remettez en marche le robot. Je veux le voir tout de suite.

Rawlins se servit du récepteur placé dans le hall. L'écran s'alluma et leur montra l'image de la zone A du labyrinthe, nettement plus agréable que les zones précédentes. Muller n'était plus là.

— Branchez le système d'audition, ordonna Boardman.

— Il l'est.

— Où est-il parti ?

— Il a dû se cacher, dit Rawlins.

Il fit décrire une rotation sur lui-même au robot. Le panoramique fit apparaître des bâtiments bas et cubiques, de hautes voûtes et des gradins. Un petit animal ressemblant à un chat décampa devant l'appareil, mais aucun signe de Muller.

— Il était là, insista Rawlins, tristement. Il...

— Je sais. Mais vous n'espériez pas qu'il allait gentiment vous attendre pendant que vous veniez me réveiller. Faites faire un tour au robot.

Rawlins mit le moteur en marche et l'engin commença une lente exploration de la galerie dans laquelle il se trouvait. Instinctivement, pendant les premières minutes, il prenait de grandes précautions, s'attendant à chaque instant à tomber victime de quelque piège, puis il réalisa que les constructeurs du labyrinthe n'avaient certainement pas dû rendre dangereux les quartiers destinés à l'habitation. Tout à coup, Muller sortit d'un édifice dépourvu de toute fenêtre et se planta devant le robot.

— Encore ? dit-il. On t'a remis en vie, n'est-ce pas ? Pourquoi ne parles-tu pas ? De quelle expédition fais-tu partie ? Qui t'envoie ?

— Répondons-nous ? demanda Rawlins.

— Non.

Boardman était presque collé contre le récepteur. Il repoussa Rawlins des leviers de commande et s'activa pour améliorer la mise au point de l'image. Parallèlement, il continuait à faire bouger le robot devant Muller, comme s'il voulait garder son attention et éviter qu'il ne reparte.

— C'est horrible, dit-il à voix basse. Cette expression sur son visage...

— Je trouve qu'il a l'air plutôt calme.

— Qu'en savez-vous ? Je me *souviens* de cet homme, Ned. Ce visage est celui de quelqu'un qui a connu l'enfer. Ses pommettes sont deux fois plus proéminentes qu'avant. Ses yeux sont terribles. Vous avez vu comme la bouche tombe... sur la gauche ?

Peut-être même a-t-il reçu un jet de lumière ou quelque chose d'aussi horrible.

Complètement ahuri, Rawlins fouillait ces traits pour trouver les signes de cette déchéance. Il ne les remarqua pas mieux que la première fois. Mais naturellement, il ne pouvait se souvenir de l'ancienne apparence de Muller. Et, sans aucun doute, Boardman devait être un bien meilleur expert que lui dans la lecture des caractères.

— Ce ne sera pas simple de le faire sortir de là, dit Boardman. Il voudra rester. Mais il nous le faut, Ned. Nous avons besoin de lui. Nous avons besoin de lui.

Toujours aussi apparemment calme, Muller s'adressa une nouvelle fois au robot, mais d'une voix rude et profonde :

— Je te donne trente secondes pour m'expliquer ta raison d'être ici. Après cela, tu auras intérêt à faire demi-tour et retourner d'où tu viens.

— Vous ne voulez pas lui parler ? demanda Rawlins. Il va détruire le robot !

— Laissez-le faire, dit Boardman. La première parole qu'il entendra doit lui être adressée par un homme en chair et en os qui devra se trouver en face de lui. C'est le seul moyen. Vous comprenez, Ned, nous devons lui faire la cour. Nous ne pouvons passer par des haut-parleurs.

— Dix secondes, laissa tomber Muller.

Il glissa la main dans sa poche et la ressortit, tenant un globe de métal noir brillant de la taille d'une pomme, portant une petite ouverture carrée sur une face. Rawlins n'avait encore jamais rien vu d'identique. Peut-être était-ce quelque arme étrange trouvée par

Muller dans le labyrinthe, pensa-t-il, quand il vit Muller lever rapidement la boule noire et pointer la petite ouverture vers le robot.

L'écran s'obscurcit instantanément.

— J'ai l'impression que nous venons de perdre un autre robot, dit Rawlins.

— Oui, opina Boardman. C'est d'ailleurs le dernier. A partir de maintenant, nous allons commencer à perdre des hommes.

★

Le moment était arrivé de risquer des vies humaines dans le labyrinthe. C'était inévitable. Boardman le regrettait, comme il regrettait d'avoir à payer des impôts, ou le vieillissement, ou les voyages et le fait d'avoir à supporter les effets désagréables de la gravitation. Les impôts, l'âge, les voyages et la gravité étaient des aspects permanents de la condition humaine, bien que les progrès de la science moderne en eussent considérablement diminué les désagréments. Ainsi en allait-il des risques de mourir. Ils avaient correctement utilisé les moyens offerts par les robots et cela avait certainement épargné une douzaine de vies humaines ; mais ils en étaient arrivés à un point où il n'y avait pas d'autre solution. Boardman n'en était pas enchanté outre mesure, mais cela ne le dérangeait pas très profondément. Depuis des dizaines d'années, il avait demandé à des hommes de risquer leur vie et beaucoup d'entre eux étaient morts. Lui-même était prêt à mettre la sienne en jeu, au bon moment et pour la bonne cause.

A présent, le labyrinthe leur était parfaitement connu. L'ordinateur de bord tenait un plan détaillé de la voie d'accès sur lequel étaient marqués les pièges repérés. Boardman était sûr de pouvoir envoyer un robot dans le labyrinthe avec quatre-vingt-quinze pour cent de chances d'atteindre la zone A sain et sauf. Il restait à découvrir si un homme pouvait accomplir le même trajet avec une sécurité égale. Même relié à l'ordinateur chargé de lui dicter le moindre de ses pas, un homme, filtrant les informations à travers ses sens et son esprit, ne verrait peut-être pas les choses de la même manière qu'un robot manufacturé et compenserait et corrigerait son itinéraire de son propre chef, s'acheminant de lui-même vers sa mort. Il fallait donc que les renseignements qu'ils avaient collectionnés soient soigneusement vérifiés avant que Ned Rawlins ou lui-même pénètre.

Il y avait des volontaires pour cette mission.

Ils savaient qu'ils risquaient de mourir. Personne ne le leur avait caché et ils avaient librement accepté. On leur avait dit qu'il était important pour l'humanité que Richard Muller sorte du labyrinthe volontairement. Or, pour le convaincre, deux personnes étaient les mieux indiquées : Charles Boardman et Ned Rawlins ; eux seuls pouvaient lui parler, ils étaient donc irremplaçables. C'était le devoir des autres de leur frayer un chemin. Très bien. Les explorateurs étaient prêts, sachant que leur destruction ne risquait pas de compromettre le succès de l'opération. Ils étaient aussi conscients que la mort de quelques-uns d'entre eux pourrait être utile. Chaque mort serait une source de nouvelles informations et permettrait aux suivants d'arriver sains et saufs jusque-là. Chaque étape marquée d'un cadavre.

Ils tirèrent des numéros.

L'homme qui fut choisi pour entrer le premier était un lieutenant du nom de Burke. Il avait l'air très jeune et devait certainement l'être réellement ; en effet, les militaires avaient rarement les moyens de s'offrir des remodelages physiques avant d'avoir atteint un rang élevé. C'était un homme petit, robuste, aux cheveux noirs. Il agissait comme s'il pensait qu'un moule à bord du vaisseau pouvait le remplacer, comme un robot, en cas de destruction. Ce n'était malheureusement pas le cas.

— Quand je trouverai Muller, répéta-t-il (il ne dit pas *si*), je lui dirai que je suis archéologue. C'est bien ça ? Et que, si cela ne le dérange pas, j'aimerais que quelques-uns de mes amis viennent me retrouver.

— C'est cela, dit Boardman. Et souvenez-vous, moins vous en direz, mieux ce sera. Il est très soupçonneux.

Burke ne devait pas vivre assez longtemps pour dire quoi que ce soit à Muller, tout le monde en était conscient, lui aussi. Pourtant il agita la main joyeusement, quoique Rawlins crût discerner une certaine affectation dans son geste, et il entra dans le labyrinthe.

Il portait un équipement sur le dos, comprenant un système relais branché de manière à retransmettre tout son champ de vision. Il était aussi connecté avec l'ordinateur chargé de lui dicter exactement la marche à suivre.

Il se déplaça agilement et souplement à travers les terreurs de la zone H. Burke ne possédait pas les moyens électroniques des robots qui leur avaient servi à détecter les dalles pivotantes s'ouvrant sur des précipices, les projecteurs dissimulés d'énergie, les mâchoires d'acier bloquant subitement les portes et tous les autres cauchemars ; mais il portait sur lui quelque chose de beaucoup plus utile : le répertoire de tous ces pièges, compilé grâce aux nombreux robots qui avaient été détruits pour ne les avoir pas éventés à temps.

Boardman, devant l'écran, voyait les piliers, les rayons, les escarpements devenus maintenant familiers ; les ponts, faux et vrais ; les tas d'ossements et, de-ci de-là, les débris d'un robot. En pensée, il encouragea Burke, sachant que, dans peu de jours, il aurait à suivre lui aussi le même chemin. Boardman se demanda combien comptait pour Burke sa propre vie.

Ce dernier mit quarante minutes pour passer de la zone H à la zone G. Il ne donna aucun signe de joie en négociant le passage. Il savait, comme les autres, que G était presque aussi dure que H. En tout cas, le système guidage fonctionnait bien. Burke exécutait une sorte de ballet ridicule, dansant autour des obstacles, comptant ses pas, sautant là, puis faisant un brusque zigzag, prenant ensuite son élan pour enjamber quelque traîtreuse trappe. Sa progression était parfaite. Malheureusement, l'ordinateur ne put l'avertir de la présence d'une petite créature accroupie sur un rebord doré, à quelque quarante mètres à l'intérieur de la zone G. Elle n'était pas enregistrée sur les plans. C'était un danger imprévisible, agissant pour son propre compte et non en fonction d'un plan de défense. Burke ne détenait que le rappel des expériences précédentes.

L'animal n'était pas plus grand qu'un très gros chat, mais il était doté de mâchoires puissantes garnies de très longs crocs. L'œil portable le vit au moment où il prenait son élan, mais il était trop tard. La bête était déjà sur les épaules de Burke, cherchant la gorge, quand celui-ci fut averti et tenta de prendre son arme.

La gueule s'ouvrit démesurément. Boardman reçut une vision anatomique dont il se serait passé : à l'intérieur de la première rangée de dents pointues comme des aiguilles, il y avait deux autres rangées identiques. Peut-être était-ce pour permettre à l'animal de mieux mâcher ses proies ou bien pour remplacer les dents extérieures si celles-ci se brisaient. C'était horrible, pareil à une forêt de pointes acérées. Un instant après, les mâchoires se refermèrent.

Agrippé à son assaillant, Burke tomba, ensanglanté. L'homme et la bête roulèrent sur le sol, comme entraînés par une pente invisible du pavement et furent engloutis dans un nuage de fumée huileuse. Quand l'atmosphère fut à nouveau dégagée, Burke et l'animal avaient disparu.

Un peu plus tard, Boardman tira les enseignements :

— La mort de Burke nous a été utile. Les animaux n'attaquaient pas les robots. Il nous faudra dorénavant porter des détecteurs de masse et nous déplacer à plusieurs.

Ainsi fut organisée l'expédition suivante. C'était un renseignement cher payé, mais ils avaient compris qu'ils auraient à lutter contre des créatures féroces aussi bien que contre les mécanismes de défense mis au point par les anciens constructeurs. Deux hommes, Marshall et Petrocelli, partirent dans le labyrinthe. Ils étaient armés et balayaient toutes les directions du regard. Aucun animal ne pouvaient s'approcher d'eux sans qu'ils en soient avertis par leur système de détection fonctionnant sur les radiations thermiques dégagées par tout organisme vivant. Ils tuèrent quatre bêtes, dont l'une était énorme, et ne rencontrèrent pas d'autres obstacles imprévus.

Arrivés dans la zone G, ils atteignirent l'endroit où l'écran de distorsion agissait, déformant et rendant vains tous les moyens de détection.

Comment fonctionnait cet écran ? se demandait Boardman. Il avait eu connaissance sur Terre de systèmes plus ou moins semblables qui agissaient directement sur les sens, bâtissant des messages sensoriels d'apparence saine qui étaient ensuite envoyés au cerveau pour détruire toute corrélation logique. Mais cet écran devait être différent. Il ne pouvait s'attaquer au système nerveux des robots, qui n'en possédaient pas à proprement parler et dont les yeux retransmettaient fidèlement la réalité de ce qu'ils voyaient. Pourtant, ce que les robots détruits avaient vu et dont l'ordinateur avait été témoin ne correspondait pas à la géométrie véritable de cet endroit du labyrinthe. Cela était apparu en confrontant les images envoyées par les appareils restés hors de portée du champ de distorsion et qui montraient une configuration totalement différente et beaucoup plus digne de foi. Cette distorsion devait donc jouer directement sur le principe optique, opérant sur l'environnement lui-même, le déformant et le réaménageant, brouillant les perspectives, décalant et dissimulant subtilement les contours des choses, travestissant la réalité en mirage. Tout organe de vision, dépendant ou non d'une intelligence placée à l'intérieur de ce champ devait recevoir une image parfaitement convaincante et totalement fausse. C'était très intéressant, songea Boardman. Peut-être plus tard tous ces mécanismes extraordinaires seraient-ils étudiés et maîtrisés. Plus tard.

Il lui était impossible de connaître quelle forme le labyrinthe avait prise pour Marshall et Petrocelli pénétrant dans le champ. A l'opposé des robots qui retransmettaient exactement tout ce qui passait devant leurs caméras, les deux hommes n'étaient pas directement reliés à l'ordinateur. Personne ne pouvait voir ce que leurs yeux croyaient voir. Le mieux était de leur demander de décrire leurs hallucinations. Leurs mots ne correspondaient ni aux images renvoyées par les caméras fixées sur leur dos ni à celles, absolument authentiques, qui avaient été transmises par les robots restés hors du champ de distorsion.

Les deux hommes obéirent mot pour mot à l'ordinateur. Ils continuaient à avancer droit devant eux, là où leurs propres yeux leur montraient des abîmes vertigineux s'ouvrant sous leurs pieds. Ils s'accroupirent pour se faufiler dans un tunnel dont le plafond semblait uniquement constitué de brillants couperets de guillotine suspendus au-dessus de leur tête. Le tunnel n'existait pas. « Je m'attends chaque instant à ce qu'une de ces lames tombe et me coupe en deux », dit Petrocelli. Il n'y avait pas de lames. Au bout du tunnel ils obéirent à une injonction de tourner à gauche, vers un énorme fléau acéré qui fouettait horriblement le sol. Là non plus, rien n'existait. A contrecœur, ils n'empruntèrent pas un trottoir roulant moelleusement capitonné qui semblait conduire directement à l'extérieur de la zone dangereuse. Le trottoir était imaginaire, par contre la fosse d'acide qu'ils ne pouvaient voir était bien réelle.

— Il serait bien plus simple qu'ils se contentent de fermer les yeux, dit Boardman. Comme nous avons fait passer les robots. En les aveuglant.

— Ils prétendent que c'est beaucoup trop effrayant. Ils ne peuvent pas, répondit Hosteen.

— Quel est le mieux : n'avoir aucune information visuelle ou en recevoir de fausses ? demanda Boardman. Ils pourraient très bien suivre les ordres de l'ordinateur les yeux fermés. Ainsi, il n'y aurait pas de risque qu'ils...

Petrocelli poussa un cri. Sur l'écran témoin, rapportant la configuration réelle, Boardman vit un bout de rue, plat et inoffensif ; sur l'écran relayant les caméras portées par les deux hommes, il vit un gigantesque geyser de flammes jaillissant soudainement sous leurs pieds.

— Restez où vous êtes ! hurla Hosteen. Ce n'est pas vrai !

Petrocelli, par un effort surhumain de volonté, reposa par terre son pied levé. Marshall fut plus lent à réagir. Pour échapper à l'éruption, il avait fait un bond de côté sur la gauche, avant même que Hosteen ait eu le temps de le reprendre en main. Il s'était écarté d'une douzaine de centimètres du passage protégé. Un filin métallique jaillit subitement d'un bloc de pierre et vint s'enrouler autour de ses chevilles, mordant et déchiquetant les os sans aucune difficulté. Marshall s'écroula sur un pieu doré qui sortit du pavement pour clouer la pauvre dépouille sur un mur.

Evitant de regarder derrière lui, Petrocelli passa sans dommage à travers la colonne de flammes, continua encore dix pas en titubant et s'arrêta enfin. Il était à l'abri, ayant dépassé la limite du champ de distorsion.

— Dave ? appela-t-il, d'une voix brisée. Dave, tu vas bien ?

— Il a quitté le passage sûr, dit Boardman. Ç'a été très rapide.

— Que dois-je faire ?

— Restez où vous êtes, Petrocelli. Calmez-vous et ne bougez pas de là. J'envoie Chesterfield et Walker. Attendez-les et ne bougez pas.

Petrocelli tremblait. L'ordinateur prescrivit une piqûre calmante qui fut aussitôt effectuée grâce à l'équipement médical portatif individuel. Toujours figé, n'osant pas se retourner vers son compagnon empalé, Petrocelli se détendit et son tremblement disparut presque instantanément. Il attendit les autres.

Il fallut presque une heure à Chesterfield et Walker pour atteindre l'endroit où commençait à agir le champ de distorsion et quinze minutes pour traverser les quelques mètres carrés hallucinatoires. Ils effectuèrent le parcours les yeux fermés, bien que cela leur fût très désagréable ; mais les mirages du labyrinthe ne pouvaient effrayer des aveugles. Ils rejoignirent Petrocelli qui était à présent apaisé et, prudemment, ils continuèrent tous les trois leur cheminement vers le cœur de la cité.

Boardman songea qu'il faudrait penser à récupérer le corps de Marshall. Plus tard.

★

Jusqu'à présent, les quatre jours de voyage qui l'avaient amené sur Rigel pour prendre possession du corps de son père mort avaient été les plus longs de la courte vie de Ned Rawlins. Maintenant, les jours qu'il était en train de vivre lui semblaient encore plus longs. Rester devant un écran à regarder mourir des hommes courageux et sentir tous ses nerfs se tendre à craquer sans pouvoir se détendre.

Mais ils gagnaient la bataille du labyrinthe. Quatorze hommes étaient déjà entrés. Quatre d'entre eux étaient morts. Walker et Petrocelli avaient établi un camp à l'intérieur de la zone E ; cinq autres équipaient une base de repos dans F ; et trois autres étaient juste sur le point de sortir du champ de distorsion et allaient bientôt les rejoindre. Ceux-là avaient surmonté le plus dur. L'emploi intensif des renseignements fournis par les robots avait permis de constater que, une fois passée la zone F, les risques diminuaient sensiblement. Les trois zones internes étaient pratiquement saines. E et F virtuellement conquises, il ne serait pas très difficile d'atteindre le centre où Muller, impassible et muet, se cachait en les attendant.

Rawlins pensait bien connaître le labyrinthe maintenant. Par procuration, il avait fait le trajet plus d'une centaine de fois ; d'abord à travers les relais des robots, puis grâce aux caméras portées par les hommes de l'équipe. La nuit, dans ses rêves fiévreux, il voyait des formes sombres, des murs courbes et des tours sinueuses. En esprit, il parcourait interminablement les galeries, frôlant mille fois la mort. Lui et Boardman, quand leur tour viendrait de pénétrer dans le labyrinthe, seraient les bénéficiaires d'une expérience chèrement acquise.

Leur tour approchait.

Un froid matin, sous un ciel ferreux, il se trouva avec Boardman devant l'entrée du labyrinthe à côté des remblais de terre qui en constituaient la limite périphérique. En l'espace de quelques courtes semaines, depuis leur arrivée, la planète était passée de l'automne à l'hiver local. Sur des journées de vingt heures, le soleil ne brillait faiblement que pendant six courtes heures, suivies d'un pâle crépuscule de deux heures ; les autres étaient blafardes et interminables. Les petites lunes tourbillonnaient constamment dans le ciel, dessinant d'étranges jeux d'ombres mouvantes.

Rawlins en était arrivé à désirer se confronter aux dangers du labyrinthe. Un sentiment fait d'impatience et de crainte lui tenaillait les tripes. Il était resté à attendre devant les récepteurs pendant que d'autres hommes, certains à peine plus âgés que lui, jouaient leur vie pour déjouer les pièges. Il lui semblait avoir attendu toute sa vie l'instant où il pénétrerait dans le réseau mortel.

Sur l'écran, ils voyaient Muller se déplacer au cœur

de la cité. Les robots continuaient à le surveiller, marquant ses déplacements sur la carte centrale. Muller n'avait pas quitté la zone A depuis qu'il avait rencontré le premier robot, mais il changeait chaque jour de position, déménageant d'un bâtiment à l'autre comme s'il craignait de dormir deux fois au même endroit. Boardman prenait garde à ce qu'il n'ait aucun contact avec les robots depuis la première rencontre. Souvent, il semblait à Rawlins que Boardman traquait un gibier rare et fragile, ou du moins qu'il agissait comme tel.

— Cet après-midi, dit Boardman, désignant l'écran, nous pénétrerons à l'intérieur, Ned. Nous passerons la nuit au camp de base. Demain, vous rejoindrez Walker et Petrocelli dans la zone E. Puis, le jour suivant, vous partirez seul vers la cité proprement dite pour trouver Muller.

— Pourquoi entrez-vous dans le labyrinthe, Charles ?

— Pour vous aider.

— Vous pourriez rester en contact avec moi d'ici, dit Rawlins. Il est inutile que vous preniez des risques.

Songeur, Boardman se pinça le menton :

— Justement, je le fais pour que nous prenions le minimum de risques.

— Comment ?

— Si vous rencontrez des problèmes, dit Boardman, il faudra que je vous rejoigne pour vous aider. Il est préférable que j'attende dans la zone F si je deviens nécessaire, plutôt que de me précipiter d'ici et d'avoir à traverser la portion la plus dangereuse du labyrinthe. Vous me comprenez ? Je peux arriver très vite jusqu'à vous sans grands dangers si je me trouve dans la zone F. Mais pas d'ici.

— Quel genre de problèmes ?

— L'entêtement de Muller, par exemple. Il n'a aucune raison d'accepter de coopérer avec nous et ce n'est pas un homme avec qui il est facile de traiter. Je me souviens de lui pendant les mois qui ont suivi son retour de Bêta Hydri IV. Il était infernal. Il n'était déjà pas souple avant, mais après, il était devenu un vrai volcan. Ne vous méprenez pas, Ned, je ne le juge et ne le critique pas. Il a le droit d'être furieux contre l'univers. Mais il est malcommode. C'est un oiseau de mauvais augure. Rien que le fait de l'approcher peut être dangereux et peut porter malheur. Vous n'aurez pas la partie facile.

— Alors pourquoi ne venez-vous pas avec moi ?

— C'est impossible, répondit Boardman. Tout serait gâché s'il savait que je me trouve sur cette planète. Je suis celui qui l'a envoyé chez les Hydriens, ne l'oubliez pas. C'est moi qui, en fait, ai provoqué son exil ici, sur Lemnos. Je pense qu'il pourrait me tuer s'il me voyait.

Rawlins refusa cela.

— Non. Il n'en est pas là.

— Vous ne le connaissez pas, Ned. Vous ne savez pas ce qu'il a été ni ce qu'il est devenu.

— S'il est à ce point la proie de ses démons, comment ferai-je pour vaincre sa méfiance ?

— Allez vers lui. Ayez l'air franc et simple. Vous n'aurez pas à vous forcer, Ned. Vous avez un visage naturellement innocent. Dites-lui que vous êtes un archéologue en mission. Ne lui laissez pas deviner que nous savons qu'il est tout seul. Nous ne l'avons repéré que quand notre robot l'a rencontré. A ce moment vous l'avez reconnu, vous souvenant de l'époque où lui et votre père étaient amis.

— Je dois donc parler de mon père ?

— Absolument. Dites-lui qui vous êtes. C'est le seul moyen. Dites-lui que votre père est mort et que c'est votre première expédition spatiale. Il faut le toucher, Ned. Il faut le toucher là où il peut encore être sensible.

Rawlins secoua la tête :

— Je ne voudrais pas que vous vous fâchiez, Charles, mais je dois vous avouer que tout cela me déplaît. Tous ces mensonges.

— Des mensonges ? (Le regard de Boardman se durcit :) Est-ce un mensonge de dire que vous êtes le fils de votre père ? Que ceci est votre première expédition ?

— Je ne suis pas archéologue.

Boardman haussa les épaules :

— Préférez-vous lui avouer tout de suite que vous faites partie d'une équipe chargée de chercher Richard Muller et de le ramener sur Terre ? Croyez-vous que cela gagnera sa confiance ? Pensez à notre mission, Ned.

— Oui. La fin et les moyens. Je sais.

— Vous en êtes bien sûr ?

— Oui. Nous devons arracher la collaboration de Muller à tout prix parce que nous pensons qu'il est le seul homme qui puisse nous sauver d'une terrible menace, dit Rawlins, d'un ton uni et froid, comme s'il récitait une leçon apprise par cœur. C'est pourquoi nous ne devons négliger aucun moyen pour qu'il consente à venir à notre secours.

— C'est cela, Ned. Et j'apprécierais que vous n'ironisiez pas en le disant.

— Excusez-moi, Charles. Mais cela me gêne tant d'avoir à le tromper.

— Nous avons besoin de lui.

— Je sais. Mais un homme qui a déjà tant souffert...

— Nous avons besoin de lui.

— Très bien, Charles.

— J'ai besoin de vous aussi, Ned, dit Boardman. Si je pouvais tenir votre rôle, je le ferais. Mais s'il me voit, il ne pensera qu'à me tuer. Pour lui je suis un monstre. Il en est de même pour tous ceux qui ont été en contact avec lui auparavant. Vous êtes jeune, vous avez un visage tellement franc, et en plus vous êtes le fils d'un homme avec lequel il a été très lié. Vous seul avez une chance de l'émouvoir.

— C'est pourquoi je dois l'abreuver de mensonges, afin que nous puissions l'utiliser.

Boardman ferma les yeux. Il semblait avoir du mal à se contenir :

— Arrêtez, Ned.

— Bon, continuez. Dites-moi ce que je dois faire après m'être présenté.

— Essayez de bâtir des relations amicales. Prenez votre temps. Qu'il en vienne à dépendre de vos visites.

— Et si je ne peux supporter de me trouver près de lui ?

— N'y pensez pas. Ce sera le plus dur, je le sais.

— Non, Charles. Le plus dur, c'est de mentir.

— Très bien. De toute façon, faites en sorte de montrer que vous supportez sa compagnie. Forcez-vous. Bavardez avec lui. Insinuez que le temps que vous passez avec lui est au détriment de votre travail scientifique, que les chefs de votre expédition sont des salauds et qu'ils ne veulent pas que vous ayez des relations avec lui, mais que vous êtes attiré vers lui par la pitié et l'affection et que vous désobéissez pour venir le voir. Parlez-lui de vous, de vos ambitions, de votre vie sentimentale, de vos goûts, de tout ce que vous voudrez. Parlez beaucoup, même trop. Cela renforcera le personnage du gamin naïf.

— Dois-je lui parler des extragalactiques ? demanda Rawlins.

— Oui, mais pas n'importe comment. Glissez un mot dessus quand vous lui raconterez les dernières nouvelles de la Terre. N'insistez pas. Surtout ne parlez pas de la menace qu'ils représentent. Pas un mot non plus à propos de la nécessité de son aide. Vous me comprenez bien ? S'il soupçonne une seconde que nous essayons de l'utiliser, tout est par terre.

— Comment ferai-je pour le conduire à sortir du labyrinthe, si je ne lui dis pas pourquoi ?

— Arrivez-en d'abord là, dit Boardman. Quand vous aurez gagné sa confiance, je vous expliquerai la suite des opérations.

— Ce qui en clair signifie que vous me dicterez une fable si ignoble que vous n'osez pas me la dire tout de suite, de peur que je refuse de m'y prêter.

— Ned...

— Excusez-moi. Mais... Charles, écoutez... pourquoi devons-nous le *tromper ?* Pourquoi ne pas lui dire simplement que l'humanité a besoin de lui, quitte à le forcer à sortir de son repaire ?

— Croyez-vous que cette solution soit moralement préférable ?

— En tout cas, c'est plus propre. Je déteste toutes ces finasseries douteuses et machiavéliques. J'aimerais mieux l'assommer un bon coup et le sortir du labyrinthe sur mes épaules que de faire ce que vous me demandez. Je veux bien le prendre, même en employant la violence, parce que je sais que nous avons réellement besoin de lui. Nous sommes assez nombreux pour le...

— Non, l'interrompit Boardman. Nous ne pouvons le forcer. C'est bien ça le nœud de notre problème. Trop de risques. Il pourrait trouver le moyen de se tuer avant que nous l'attrapions.

— Un tétaniseur, alors, s'entêta Rawlins. J'accepte aussi. J'arrive près de lui et je l'endors. Nous le transportons à l'extérieur et, quand il se réveille, nous lui expliquons...

Boardman secoua la tête avec véhémence :

— Il a eu neuf années pour s'habituer à ce labyrinthe. Quels maniements a-t-il appris, et quels pièges a-t-il su utiliser pour se défendre ? (Il marqua une pause et reprit :) Nous savons seulement qu'il a mis au point un système destiné à faire sauter tout le labyrinthe si quelqu'un pointait une arme sur lui. Non, je ne veux pas prendre le risque d'une action offensive. Il a trop de valeur pour nous. Il faut qu'il sorte de cet endroit de son plein gré, Ned. C'est pourquoi nous en sommes réduits à le tromper avec de fausses promesses. Je sais que c'est ignoble et que cela pue. Mais parfois, l'univers entier pue. Vous n'avez pas encore remarqué cela ?

— Il n'est *pas obligé* de puer ! dit Rawlins violemment, élevant la voix. C'est la seule leçon que vous ayez apprise pendant toutes ces années ? L'univers ne pue pas ! C'est l'homme qui pue ! Et il pue de propos délibéré, parce qu'il préfère puer que sentir bon ! Nous ne sommes *pas obligés* de mentir ! Nous ne sommes *pas obligés* de tricher ! Nous pourrions choisir la franchise et la propreté...

Rawlins se tut subitement. Il reprit plus doucement :

— Je dois vous paraître stupidement naïf, n'est-ce pas, Charles ?

— Vous en avez le droit, répondit Boardman. C'est le privilège de la jeunesse.

— Pensez-vous sincèrement que l'univers est pourri et qu'il a été créé par un esprit malfaisant ?

Boardman toucha le bout de ses doigts boudinés et courts.

— Ce n'est pas exactement cela. Il n'y a pas une puissance du mal qui règle l'ordre des choses, pas plus qu'il n'existe une puissance du bien. L'univers est un immense mécanisme impersonnel. Son fonctionnement le conduit à exercer de temps en temps une contrainte sur certaines de ses parties qui peuvent en souffrir et disparaître à cause de ce qui leur paraît une injustice, mais l'univers s'en fout, parce qu'il peut les remplacer. Il n'y rien d'immoral dans ce rejet, mais on ne peut empêcher les parties lésées de penser que cela pue. Quand nous avons envoyé Dick Muller sur Bêta Hydri IV, deux petites parties de l'univers se heurtèrent. Nous devions l'envoyer là-bas parce que notre nature nous pousse à essayer de découvrir toujours plus loin, et les Hydriens ont agi de la sorte avec lui parce qu'ils obéissaient à des lois de leur nature. Le résultat fut que Muller revint de Bêta Hydri IV en mauvais état. Il avait été coincé dans la machinerie de l'univers et il avait été broyé. Maintenant, il va y avoir un second heurt entre deux parties de l'univers, tout aussi inévitable, et nous devrons jeter une nouvelle fois Muller dans les engrenages de la machine. Il y a de grandes chances pour qu'il soit à nouveau mis en pièces — et cela pue, je le reconnais — mais pour en arriver là, il faut que vous et moi nous nous salissions un peu nos mains et nos âmes. Et même si cela aussi pue, nous n'avons absolument pas le choix. Si nous n'osons pas nous compromettre et tromper Richard Muller, nous ajouterons peut-être une autre arme au mécanisme qui risque de détruire l'humanité, et cela puerait encore plus. Je vous demande de faire quelque chose d'assez déplaisant pour un motif décent et valable. Vous ne le voulez pas et je comprends ce que vous ressentez, mais j'essaie de vous faire voir que votre code moral personnel n'est pas le facteur le plus important. A la guerre, un soldat tue parce que l'univers lui impose cette situation. Ce peut être une guerre injuste et il se peut que son frère se trouve dans le vaisseau qu'il doit viser, mais la guerre est réelle et il doit y tenir son rôle.

— Et où placez-vous le libre arbitre dans ce mécanisme universel dont vous parlez, Charles ?

— Nulle part. Il n'y en a pas. C'est pourquoi l'univers sent mauvais.

— Nous n'avons aucune liberté ?

— Juste le droit de frétiller un petit peu, accrochés à notre hameçon.

— Vous avez toujours pensé ainsi ?

— Presque, dit Boardman.

— Quand vous aviez mon âge ?

— Même avant.

Rawlins détourna son regard :

— Je crois que vous vous trompez complètement, mais je ne veux pas m'essouffler en essayant de vous le répéter. Je ne connais pas les mots qui pourraient vous convaincre, ni les arguments. De toute façon, vous ne m'écouteriez pas.

— Je crains que non, Ned. Mais nous pourrons discuter de cela une autre fois. Disons dans une vingtaine d'années. D'accord ?

Rawlins s'efforça de sourire :

— Oui. Si mes remords ne m'ont pas poussé d'ici là au suicide.

— Ce ne sera pas le cas.

— Comment ferai-je pour me supporter après avoir trahi Muller pour le déloger de sa coquille ?

— Attendez et vous verrez. Vous découvrirez que vous avez agi justement, par rapport au contexte. Ou, du moins, que vous n'avez pas fait le pire. Croyez-moi, Ned. En ce moment vous pouvez penser que vous vous reprocherez toute votre vie cette mission, mais vous changerez d'avis.

— Nous verrons bien, dit Rawlins, calmement.

Quand Boardman adoptait ce ton paternel, il interdisait toute discussion. Mourir dans le labyrinthe, pensa Rawlins, était le seul moyen d'éviter ces problèmes moraux. Aussitôt formulée, il repoussa cette idée avec horreur. Il fixa l'écran du récepteur.

— Allons-y, dit-il. Je suis fatigué d'attendre.

5

Muller les voyait avancer et il ne comprenait pas pourquoi cela le laissait aussi calme. Ils avaient cessé de lui envoyer des robots, après qu'il eut détruit le premier, mais ses écrans de vision lui montraient des hommes campant dans les zones extérieures. Malheureusement, il ne pouvait distinguer clairement leurs visages. Il en comptait à peu près une douzaine, mais il ne pouvait en être sûr. Ils étaient peut-être neuf, ou quatorze, ou quinze. Certains étaient stationnés dans la zone E, et un groupe un peu plus important en F. Muller en avait vu mourir quelques-uns dans les bandes périphériques.

Il avait de nombreux moyens offensifs à sa disposition. Par exemple, s'il le voulait, il pouvait inonder la zone E en se servant de l'aqueduc. Il l'avait fait une fois par accident et il avait presque fallu une journée entière pour que la cité se remette en ordre. Il se souvenait comment, pendant l'inondation, la zone E était soudain devenue étanche, se cloisonnant et bouchant toutes ses issues pour empêcher l'eau de s'écouler. Si les envahisseurs ne se noyaient pas dans le flux à cause de leur affolement ils se précipiteraient certainement dans les pièges. Muller avait d'autres moyens à sa disposition pour leur interdire de pénétrer dans la cité intérieure.

Pourtant, il ne faisait rien. Il savait que la cause principale de sa passivité était son profond désir de rompre ses années d'isolement. Malgré sa haine, malgré sa misanthropie, malgré sa crainte de voir détruire sa solitude, Muller laissait les hommes se frayer un chemin vers lui. Une rencontre à présent devenait inévitable. Ils savaient qu'il était là. (Etaient-ils au courant de son identité ?) Ils le trouveraient et ils en souffriraient, et lui aussi. Lui apprendrait à leur contact si son long exil l'avait guéri et s'il pouvait à nouveau supporter une compagnie humaine. Mais il connaissait déjà la réponse à cette question.

Il avait passé presque une année parmi les Hydriens ; puis, constatant que rien ne s'accomplissait, il était monté dans sa capsule de débarquement et avait rejoint le vaisseau gravitant sur son orbite. Si les Hydriens avaient une mythologie, ils lui trouveraient une place.

A l'intérieur du vaisseau, Muller accomplit les opérations nécessaires à son retour sur Terre. Tout à coup, alors qu'il programmait l'ordinateur de bord, il aperçut le reflet de son visage sur la console de métal poli et il eut un mouvement de recul. Les Hydriens n'avaient pas de miroirs. Il vit d'abord quelques nouvelles rides creusant la peau, mais cela ne l'inquiéta guère. C'était une sorte d'étrangeté dans le regard qui l'effrayait quelque peu. Ce sont les muscles trop tendus, pensa-t-il. Il termina la programmation de son retour et alla dans la pièce de thérapeutique où il commanda une goutte à quarante db.

pour son équilibre nerveux, un bain chaud et un massage complet. Quand il sortit, ses yeux avaient toujours cet air étrange, et de plus il avait maintenant un tic facial. Il se débarrassa facilement de son tic, mais il ne put rien faire pour son regard.

Ce sont les paupières qui donnent l'expression et non les yeux eux-mêmes, se dit-il. Les miennes sont déformées parce que j'ai vécu trop longtemps sous le casque respiratoire. Cela va s'arranger. J'ai passé des mois difficiles, mais maintenant tout ira bien.

Le vaisseau absorba de la puissance débitée par l'étoile-nourrice la plus proche et les rotors du vaisseau l'emportèrent vertigineusement sur les axes de la trame temporelle. Muller, protégé par la carapace de plastique et de métal, fut lancé sur un raccourci à travers le cosmos. Même en hyperpropulsion, une certaine quantité de temps absolu s'écoule pendant que le vaisseau glisse le long de la trame du continuum. Muller lut, dormit, écouta de la musique et brancha un cube érotique quand il en eut un trop grand désir. Il se disait que la rigidité de son expression faciale disparaîtrait et que cela ne lui ferait pas de mal de s'offrir un léger remodelage après son arrivée. Cette expédition l'avait un peu marqué physiquement.

Il n'avait aucune tâche à exécuter. Le vaisseau cosmique émergea de la trame temporelle dans les limites prescrites, à 100 000 kilomètres de la Terre, et des lumières colorées sillonnèrent le tableau de communication. C'était la plus proche station de contrôle qui lui signalait sa position. Muller se brancha en phonie.

— Mettez-vous à la même vitesse que nous, M. Muller, et nous vous enverrons un pilote à bord qui vous guidera jusqu'à la Terre, lui dit le contrôleur du trafic.

Le vaisseau obéit aux instructions. Muller aperçut bientôt le dôme cuivré de la station de contrôle. Elle flotta un instant juste au-dessus de lui, lentement, il reprit de la hauteur et s'approcha de la station pour s'accoler à elle.

— Nous avons un appel de la Terre pour vous, M. Muller, dit le contrôleur. C'est de M. Charles Boardman.

— Passez-le moi, dit Muller.

Le visage de Boardman remplit l'écran. Il semblait rose, frais, bien reposé et en parfaite santé. Il sourit et tendit la main.

— Dick, dit-il. Mon Dieu, c'est formidable de vous voir !

Muller brancha le système tactile et posa sa main sur le poignet de Boardman, à travers l'écran :

— Salut, Charles. Une sur soixante-cinq, hein ? Eh bien, me voilà.

— Dois-je l'annoncer à Marta ?

— Marta ? répéta Muller.

Il dut fouiller sa mémoire. Ah ! oui. Celle qui avait une si belle chevelure bleue et une démarche si ondulante sur ses talons pointus :

— Oui. Dites-le à Marta. J'aimerais qu'elle soit à l'atterrissage. Les cubes érotiques ne le sont pas autant qu'elle.

Boardman eut un rire égrillard. Puis, subitement, il changea d'expression et redevint sérieux :

— Comment cela a-t-il marché ?

— Comme ci, comme ça.

— Vous avez établi un contact, non ?

— J'ai trouvé les Hydriens, oui. Et ils ne m'ont pas tué.

— Etaient-ils hostiles ?

— Ils ne m'ont pas tué.

— Oui, mais...

— Je suis vivant, Charles. (Muller sentait que son tic le reprenait.) Je n'ai pas appris leur langage. Je ne peux pas vous dire s'ils m'appréciaient. Ils semblaient très intéressés. Ils m'ont étudié de près pendant très longtemps. Ils n'ont jamais dit un mot.

— Sont-ils télépathes ?

— Je ne peux pas vous répondre, Charles. Je ne sais pas.

Boardman resta silencieux un assez long moment :

— Que vous ont-ils fait, Dick ?

— Rien.

— Ce n'est pas vrai.

— Ce que vous voyez est la fatigue du voyage, répondit Muller. Je suis en bonne forme, simplement les nerfs un peu tendus. Je veux respirer de l'air réel, boire de la vraie bière et manger de la vraie viande et avoir un peu de compagnie dans mon lit. Après, je serai parfaitement bien. Alors peut-être pourrai-je vous suggérer quelques moyens d'établir un contact avec les Hydriens.

— Dick, comment est réglé votre système de communication ?

— Hein ?

— Je vous reçois trop fort, dit Boardman.

— C'est la faute des relais. Franchement, Charles, je ne vois pas ce que notre transmission a à voir là-dedans.

— Je n'en suis pas sûr, dit Boardman. Je veux seulement comprendre pourquoi vous hurlez.

— Je ne hurle pas ! cria Muller.

Peu après ils coupèrent le contact. Muller avait été averti par la station de contrôle que le pilote était prêt à monter à bord. Il déclencha l'ouverture de la trappe d'accès et le pilote pénétra dans son vaisseau. C'était un jeune homme très blond, avec un visage pâle qui évoquait la tête d'un rapace. Il ôta son casque et se présenta :

— Je m'appelle Les Christiansen. Mr Muller, je tiens à vous dire que c'est un grand honneur et un privilège pour moi de piloter le premier homme qui ait visité une espèce autre que la nôtre. J'espère ne pas violer les règles de sécurité, mais j'aimerais tellement que vous me parliez un peu d'eux pendant notre voyage jusqu'à la Terre. Voyez-vous, je ne peux m'empêcher de penser que je vis un moment historique. Moi, le premier à vous voir en chair et en os depuis votre retour. Vous voudrez bien me... me raconter un petit peu à propos des...

— Oui, je crois qu'il m'est permis de vous dire quelques petites choses, dit Muller d'un ton affable. D'abord, avez-vous vu les cubes sur les Hydriens ? Ils devaient être montrés et...

— Vous permettez que je m'asseye, Mr Muller ?

— Naturellement. Donc vous les avez vues, ces créatures longues et maigres avec tous leurs bras...

Christiansen l'interrompit :

— Je me sens très mal. Je ne sais pas ce qui m'arrive.

Tout à coup, son visage s'était empourpré et des gouttes de sueur coulaient sur son front :

— Je crois que je vais être malade. Je... Vous savez, cela ne devrait pas arriver.

Le pilote se leva et se laissa péniblement tomber sur une couchette en mousse plastique. Frissonnant, il se roula en boule, cachant sa tête entre ses mains. Muller, rouillé par les longs mois de silence, hésitait, ne sachant pas quoi faire. Finalement, il prit le poignet du jeune homme pour le guider vers la pièce de thérapeutique. Christiansen se dégagea brutalement et bondit comme s'il avait été touché par une décharge brûlante. Ce mouvement brusque lui fit perdre son équilibre et il alla s'affaler sur le sol de la cabine. Il se redressa péniblement et rampa sur les genoux pour s'éloigner le plus possible de Muller. D'une voix étranglée, il demanda où se trouvaient les toilettes.

— Là, montra Muller.

Christiansen se précipita, ferma la porte derrière lui et la verrouilla. Muller, complètement désorienté, entendit des bruits de vomissement, suivis par ce qui semblait être des sanglots. Il allait signaler la maladie du pilote à la station de contrôle quand la porte s'ouvrit et Christiansen apparut.

— Pouvez-vous me passer mon casque, M. Muller ? demanda-t-il d'une voix enrouée.

Muller le lui tendit.

— Je vais devoir retourner à ma station, M. Muller.

— Je suis navré que vous ayez réagi ainsi. Mon Dieu, j'espère que je ne suis pas contagieux.

— Je ne suis pas malade. Je me sens simplement... comment dire... Je me dégoûte. (Christiansen ajusta son casque :) Je ne comprends pas. Mais j'ai envie de m'effondrer en pleurs. S'il vous plaît, laissez-moi partir, M. Muller. C'est... je... c'est... c'est terrible. Voilà ce que je ressens !

Il se précipita dans le sas et sortit du vaisseau. Muller, à travers les hublots, le vit traverser le vide et rejoindre la station de contrôle du trafic.

Muller appela le contrôleur :

— Il vaudrait peut-être mieux ne pas m'envoyer tout de suite un autre pilote, dit-il. A l'instant où Christiansen a ôté son casque, il s'est senti mal. Je dois être porteur de quelque chose. Vérifions cela tout de suite.

Le contrôleur, l'air troublé, agréa. Il demanda à Muller de se rendre dans la pièce de thérapeutique, de mettre en place le diagnostat et de lui transmettre le rapport de l'appareil. Quelques instants plus tard, Muller vit apparaître sur son écran le visage de l'officier médical de la station :

— C'est très étrange, M. Muller.

— Qu'est-ce qui est étrange ?

— Nous avons fait passer le rapport de votre diagnostat dans notre ordinateur. Aucun symptôme. J'ai aussi fait ausculter Christiansen sans le moindre résultat. Il prétend qu'il se sent bien à présent. Il me dit qu'il a été terrassé par une très forte dépression à l'instant où il vous a vu. Et très vite, cela a attaqué son métabolisme. C'est presque cela : il se sentait si déprimé qu'il pouvait à peine vivre.

— Est-il enclin à ce genre de dépression ?

— Jamais, répondit le médecin. J'aimerais vérifier cette histoire moi-même. Puis-je venir à votre bord ?

Le docteur ne fut pas aussi malade que Christiansen, mais il ne resta pas longtemps. Quand il quitta

Muller, son visage était mouillé de larmes. Ils semblaient aussi déconcertés l'un que l'autre. Le nouveau pilote arriva vingt minutes plus tard et il garda sa tenue et son casque sur lui pour programmer le vol de retour. Assis, se tenant très droit devant son tableau de bord, il tournait délibérément le dos à Muller, ne lui parlant pas, agissant comme s'il ne l'avait pas remarqué. Suivant les conventions de vol, il amena l'appareil jusqu'à ce qu'il soit pris en charge par des tours de contrôle au sol, et aussitôt il se prépara à quitter le vaisseau. Muller vit le visage de l'homme tendu, luisant de sueur, les lèvres serrées, qui le salua rapidement et se hâta vers le sas. Il faut que je sente bien mauvais, pensa Muller, pour que cette odeur pénètre à travers une tenue spatiale.

L'atterrissage fut une simple routine.

Au spatioport, il passa rapidement les formalités d'immigration. Il ne fallut pas plus d'une demi-heure à la Terre pour décider qu'il était acceptable. Muller, qui était passé devant ces appareils de détection plus d'une centaine de fois, considéra ce court laps de temps comme un record. Il avait craint que le diagnostat géant ne détecte une maladie contagieuse qui aurait échappé à son équipement médical personnel et au docteur de la station de contrôle. Pourtant il avait observé le processus habituel, laissant la machine ausculter son cœur, son foie, ses reins et son cerveau, faisant une ponction de molécules de chaque partie de son corps. Il était arrivé à la sortie du boyau sans entendre la sonnerie d'alarme ni les lueurs d'avertissement de contagion. Il était *accepté.* Il répondit à l'ordinateur de la Douane. D'où venez-vous ? Les motifs de votre voyage ? *Accepté.* Ses papiers étaient en règle. Une cloison s'ouvrit sur un couloir qui le mena vers la sortie. Pour la première fois depuis son atterrissage il allait voir un être humain. Enfin.

Boardman était là. Marta était avec lui. Boardman était vêtu d'une tunique marron sertie d'anneaux métalliques ; il semblait harnaché comme pour une croisade préhistorique. Ses épais sourcils bruns étaient touffus comme une couche de mousse tropicale. Marta portait à présent les cheveux courts et bleu-vert. Ses yeux étaient argentés et sa gorge était couverte de paillettes d'or ; elle ressemblait à une statue précieuse. Se souvenant d'elle sortant du lac, nue et mouillée, Muller désapprouva ces changements, bien qu'il sût qu'ils n'étaient pas pour lui. Boardman avait le goût des femmes parées ; il était certain qu'ils avaient dû coucher ensemble pendant son absence. Muller aurait été surpris et même un peu déçu du contraire.

La main de Boardman enserra fermement le poignet de Muller pour le saluer. L'étreinte fut courte. Incroyablement vite, la pression des doigts se relâcha et la main se retira avant même que Muller pût rendre l'accolade.

— C'est bon de vous voir, Dick, dit Boardman, sans conviction, se reculant de quelques pas.

Ses joues, subitement, semblaient pendre comme sous l'effet d'une forte pesanteur. Marta se glissa entre eux et se pressa contre Muller. Il l'attira fermement ; ses mains caressèrent ses épaules douces et glissèrent rapidement sur ses fesses rondes. Il ne l'embrassa pas, se contentant de la regarder. Les yeux de Marta semblaient être des miroirs aveugles lui renvoyant une image anonyme de lui-même. Il vit ses narines frémir. A travers la peau satinée de la jeune femme, il sentait les muscles se raidir. Elle essayait de se libérer de son étreinte.

— Dick, chuchota-t-elle, j'ai désiré chaque nuit ton retour. Tu ne peux pas savoir comme tu m'as manqué.

Elle luttait de plus en plus. Il remonta ses mains sur ses hanches et serra si fort qu'il craignit de la blesser. Ses jambes tremblaient et il eut peur qu'elle tombe s'il la lâchait. Elle détourna la tête. Il posa tendrement sa joue contre la sienne.

— Dick, murmura-t-elle dans un souffle, je me sens bizarre... Je suis si heureuse que j'ai l'impression d'être toute remuée à l'intérieur... Allons-nous-en, Dick, j'ai presque envie de vomir...

Il dénoua ses bras :

— Oui. Oui. Naturellement.

Boardman transpirait à grosses gouttes. Il s'énervait, s'essuyait le visage, avalait une pilule sédative, dansait d'une jambe sur l'autre. Muller ne l'avait jamais vu dans cet état.

— Je vais peut-être vous laisser seuls tous les deux, hein ? proposa-t-il avec un clin d'œil, mais sa voix était une demi-octave trop haute. Je crois que ce temps ne me vaut rien. Je vous parlerai demain, Dick. Ne vous inquiétez de rien, tout est préparé pour vous.

Il tourna les talons et disparut. Maintenant, Muller sentait la panique le gagner.

— Où allons-nous ? demanda-t-il.

— Nous avons une chambre retenue à l'hôtel du

spatioport. Il y a un trottoir roulant qui y mène directement. As-tu des bagages ?

— Ils sont toujours à bord, répondit-il. Ils peuvent attendre.

Marta se mordait la lèvre inférieure. Il lui prit la main et ils traversèrent le hall. Vas-y, pensa-t-il. Dis-moi que tu ne te sens pas bien. Dis-moi que mystérieusement, depuis dix minutes, il y a quelque chose qui te gêne.

— Pourquoi as-tu coupé tes cheveux ? demanda-t-il.

— C'est un droit féminin. Tu n'aimes pas ?

— Pas autant qu'avant.

Ils montèrent sur le trottoir roulant :

— Plus longs, plus bleus, ils avaient la couleur de la mer un jour d'orage.

La bande roulante les déposa dans un large vestibule. Elle se tenait assez éloignée de lui en marchant.

— Et ton maquillage ? Je te demande pardon, Marta. Je suis navré, mais je ne l'aime pas.

— Je me suis faite belle pour célébrer ton retour.

— Pourquoi fais-tu cela avec ta bouche ?

— Quoi ? Qu'est-ce que je fais ?

— Rien, dit-il. Nous y voici. La chambre est déjà réservée ?

— Oui. A ton nom.

Il s'approcha et posa sa main sur le tableau de réservation. Une lumière verte s'alluma et les portes de l'ascenseur s'ouvrirent. L'hôtel commençait au cinquième sous-sol du spatioport et descendait encore sur cinquante niveaux. Leur chambre était presque au dernier sous-sol. Choisie avec soin, la suite nuptiale, peut-être. Ils pénétrèrent dans une pièce où pendaient des suspensions kaléidoscopiques et où trônait un large lit équipé de tous les accessoires. L'éclairage ambiant était délicatement tamisé. Muller se remémora ses mois passés avec seulement quelques cubes érotiques et une bouffée sauvage de désir lui brûla le ventre. Il savait qu'il n'avait rien besoin d'expliquer à Marta. Elle passa à côté de lui et entra dans la pièce personnelle. Elle y resta un assez long moment pendant lequel Muller se déshabilla.

La porte s'ouvrit et elle apparut, nue. Elle s'était débarrassée de son maquillage sophistiqué et ses cheveux étaient à nouveau bleus.

— Comme la mer, dit-elle. Je suis navrée, mais je n'ai pas pu les faire pousser. La pièce n'était pas programmée pour ce travail.

— Tu es très belle, dit-il.

Ils se tenaient à une dizaine de mètres l'un de l'autre. Il la voyait de profil et pouvait admirer les contours de ses formes frêles mais gracieuses, sa poitrine fière et ronde, ses reins cambrés et ses cuisses élancées.

Il voulut rompre le long silence qui s'était installé.

— Je ne saurais te dire si les Hydriens ont cinq sexes ou pas du tout. Cela te montre à quel point j'ai pu me renseigner sur eux. Je ne sais pas non plus comment ils font, mais j'ai l'impression que notre système est beaucoup plus amusant. Pourquoi restes-tu si loin de moi, Marta ?

Sans dire un mot elle s'approcha de lui. Il passa un bras autour de ses épaules et pressa sa main contre son sein. D'habitude, quand il caressait ainsi la tendre éminence, il sentait le petit bout se durcir et se dresser de désir contre sa paume. Pas cette fois-ci. Elle frissonna légèrement comme une jeune pouliche timide et nerveuse. Il pressa ses lèvres contre les siennes, mais elles étaient sèches, serrées et hostiles. Elle frémit quand il voulut caresser son visage. Il la tira en arrière et ils s'assirent côte à côte sur le lit. Sa petite main élégante le touchait mais avec une sorte de répugnance.

Il lut la douleur dans ses yeux.

Elle roula brusquement de l'autre côté du lit, sa tête s'enfonçant profondément dans l'oreiller. Il étudia son pauvre visage crispé par quelque étrange agonie. Puis brusquement elle lui prit les mains et l'attira vers elle. Elle ouvrit ses cuisses pour s'offrir à lui.

— Prends-moi, Dick, dit-elle, faussement passionnée. Tout de suite !

— Pourquoi tout de suite ?

Elle essaya de le forcer en elle pour qu'il la pénètre. Il refusa. Il s'échappa de l'étreinte de ses cuisses et s'assit. Son beau visage était empourpré et ruisselant de larmes. Maintenant la vérité commençait à lui apparaître dans toute son horreur, mais il voulait en savoir plus.

— Dis-moi ce qui ne va pas, Marta ? demanda-t-il.

— Je ne sais pas.

— Tu agis comme si tu étais malade.

— Je crois que je le suis.

— Depuis quand ? Quand cela a-t-il commencé ?

— Je... Oh ! Dick, pourquoi me poser toutes ces questions ? S'il te plaît, aime-moi. Viens. Viens me faire l'amour.

— Tu n'as pas envie de moi. Pas vraiment. Tu essayes seulement d'être gentille.

— J'essaye de... de te rendre heureux, Dick. Si tu savais comme je... comme j'ai mal.

— Quoi ?

Elle ne répondit pas. Elle cambra ses reins impudiquement et tenta à nouveau de l'attirer vers son ventre. Il se leva du lit.

— Dick, Dick, je t'avais averti de ne pas y aller ! Je t'avais dit que j'avais un mauvais pressentiment. Que je craignais pour toi autre chose que la mort.

— Dis-moi ce qui te fait souffrir.

— Je ne peux pas. Je... ne sais pas.

— Tu mens ! Quand as-tu ressenti les premiers symptômes de ton mal ?

— Ce matin. En me levant.

— Tu mens encore ! Tu dois me dire la vérité. Tu entends ?

— Fais-moi l'amour, Dick. Je ne peux plus attendre ! J'ai...

— Tu as quoi ?

— Je ne... je ne peux pas supporter.

— Qu'est-ce que tu ne peux pas supporter ?

— Rien. Rien.

Elle bondit du lit et vint se frotter contre lui, toute tremblante, telle une chatte en chaleur. Ses yeux brûlaient et ses muscles faciaux se tendaient spasmodiquement.

Il attrapa ses poignets et les serra de toutes ses forces.

— Dis-moi ce que tu ne peux pas supporter, Marta !

Elle hoqueta. Il resserra son étreinte. Elle se tordit

convulsivement en arrière, la tête ballante, sa poitrine tendue vers le plafond. Tout son corps était couvert de sueur. Sa nudité luisante enflammait Muller et le rendait fou.

— Dis-moi ! cria-t-il. Tu ne peux pas supporter quoi... ?

— ... d'être près de toi, laissa-t-elle tomber dans un souffle.

6

A l'intérieur du labyrinthe, l'air était quelque peu plus chaud et plus doux. Les murs qui coupaient les vents devaient en être responsables, pensa Rawlins. Il marchait précautionneusement, obéissant à la voix qui parlait dans son oreille.

Tournez à gauche... trois pas... mettez votre pied droit à côté de la bande noire sur le pavement... pivotez... tournez à gauche... quatre pas... tournez à quatre-vingt-dix degrés sur la droite... vous faites immédiatement un autre tour à quatre-vingts degrés toujours sur la droite.

Cela lui rappelait les jeux de piste de son enfance. La seule différence était que les risques étaient beaucoup plus sérieux. Il se déplaçait avec beaucoup de prudence, sentant la mort tapie sous ses talons. Quels êtres pouvaient avoir construit un endroit pareil ? Devant lui un flot d'énergie gicla à travers le chemin. L'ordinateur égrena les secondes. *Un, deux, trois, quatre, cinq, PARTEZ !* Rawlins prit son élan et courut.

Sauf !

De l'autre côté, il s'arrêta net et regarda derrière lui. Boardman le suivait à quelques pas, ne semblant pas du tout gêné par son âge. Il lui fit signe avec son bras et cligna de l'œil. Il était devant l'obstacle. *Un, deux, trois, quatre, cinq, PARTEZ !*

Boardman traversa l'endroit dangereux et le rejoignit.

— Si on se reposait un instant ? demanda Rawlins.

— Vous n'êtes pas obligé de ménager le pauvre vieillard, Ned. Continuez à avancer. Je ne suis pas encore fatigué.

— Nous avons un passage difficile un peu plus loin.

— Alors, allons-y.

Le jeune homme ne pouvait s'empêcher de jeter des coups d'œil sur les ossements. De vieux squelettes secs et aussi des cadavres tout récents. Des êtres de toutes les races et espèces avaient péri ici.

Et si je mourais dans les dix minutes qui vont suivre ?

Des éclairs brillants zébraient maintenant l'atmosphère à une cadence de plusieurs à la seconde. Boardman, à cinq mètres derrière lui, devint une silhouette fantastique se déplaçant avec des mouvements saccadés et discontinus. Rawlins passa sa main devant ses yeux pour voir l'effet de près. Il semblait que chaque fraction de seconde avait perdu conscience d'appartenir à une unité. Il y avait des trous dans le temps.

L'ordinateur se fit entendre. *Marchez dix pas et arrêtez-vous. Un. Deux. Trois. Marchez dix pas et arrêtez-vous. Un. Deux. Trois. Déplacez-vous vite jusqu'à ce que vous soyez arrivé au bout de la rampe.*

Rawlins n'arrivait pas à se souvenir de ce qu'il risquait s'il ne respectait pas son chronométrage.

Ici, dans la zone H, les pièges étaient si nombreux qu'il était impossible de tous les garder en mémoire. Etait-ce bien ici qu'un bloc de pierre d'une tonne tombait sur l'imprudent ? Ou était-ce plutôt les parois qui venaient s'écraser l'une contre l'autre ? Ou un pont délicatement ouvragé qui s'ouvrait brusquement sur un lac en ébullition ?

A son époque, il pouvait espérer vivre à peu près deux cents ans. Il voulait profiter au maximum de ces années. Je n'ai pas encore assez vécu pour mourir maintenant, pensa-t-il.

Il dansa sur le rythme scandé par l'ordinateur et passa le lac de feu et les murs écraseurs.

★

Sur le linteau de l'ouverture, devant Rawlins, était perchée une créature pourvue de longues dents. Avec beaucoup de précautions, Charles Boardman sortit le revolver de son équipement et enclencha le viseur automatique. Il programma la charge pour une masse de trente kilos située à une distance d'une cinquantaine de mètres.

— Je l'ai, dit-il à Rawlins — et il tira.

La boule d'énergie s'écrasa contre le mur, formant une auréole pourpre dont les bords étaient frangés d'un vert électrique. La bête, les membres raidis dans une dernière agonie, fut projetée en l'air et retomba lourdement sur le sol. D'on ne sait où, apparurent trois petits charognards qui entreprirent de la déchirer en pièces.

Boardman gloussa. Il reconnaissait qu'il ne fallait pas beaucoup d'adresse pour chasser avec une arme dotée d'un viseur automatique, mais il y avait très longtemps qu'il n'avait pas tiré un coup de feu. Cela remontait bien en arrière. Il avait trente ans et il avait passé une longue semaine dans une réserve saharienne avec un groupe de huit hommes d'affaires et conseillers gouvernementaux. Il était de loin le plus jeune et il l'avait fait par intérêt politique.

Tout lui avait été détestable ; les dépouilles des bêtes fauves étendues sur le sable, tout ce carnage gratuit pour satisfaire la gloriole de quelques hommes mûrs et repus. A trente ans on n'est pas très tolérant avec ses aînés et leurs distractions idiotes, et pourtant il était resté parce qu'il pensait que l'amitié de ces hommes influents pourrait lui être utile. Cela avait été utile. Il n'avait plus jamais chassé. Mais cette fois-ci, tuer n'avait pas le même sens, même avec une visée automatique. Ce n'était pas pour le sport.

★

Des images géométriques s'entrecroisaient de manière abstraite sur un écran doré enchâssé dans un mur proche de la limite intérieure de la zone H. Rawlins vit le visage de son père prendre forme sur cette toile de fond mouvante où dansaient des flammes colorées. Cet écran ne reflétait que des fantasmes : ce qu'il montrait était enfoui dans l'œil de celui qui le regardait. Les robots, passant devant, n'avaient vu qu'un écran vide. Rawlins aperçut l'image d'une jeune fille qui apparaissait maintenant. Maribeth Chambers, seize ans, étudiante de seconde année à l'université Notre-Dame de la Pitié, à Rockford dans l'Illinois. Maribeth Chambers lui souriait timidement, puis elle commença à se déshabiller. Ses cheveux étaient souples et doux, comme un nuage doré ; ses yeux étaient bleus et ses lèvres pleines et humides. Elle dégrafa son soutien-gorge, dévoilant deux splendides globes blancs et fermes, léchés par les flammes. Ils se tenaient hauts et très rapprochés l'un de l'autre, défiant les lois de la pesanteur malgré leur taille et leur volume. L'étroite vallée, entre eux, prometteuse de délices, mesurait bien quinze centimètres de profondeur. Maribeth Chambers rougit et dénuda le bas de son corps, puis pivota. Des petites pierres précieuses de couleur grenat étaient serties dans ses fossettes, juste au-dessus de ses fesses roses et rebondies. Un crucifix d'ivoire était pendu à une chaîne dorée qui enserrait sa taille. Rawlins essayait de détacher son regard de l'écran. L'ordinateur lui ordonna de reprendre sa marche ; il obéit et partit en traînant les pieds.

— Je suis la Résurrection et la Vie, dit Maribeth Chambers, d'une voix rauque et passionnée.

Elle lui fit un signe vulgaire pour l'appeler et cligna de l'œil langoureusement. D'une voix basse et érotique elle lui murmurait de douces obscénités :

— *Eh, beau gosse, viens par ici ! Tu verras, je te montrerai des trucs...*

Elle gloussa et se contorsionna lascivement. Avec ses muscles, elle fit bouger ses seins qui s'entrechoquèrent et sonnèrent comme des cloches à la volée. Sa peau vira au vert sombre. Ses yeux glissèrent sur son visage. Sa lèvre inférieure se poussa en avant et devint une pelle grotesque et molle. Ses cuisses commencèrent à fondre. Les flammes dansaient de plus en plus haut sur l'écran. Rawlins entendit un chœur de longs et lourds sanglots qui semblaient venir d'un orgue invisible. Il se força à écouter le chuchotement impérieux de l'ordinateur. Il se laissa guider et passa.

★

L'écran exhibait des formes abstraites et géométriques : des lignes droites et courbes se croisant et se déplaçant suivant un schéma incompréhensible mais parfaitement rigoureux. Charles Boardman s'arrêta un instant pour admirer ces figures. Puis il continua sa progression.

★

A proximité de la limite intérieure de la zone H : une forêt de poignards tourbillonnants.

★

La chaleur devenait tout à coup intense. On en était réduit à marcher en sautillant sur la pointe des pieds. Ce changement était étrange parce que aucun de ceux qui étaient déjà passés ne l'avait signalé. Se pouvait-il qu'il y ait des variations ? La cité était-elle capable de modifier ses défenses ? Jusqu'à quel degré la chaleur monterait-elle ? Où s'arrêterait cette zone de chaleur ? Cette progression thermique aurait-elle une fin ? Vivraient-ils assez longtemps pour atteindre la zone E ? Etait-ce une idée de Richard Muller pour les prévenir des dangers auxquels ils s'exposaient ?

★

Peut-être a-t-il reconnu Boardman et essaye-t-il de le tuer ? C'est une autre possibilité. Muller a toutes les raisons de le haïr et ici il ne risque aucune punition ni aucun châtiment. Peut-être devrais-je marcher plus vite et laisser un plus grand espace entre Boardman et moi ? Il semble que la chaleur augmente encore. D'un autre côté, il m'accusera d'avoir été lâche. Et déloyal.

Maribeth Chambers n'aurait jamais fait une chose pareille.

Les nonnes se rasent-elles encore la tête ?

★

Boardman trouva l'écran de distorsion bien à l'intérieur de la zone G. C'était peut-être le piège le plus dangereux. Il n'avait pas peur : un seul homme, Marshall, avait péri en le traversant. Il craignait surtout de pénétrer dans un endroit où les évidences transmises par ses sens ne correspondaient pas à la réalité. Boardman accordait un grand crédit à ses sens et se fiait énormément à ses perceptions. Il en était à son troisième jeu de rétines. Il est impossible de concevoir sainement l'univers sans faire confiance à ce que l'on voit.

Maintenant, il était à l'intérieur de l'écran de distorsion.

Ici, les lignes parallèles se rejoignaient. Les figures triangulaires en mosaïque sur les murs humides et vibrants étaient formées uniquement d'angles obtus. Une rivière coulait latéralement à travers la vallée. Les étoiles devenaient toutes proches et les lunes gravitaient les unes autour des autres.

A présent, il faut fermer les yeux et ne pas se laisser abuser.

Pied gauche. Pied droit. Pied gauche. Pied droit. Obliquez légèrement vers la gauche - glissez votre pied. Encore. Encore. Encore un tout petit peu. Revenez vers la droite. C'est cela. Recommencez à marcher.

Le fruit défendu l'attirait. Toute sa vie, il avait essayé de voir, de se rendre compte. La tentation était irrésistible. Boardman s'arrêta, plantant ses pieds fermement sur le sol. Si tu veux vraiment sortir entier de cet enfer, se raisonna-t-il, tu dois garder les yeux fermés. Si tu les ouvres, tu seras victime des illusions et tu courras à ta mort. Tu n'as pas le droit de te tuer bêtement alors que tant d'hommes ont lutté si longtemps et si durement pour t'apprendre comment survivre.

Boardman resta immobile. La voix sourde de l'ordinateur le rappela sèchement à l'ordre, essayant de le pousser.

— Attendez, dit Boardman tranquillement. Je peux jeter un coup d'œil si je ne bouge pas. C'est la seule chose qui compte : ne pas *bouger*. Je ne risque rien si je ne bouge pas.

L'ordinateur lui remit en mémoire le geyser de flammes qui avait fait reculer Marshall, l'entraînant vers sa fin.

Boardman ouvrit les yeux.

Il prenait grand soin de ne pas bouger. Tout autour de lui, ce n'était que négation de la géométrie. Comme s'il regardait le monde à travers une bouteille de Klein. Il se sentit profondément écœuré.

Tu as quatre-vingts ans et tu sais ce à quoi devrait ressembler l'univers. Ferme tes yeux, maintenant, C. B. Ferme tes yeux et avance. Tu prends des risques inutiles et injustes.

Il chercha instantanément Ned Rawlins. Le jeune homme avançait lentement en glissant les pieds à une vingtaine de mètres devant lui. Avait-il gardé les yeux fermés ? Naturellement, comme tous les autres. Ned était un garçon obéissant. Ou peut-être était-il peureux ? Il voulait survivre à ce piège et il préférait certainement ne pas voir à quoi ressemblait le monde vu à travers un écran de distorsion. J'aimerais avoir un fils pareil. Mais je l'aurais fait et éduqué à mon image.

Boardman commença à lever la jambe droite, se ravisa et la reposa fermement sur le pavement. Juste devant lui des pulsations de lumière dorée trouaient l'air, dessinant des images : ici un cygne, là un arbre. L'épaule gauche de Ned Rawlins se tordait bizarrement et le bras semblait vouloir se détacher de la clavicule. Son dos était incroyablement cambré en arrière. Une jambe se déplaçait en avant et l'autre en arrière. A travers ce brouillard doré, Boardman aperçut le cadavre de Marshall cloué contre un mur. Les yeux grands ouverts du mort semblaient le considérer. N'y avait-il aucun phénomène de putréfaction sur Lemnos ? Regardant ces yeux morts, Boardman vit son propre reflet déformé : un nez énorme effaçant la bouche. Il abandonna et ferma les yeux.

Soulagé, l'ordinateur le dirigea minutieusement.

★

Une mer de sang. Une coupe de lymphe.

★

Mourir, sans avoir eu le temps d'aimer...

★

Voici le passage ouvrant sur la zone F. Je vais quitter un des royaumes de la mort. Où est mon passeport ? Ai-je besoin d'un visa ? Je n'ai rien à déclarer. Rien. Rien. Rien.

★

Un vent frais qui vient du futur.

★

Les types qui campent en F. devaient venir nous retrouver pour nous montrer le chemin. J'espère que cela ne les ennuie pas. Nous pouvons très bien nous repérer sans eux. Il suffit de traverser l'écran et nous serons saufs.

★

J'ai rêvé si souvent de suivre cet itinéraire. Et maintenant je le déteste malgré sa beauté. Il faut le reconnaître : c'est beau. Et il doit paraître encore plus beau juste avant de tuer.

★

Déjà Maribeth a des petits bourrelets aux cuisses. Elle sera grosse avant d'avoir trente ans.

★

Comme c'est étrange une carrière. J'aurais pu m'arrêter depuis longtemps. Je n'ai jamais lu Rousseau, ni Donne. Je ne connais pas Kant. Si je ne meurs pas, je les lirai. J'en fais la promesse, sain de corps et d'esprit, dans ma quatre-vingt-unième année : moi, Ned Rawlins, lirai, Richard Muller, lirai, moi, je lirai, moi, moi, moi je lirai, moi, Charles Boardman.

★

Ayant passé le seuil de la porte, Rawlins s'arrêta pile et demanda à l'ordinateur s'il pouvait sans risques marquer une pause pour se reposer. L'ordinateur lui donna le feu vert. Doucement, il se baissa, plia ses jambes et posa ses genoux contre les dalles fraîches du pavement. Il tourna la tête pour regarder en arrière. De gigantesques blocs de pierre, encastrés parfaitement les uns dans les autres, sans l'aide d'aucun mortier, formaient des piles de cinquante mètres de haut, flanquant une ouverture profonde et étroite dans laquelle se détachait la massive silhouette de Charles Boardman. Il semblait agité et couvert de sueur. Rawlins était fasciné par cette vision. Jamais encore il n'avait vu craquer la carapace du vieil homme. Il est vrai qu'ils n'avaient encore jamais parcouru le labyrinthe.

Rawlins lui-même ne se sentait pas en grande forme. Les poissons sécrétés par son métabolisme bouillaient dans son corps. Il était à ce point humide de transpiration que sa tenue arrivait à peine à évacuer la sécrétion, par un procédé de distillation et volatilisation des différents composants chimiques. Il était encore trop tôt pour se réjouir. Brewster était mort ici, dans la zone F, croyant en avoir fini avec les dangers après avoir surmonté ceux de G. Il avait eu tort.

— Vous vous reposez ? demanda Boardman d'une petite voix mal placée.

— Pourquoi pas ? Ce n'était pas facile, Charles. (Rawlins essaya de sourire :) Pour vous non plus, d'ailleurs. L'ordinateur dit que nous ne risquons rien si nous restons ici un moment. Je vais vous préparer un endroit où vous pourrez vous étendre.

Boardman s'approcha et se plia. Rawlins dut le soutenir quand il voulut s'agenouiller.

— Muller est venu seul par cet itinéraire et il s'en est sorti ? dit Ned admirativement.

— Muller a toujours été un homme extraordinaire.

— Comment croyez-vous qu'il a fait ?

— Pourquoi ne le lui demandez-vous pas ?

— J'en ai la ferme intention, dit Rawlins. Il se peut que demain, à la même heure, je sois en train de lui parler.

— Peut-être. Nous devrions partir maintenant.

— Si vous voulez.

— Ils vont bientôt venir à notre rencontre. Ils doivent déjà nous avoir repérés sur leurs détecteurs de masse. Debout, Ned. Debout.

Ils se levèrent. A nouveau, Rawlins ouvrit la marche.

La zone F était moins encombrée, mais guère plus attirante que la précédente. La plupart des voies étaient rectilignes et se coupaient suivant un plan compliqué qui interdisait toute perspective. Bien qu'il sût que les pièges étaient plus rares ici, Rawlins ne pouvait se débarrasser de la sensation que le sol allait s'ouvrir sous ses pieds à n'importe quel moment. L'air y était plus frais. Il piquait un peu le visage, comme celui de la plaine. A chaque intersection de rues s'élevaient d'immenses bacs en béton dans lesquels poussaient des plantes à feuilles dentelées.

— Jusqu'à présent, quel a été le plus dur pour vous ? demanda Rawlins.

— L'écran de distorsion, répondit Boardman.

— Ce n'était pas tellement terrible à mon avis. A part le fait de marcher les yeux fermés dans un truc aussi dangereux. Vous savez, un de ces petits félins à longues dents aurait pu nous sauter dessus et nous ne l'aurions vu que trop tard.

— J'ai ouvert les yeux, dit Boardman.

— Dans le champ de distorsion ?

— Juste un instant. Je n'ai pas pu résister, Ned. Je n'essaierai pas de vous décrire ce que j'ai vu, mais ce fut une des plus étranges expériences de ma vie.

Rawlins sourit. Il eut envie de féliciter Boardman d'avoir fait quelque chose de bête, de dangereux et d'humain, mais il n'osa pas. Il se contenta de poser des questions :

— Qu'avez-vous fait ? Vous vous êtes arrêté, vous avez ouvert les yeux et vous êtes reparti ? Avez-vous failli vous faire prendre ?

— Une fois. J'ai tout oublié et j'ai commencé à faire un pas, mais je ne suis pas allé au bout de mon geste. J'ai remis mon pied là où il devait être et j'ai regardé autour de moi.

— J'essaierai peut-être au retour, dit Rawlins. Un simple coup d'œil ne peut pas faire de mal.

— Comment savez-vous si l'écran fonctionne dans l'autre sens ?

Rawlins fronça les sourcils :

— Je n'avais pas pensé à cela. Nous n'avons pas encore essayé de *sortir* du labyrinthe. Supposez que ce soit entièrement différent pour y entrer. Nous n'avons aucune donnée ni aucun élément pour l'itinéraire du retour. Si on se retrouvait tous enfermés à l'intérieur ?

— Nous utiliserons à nouveau les robots, dit Boardman. Ne vous tracassez pas pour cela. Quand nous serons prêts à sortir, nous ferons venir une armée de robots jusqu'au camp de la zone F et nous vérifierons le chemin de retour comme nous l'avons fait à l'aller.

— De toute façon, dit Rawlins après un silence, pourquoi y aurait-il des pièges sur la voie du retour ? Cela signifierait que les constructeurs de ce labyrinthe auraient voulu s'enfermer à l'intérieur, tout en interdisant à leurs ennemis de pénétrer. Pourquoi auraient-ils fait une chose pareille ?

— Qui sait, Ned ? Ils ne nous ressemblaient pas.

— Non. Ils ne nous ressemblaient pas.

★

Boardman se souvint que leur conversation avait dévié. Il essaya de se montrer affable. Ils étaient des compagnons en face des mêmes dangers.

— Et pour vous, Ned, qu'est-ce qui a été le pire ? demanda-t-il.

— L'autre écran, un peu avant, dit Rawlins. Celui qui réfléchissait toutes les saletés que nous avons dans notre tête.

— Quel écran ?

— Vers la limite de la zone H. C'était un écran doré, encastré dans un haut mur avec des bandes métalliques. Je l'ai regardé et j'ai vu mon père pendant deux secondes. Puis après, j'ai vu une fille que j'ai connue dans le temps. Elle est devenue nonne. Sur l'écran elle se déshabillait. Je pense que cela doit révéler quelque chose de mon subconscient, n'est-ce pas ? Comme un nid de serpents. Mais cela doit être commun à tout le monde, non ?

— Je n'ai rien vu de pareil.

— Vous n'avez pas pu ne pas le voir. C'était... oh... à peu près à une cinquantaine de mètres de l'endroit où vous avez tué le premier animal. Un peu sur la gauche, à mi-hauteur du mur, un écran rectangulaire... non, trapézoïdal plutôt. Avec une bordure en métal blanc brillant et des formes colorées qui dansaient dessus, des flammes...

— Ah, oui ! Je vois. Des formes géométriques.

— J'ai vu Maribeth se déshabiller, dit Rawlins, l'air confus, et vous, vous avez vu des formes géométriques ?

★

La zone F pouvait être mortelle elle aussi. Une petite boursouflure perlée du sol s'ouvrit et libéra un flot de boulettes brillantes qui roulèrent vers Rawlins. Elles se déplaçaient avec la même malveillante détermination qu'une colonie de fourmis voraces. Elles piquaient cruellement la peau. Le jeune homme en écrasa une quantité énorme, mais il eut le tort de s'obnubiler et il manqua de peu un éclair soudain de lumière bleue qui vint barrer la galerie. Il poussa du pied quelques boulettes dans le rayon de lumière où elles fondirent instantanément.

★

Boardman en avait déjà plus qu'assez.

★

Ils n'étaient entrés dans le labyrinthe que depuis une heure et quarante-huit minutes. Le temps leur paraissait dérisoirement court par rapport à leur fatigue. L'itinéraire à travers la zone F passait par une chambre aux murs roses, traversée par des jets de vapeur brûlante qui sortaient d'orifices cachés. L'unique sortie, à l'autre extrémité de la pièce, était une entaille allant en se rétrécissant qui donnait accès à un long passage, bas et voûté, hermétique et oppressant de chaleur, dont les murs de couleur rouge sang palpitaient de façon nauséeuse. Ce long boyau menait à une esplanade à ciel ouvert où étaient disposées six grosses dalles de métal blanc, semblables à des piédestaux attendant leur statue. Au milieu, une fontaine surmontée d'un jet d'eau d'une centaine de mètres de haut. Autour de la place, trois tours dont les façades comportaient de multiples ouvertures, toutes de taille différente. Des projecteurs prismatiques jouaient et se reflétaient sur les fenêtres. Aucune vitre n'était brisée. Sur les marches d'une des tours gisait le squelette désarticulé d'une créature mesurant presque dix mètres de long. Une grosse bulle en plastique qui était indubitablement un casque spatial contenait le crâne.

★

Alton, Antonelli, Cameron, Greenfield et Stein constituaient l'équipe stationnée dans la zone F. Leur camp servait de base de repos pour ceux qui allaient pénétrer plus avant. Antonelli et Stein retrouvèrent Rawlins et Boardman sur l'esplanade qui se trouvait au centre de F.

— C'est tout près d'ici, dit Stein. Préférez-vous vous reposer quelques instants avant de repartir, M. Boardman ?

Boardman secoua négativement la tête. Ils se mirent en marche.

Antonelli résuma la situation :

— Davis, Ottavio et Reynolds sont passés en E ce matin, après que Alton, Cameron et Greenfield nous eurent rejoints. Petrocelli et Walker sont partis en reconnaissance vers la bordure interne de E pour chercher un petit passage susceptible de nous conduire en D. Ils disent que c'est beaucoup plus sympathique qu'ici.

— Je les écorche vifs s'ils y pénètrent, dit Boardman.

Antonelli sourit, l'air inquiet.

La base de repos était constituée de deux dômes moulés placés côte à côte au bord d'un jardin. L'endroit avait été soigneusement choisi et ne présentait aucun risque. Rawlins pénétra à l'intérieur d'un des dômes et enleva ses bottes. Cameron lui tendit un nettoyeur tandis que Greenfield lui apportait à manger. Ned se sentait gêné devant ces hommes. Ils n'avaient pas eu les mêmes chances que lui. Ils n'avaient pas reçu une éducation poussée ; ils ne vivraient pas aussi vieux que lui, même s'ils évitaient les dangers auxquels ils étaient exposés ici. Ils n'avaient pas des cheveux blonds et des yeux bleus, et ils ne pourraient certainement pas se payer des remodelages leur permettant d'acquérir ces caractéristiques. Et pourtant ils avaient l'air heureux. Peut-être était-ce parce qu'ils n'étaient pas chargés de tromper Richard Muller pour le faire sortir, même au prix de leurs préjugés moraux.

Boardman entra sous le dôme. Rawlins fut stupéfait de constater combien le vieil homme tenait le coup et semblait dispos. Boardman dit en riant :

— Dites au capitaine Hosteen qu'il a perdu son pari. Nous avons réussi.

— Quel pari ? demanda Antonelli.

— Hosteen avait parié à trois contre un que nous

n'arriverions pas jusqu'ici. Je l'ai entendu, continua Boardman, toujours aussi détendu.

Greenfield s'adressa à lui :

— Nous pensons que Muller nous suit à la trace, d'une façon ou d'une autre. Ses déplacements sont très réguliers. Il occupe le quadrant du fond de la zone A, le plus loin possible de l'entrée, si l'entrée est celle dont il se sert. Il décrit à peu près régulièrement le même petit arc.

— Croyez-vous, Cameron, qu'il soit possible que Muller ait à sa disposition un système quelconque de vision ? demanda Boardman au technicien des communications.

— Cela me paraît probable.

— Assez précis pour voir les visages ?

— Peut-être. Vous savez, nous ne pouvons pas vraiment être sûrs. En tout cas, il a eu assez de temps pour apprendre à utiliser les ressources du labyrinthe, monsieur.

— S'il reconnaît mon visage, dit Boardman, nous pourrons faire instantanément demi-tour, sans essayer d'aller plus loin. Je n'avais jamais songé qu'il pouvait nous regarder. Qui a les thermoplastiques ? Il me faut une nouvelle tête, en vitesse !

★

Il ne tenta même pas d'expliquer. Il revint un peu plus tard avec un long nez pointu, des lèvres lippues et un menton en galoche. Il ne s'était pas fait un joli visage. De toute façon, ce n'était pas le sien.

★

Après une nuit de sommeil agité et entrecoupé de brusques réveils, Rawlins se prépara à rejoindre le camp avancé, situé dans la zone E. Boardman ne l'accompagnerait pas, mais ils resteraient perpétuellement en contact. Boardman verrait comme lui et entendrait comme lui. Ned pourrait même, grâce à un écouteur caché, entendre les instructions et les conseils que lui donnerait Boardman.

C'était un sec matin d'hiver. Ils testèrent les circuits de communication. Rawlins sortit du dôme et fit une dizaine de pas à l'écart. Sur les murs de porcelaine noire et grêlée se reflétait l'éclat orangé de l'aurore. Le ciel était d'un beau vert satiné.

Il entendit la voix de Boardman :

— Levez votre main droite si vous me recevez, Ned.

Rawlins leva sa main droite.

— Maintenant parlez-moi.

— Où m'avez-vous dit qu'était né Richard Muller ?

— Sur Terre. Je vous reçois parfaitement.

— Où cela sur Terre ?

— Quelque part sur le territoire d'Amérique du Nord.

— Je suis de là-bas, moi aussi.

— Oui, je sais Ned. Je crois que Muller est de la partie occidentale du continent, mais je n'en suis pas sûr. Vous savez, Ned, je n'ai passé que très peu de ma vie sur la Terre et je ne me souviens pas très bien de la géographie terrestre. Si cela est important, je peux demander le renseignement à l'ordinateur.

— Plus tard, peut-être, dit Rawlins. J'y vais ?

— Ecoutez-moi bien d'abord. Nous avons eu beaucoup de mal pour arriver jusqu'ici et je ne veux pas que vous oubliiez que tous ces efforts n'ont été que des préliminaires à notre véritable mission. Rappelez-vous, nous sommes venus chercher Muller.

— Croyez-vous que je pourrais l'oublier ?

— Nous nous sommes surtout occupés de pénétration et de sécurité. Allais-je ou alliez-vous mourir ou survivre ? Cela risquait de nous masquer le problème principal. Maintenant, nous voyons les choses plus clairement. Votre boulot consiste à gagner la confiance de Muller afin que nous puissions utiliser cette chose potentiellement inestimable qu'il porte en lui, que ce soit un don ou une malédiction. Le destin de l'univers repose sur ce qui va se passer dans les jours suivants entre vous et Muller. L'histoire de plusieurs siècles peut en être bouleversée. N'oubliez pas une seconde que le succès ou l'échec de votre mission peut modifier en bien ou en mal la vie de milliards d'êtres pas encore nés.

— Vous avez l'air diablement sérieux, Charles.

— Je le suis, Ned. Je suis absolument sérieux. Il arrive parfois que tous ces mots ronflants et galvaudés veuillent signifier vraiment quelque chose d'important. Aujourd'hui, c'est le cas. Vous avez la possibilité d'influer sur l'histoire universelle. Et c'est pourquoi, Ned, vous irez rejoindre Muller et vous lui mentirez, vous le tromperez, et vous vous parjurerez comme un Judas. J'espère bien que votre conscience vous démangera pendant quelques années et que vous vous dégoûterez de vous-même — mais plus tard, vous réaliserez que vous avez fait un acte d'héroïsme. A présent le test de votre système de communication est terminé. Revenez dans le dôme pour les dernières mises au point et vous vous mettrez en marche.

★

Pour sa première étape, il fut accompagné par Stein et Alton jusqu'au passage donnant sur la zone E. Il n'y eut pas d'incidents. Ils lui montrèrent la direction à suivre et il traversa une douche fine d'étincelles bleutées et scintillantes. Maintenant il était seul. La zone qui s'ouvrait devant lui avait un caractère austère, presque funèbre. En grimpant la pente d'accès il aperçut un alvéole creusé en haut d'une colonne de pierre. Dans cette cavité obscure brillait une chose mobile qui aurait pu être une lentille ou un objectif.

— Je crois avoir repéré un œil du système de vision utilisé par Muller, rapporta-t-il. Il y a une chose dans le mur qui me regarde.

— Aveuglez-la avec votre pulvérisateur, suggéra Boardman.

— Je pense qu'il interpréterait cela comme un acte d'hostilité. Pourquoi un archéologue voudrait-il se cacher ?

— Oui. Vous avez raison. Continuez.

La zone E semblait moins menaçante. Elle était

constituée de constructions basses et sombres, très trapues, serrées les unes contre les autres comme des tortues effarouchées. Plus loin, Rawlins pouvait deviner une topographie différente d'où émergeaient de hautes murailles et une tour brillante. Toutes les zones se ressemblaient si peu qu'il pensa qu'elles avaient pu être construites à des époques différentes bien qu'elles fussent bâties selon le même schéma : un centre composé de secteurs d'habitation entouré par des couronnes de plus en plus chargées de pièges vers les limites frontalières, de manière à gêner une invasion. Il réalisa que cette hypothèse aurait pu être émise par un archéologue et s'en félicita.

Il marcha encore un peu et vit la longue silhouette de Walker qui avançait vers lui. Walker était mince, froid et peu démonstratif. Il prétendait avoir épousé plusieurs fois la même femme. C'était un homme très capable, âgé d'une quarantaine d'années.

— Je suis content que vous ayez réussi à passer, Rawlins. Faites attention à votre gauche. Ce mur pivote sur lui-même.

— Comment est-ce, ici ?

— Comme ci, comme ça. Nous avons perdu Petrocelli il y a une heure.

Rawlins se raidit :

— Mais cette zone est censée être saine !

— Eh bien, c'est faux. Elle est plus dangereuse que F et presque aussi mauvaise que G. Nous l'avons mésestimée lors des opérations de reconnaissance avec les robots. Après tout, il n'y a aucune raison pour que les zones deviennent moins dangereuses vers le cœur du labyrinthe, n'est-ce pas ? Celle-ci est une des pires.

— Pour nous endormir dans une fausse sécurité ? suggéra Rawlins.

— Cela se peut. Bon, venez maintenant. Suivez-moi et n'essayez pas de trop réfléchir. Ici l'originalité peut être mortelle. Vous marchez selon l'itinéraire prévu, sinon vous n'irez pas loin.

Rawlins le suivit. Il ne décelait aucun danger apparent, mais il sautait là où sautait Walker et faisait un détour là où son guide en faisait un. Ils atteignirent bientôt le campement avancé. Il retrouva Davis, Ottavio et Reynolds. De Petrocelli il ne vit que la partie supérieure ; sous la taille il ne restait plus rien.

— Nous attendons des ordres pour l'enterrer, dit Ottavio. Je parie que Hosteen va nous demander de le ramener.

— Couvrez-le, au moins, dit Rawlins.

— Vous entrez en D aujourd'hui ? demanda Walker.

— Je crois que je ferais aussi bien.

— Nous vous dirons ce que vous devez éviter. C'est nouveau. C'est là où Petrocelli s'est fait avoir, à peu près à cinq mètres avant l'entrée vers D. C'est une sorte de rayon bizarre qui vous hache en deux. Les robots n'étaient pas passés par là.

— Vous croyez que ça coupe tout ce qui le traverse ? demanda Rawlins.

— Non. Ça n'a pas coupé Muller. Vous ne risquez rien si vous l'évitez. Nous vous montrerons comment, dit Walker.

— Et après ?

— Là, ce sera à votre tour de jouer.

★

— Si vous êtes fatigué, passez la nuit au camp, conseilla Boardman.

— Je préfère partir.

— N'oubliez pas que vous serez seul, Ned. Pourquoi ne pas vous reposer avant ?

— Demandez à l'ordinateur ce qu'il pense de mon état de fatigue. Moi, je me sens prêt.

Boardman fit le nécessaire. Après avoir enregistré son pouls, son rythme cardiaque, son taux hormonal et étudié toutes ses fonctions organiques, l'ordinateur rendit son verdict : aucune raison n'empêchait Rawlins de continuer sans prendre de repos.

— Très bien, dit Boardman, allez-y.

— Je me prépare à entrer dans la zone D, Charles. C'est là où Petrocelli est mort. J'aperçois le rayon — à peine perceptible, presque invisible. Voilà, je vais le contourner... Ou...i... Oui ! Je suis dans la zone D. Je m'arrête pour laisser le temps à l'ordinateur d'enregistrer mes perceptions. La zone D a l'air un peu plus sympathique que la précédente. Je ne crois pas que cela me prendra longtemps pour la traverser.

★

Les flammes rougeoyantes qui barraient l'entrée de la zone C étaient fausses.

★

La voix de Rawlins était douce et calme :

— Dites aux galaxies que leur destin est entre de bonnes mains. Je devrais trouver Muller d'ici à un quart d'heure.

7

Muller était souvent resté seul pendant de longues périodes. Dans la rédaction du contrat de son premier mariage, il avait insisté pour ajouter une clause lui permettant une entière liberté de ses mouvements ; Lorayn avait accepté car elle savait que sa profession pouvait occasionnellement l'emmener dans des mondes où elle n'aurait pas voulu ou pu aller. Pendant les huit années de leur union il avait utilisé ce droit trois fois pour un total de quatre ans.

D'ailleurs, ce n'étaient pas ses absences qui avaient été responsables de l'échec de leur couple. Il avait appris pendant ces périodes d'éloignement qu'il pouvait supporter la solitude et même qu'elle lui était bénéfique dans un certain sens. Stendhal avait écrit : « Nous perfectionnons tout dans la solitude, sauf le caractère. » Muller ne partageait pas tout à fait ce point de vue. Il savait surtout que son caractère était déjà grandement affirmé avant même qu'il n'acceptât ses premières missions. Il avait été volontaire pour ces missions qui l'envoyaient seul sur les planètes vides et dangereuses. Un peu différemment, il s'était volontairement emmuré ici sur Lemnos, mais cet exil lui coûtait plus que les autres. Il le supportait cependant assez bien. Cette faculté d'adaptation à la solitude totale l'étonnait et en même temps l'effrayait quelque peu. Il ne se serait jamais cru capable de se débarrasser aussi facilement de la société et de la compagnie humaine. Il avait bien quelques problèmes d'ordre sexuel, mais ce n'était pas aussi dur qu'il l'avait craint. Quant au reste : le plaisir de la discussion, les changements de décors, la joie de découvrir de nouvelles amitiés, tout cela avait rapidement cessé de lui manquer. Il avait assez de cubes pour se distraire et le labyrinthe était un champ insatiable de découvertes. Surtout, il avait ses souvenirs.

Il avait en mémoire des moments passés sur des centaines de mondes différents. L'homme était parti à l'attaque de l'univers, établissant des colonies humaines sur des milliers d'étoiles. Delta Pavonis VI, par exemple : à vingt années-lumière de la Terre. On lui avait donné un surnom qui lui était bien mal approprié : Loki. Quel étrange ironiste avait choisi un tel mot léger, agile, subtil, fin, alors que les colons de Loki, après être restés cinquante ans isolés de la Terre, avaient voué un culte à l'obésité artificielle obtenue grâce à un dérèglement savant de l'assimilation des glucides. Cela remontait à une dizaine d'années avant sa mission fatale sur Bêta Hydri IV. Il avait été envoyé sur Delta Pavonis VI, ou plutôt sur Loki, en tant qu'expert pour découvrir et éliminer les schismes nés sur une colonie ayant perdu contact avec la planète mère. Il se souvenait d'un monde chaud, habitable seulement sur une étroite bande tempérée. Après avoir traversé des barrières de jungle et des rivières sombres et boueuses sur les rives desquelles étaient tapies des bêtes aux yeux brillants, il était enfin arrivé à la colonie. Là, des bouddhas suintants, pesant quelques centaines de kilos, étaient assis, perdus dans une profonde méditation, devant des huttes à toit de chaume. Muller n'avait encore jamais vu autant de chair au mètre cube. Les Lokites utilisaient même des glucorécepteurs externes pour emmagasiner de la graisse. C'était une adaptation inutile, n'offrant aucun avantage vis-à-vis de l'environnement. Non, ces gens aimaient simplement être énormes. Muller pouvait encore voir devant ses yeux des bras semblables à des cuisses, des cuisses à des piliers et des ventres triomphalement gonflés.

Ils avaient un grand sens de l'hospitalité. Ils avaient offert une femme à l'espion venu de la Terre. Pour Muller, ce fut une leçon à plus d'un titre. Il y avait bien dans le village deux ou trois femmes qui, quoique déjà très grosses, pouvaient être considérées comme maigres selon les normes locales. Pour Muller, elles étaient les seules s'approchant plus ou moins de ses critères personnels. Mais les Lokites ne lui offrirent pas une de ces pauvres carcasses sous-développées, atteignant à peine le quintal, car c'eût été manquer de manières envers un invité que de ne pas lui donner ce qu'il y avait de mieux. Il fut royalement traité. Sa compagne avait été une colossale blonde avec des seins comme des boulets de canon et des fesses qui étaient des continents de chair tremblotante.

Cela avait été, à tous les points de vue, inoubliable.

Il y avait tant d'autres mondes. Il avait été un

voyageur infatigable. Il avait laissé à des hommes comme Boardman les subtilités des machinations politiques. Ce n'était pas qu'il en fût incapable, il pouvait se montrer subtil et retors comme un véritable homme d'Etat quand il le fallait, mais il se considérait plus comme un explorateur que comme un diplomate. Il avait nagé dans des lacs de méthane ; il avait brûlé dans des déserts plus arides que le Sahara ; il avait suivi des colons nomades à travers les plaines pourpres à la recherche de leur cheptel d'arthropodes. Il avait fait naufrage sur des mondes sans atmosphère. Il avait vu les falaises de cuivre brut qui culminaient à quatre-vingt-dix kilomètres, sur Damballa. Il s'était baigné dans le lac gravitationnel des Mordred. Il avait dormi au bord d'un ruisseau multicolore sous un ciel embrasé par trois soleils, et il avait traversé les ponts de cristal de Procyon XIV. Il avait peu de regrets.

Maintenant, blotti au cœur du labyrinthe, il regardait ses écrans et attendait l'arrivée de l'étranger. Dans sa main reposait une arme, petite et froide.

★

Le temps passait vite. On approchait déjà de la fin de l'après-midi. Rawlins se demanda s'il n'aurait pas mieux fait d'écouter Boardman et de passer la nuit au camp avant de partir à la recherche de Muller. Trois bonnes heures de sommeil et un bain de relaxation psychique ne lui auraient pas fait de mal. Enfin, puisqu'il avait refusé cette solution, il était obligé de continuer. Tout à coup, ses appareils de détection l'avertirent que Muller n'était pas loin.

Des scrupules moraux et des doutes quant à son courage commencèrent à l'envahir.

Jamais auparavant il n'avait rien fait d'aussi important. Il avait fait ses études, puis, au bureau de Boardman, il avait rempli quelques tâches de routine, avec de temps en temps un problème un peu plus important à traiter. Mais il avait toujours pensé que sa vraie carrière n'avait pas encore commencé ; jusqu'à présent il en était resté au stade des préliminaires. Maintenant, à l'aube de sa vie, il prenait conscience qu'il allait accomplir quelque chose de grave et d'irréversible. Ce n'était pas de l'entraînement. Ses actes à lui, grand benêt blond entêté et ambitieux, pouvaient — et Charles Boardman s'était montré très précis sur ce point — influencer le cours de l'Histoire à venir.

Ping.

Il regarda autour de lui. Ses détecteurs avaient parlé. La silhouette d'un homme se détacha de l'ombre. Muller !

A vingt mètres l'un de l'autre ils se firent face. Rawlins se souvenait de Muller comme d'un géant et il fut surpris de constater qu'ils étaient presque de la même taille, un peu plus de deux mètres. La tenue de Muller, en assez mauvais état, était faite en une sorte de matière brillante et de couleur sombre. A cette heure, la lumière frisante accentuait les reliefs de son visage, tout en pitons et en vallées.

Sa main tenait la boule, grosse comme une pomme, avec laquelle il avait détruit le robot.

La voix de Boardman bourdonna dans l'oreille de Rawlins :

— Approchez-vous de lui. Ayez l'air timide, hésitant et amical. Montrez-lui que vous êtes *intéressé.* Et n'oubliez pas de garder vos mains de façon qu'il puisse toujours les voir.

Rawlins obéit. Il se demanda à quelle distance il commencerait à ressentir les effets néfastes. Il devait se forcer pour décrocher son regard du petit globe scintillant que Muller tenait dans sa main comme une grenade. Arrivé à une dizaine de mètres de l'homme, les premiers effluves devinrent perceptibles. Oui. Ce devait être cela. Il conclut qu'il serait capable de les supporter s'il n'avançait pas plus.

Muller parla :

— Que me voul...

Les mots sortirent de sa bouche comme un cri rauque et perçant. Il se tut. Ses mâchoires se contractèrent et il semblait faire un effort pour contrôler la contraction de son larynx. Rawlins se mordit la lèvre inférieure. Il sentait battre une de ses paupières sans qu'il pût l'arrêter. Le souffle oppressé de Boardman lui parvenait dans son écouteur.

Muller s'était repris.

— Que me voulez-vous ? demanda-t-il.

Sa voix maintenant était juste et profonde, vibrante de colère contenue.

— Simplement vous parler. C'est vrai, je vous assure. Je ne veux pas vous causer d'ennuis, M. Muller.

— Vous me connaissez ?

— Bien sûr. Tout le monde vous connaît. C'est-à-dire que vous étiez un de mes héros quand j'allais encore à l'école. Nous avons même fait des devoirs sur vous. Des dissertations. On devait...

Ce cri atroce, à nouveau :

— Foutez le camp !

La main qui tenait la boule noire s'éleva. La petite fenêtre carrée le visait. Rawlins se souvint comment l'écran s'était tout à coup obscurci. Il fallait parler vite... vite, comme si de rien n'était.

— Vous savez, Stephen Rawlins était mon père. J'avais dit à mes copains que je vous...

Le bras se détendit :

— Stephen Rawlins ?

— Oui, c'était mon père.

Ned sentait son œil gauche se liquéfier. Au-dessus de ses épaules, une buée de transpiration s'évaporait et se condensait. Maintenant, il recevait de plus en plus fortement les émanations de Muller, comme s'il lui avait fallu quelques minutes pour se mettre sur la bonne longueur d'onde. Là, il ressentait le torrent d'angoisses, de tristesses, de peines et de douleurs. Un déchirement pareil à une vallée paisible tout à coup fendue et désolée, s'ouvrant sur des abîmes atroces et insondables.

— J'étais très jeune quand je vous ai vu, poursuivit-il difficilement. Vous reveniez de... où... cela ?... Euh... de 82 Eridani, je crois. Vous étiez tout hâlé et bronzé. Je devais avoir huit ans et vous m'avez pris dans vos bras et vous m'avez lancé en l'air. Mais vous n'étiez plus habitué à la pesanteur terrestre et vous m'avez lancé trop fort. Je me suis cogné la tête contre le plafond et naturellement je me suis mis à pleurer. Alors vous m'avez donné quelque chose pour que j'arrête, une petite perle qui changeait de couleur...

Les mains de Muller pendaient à présent à ses côtés. La pomme avait disparu. Sa voix était tendue :

— Quel était votre prénom, déjà ? Fred, Ted, Ed ? C'est cela. Oui. Ed. Edward Rawlins.

— Un peu après on a commencé à m'appeler Ned. Vous vous souvenez donc de moi ?

— Un peu, oui. Je me souviens beaucoup mieux de votre père.

Muller se détourna et toussa. Sa main glissa dans sa poche. Puis il releva la tête et le soleil couchant colora ses traits d'un orange soutenu, lui donnant l'air d'une apparition surnaturelle. Il fit un geste rapide avec son doigt :

— Allez-vous-en, Ned. Dites à vos compagnons que je ne veux pas être dérangé. Je suis un homme très malade et je veux être seul.

— Malade ?

— Malade. Oui. D'une mystérieure pourriture de l'âme. Ecoutez-moi, Ned : vous êtes un jeune homme beau et sympathique, et j'aime beaucoup votre père. Je pense ce que je dis. Et donc, vous devez me croire si je vous dis que je ne veux pas que vous tourniez autour de moi. Vous le regretteriez. Ce n'est pas une menace, c'est la vérité, littéralement. Allez-vous-en. Loin de moi.

La voix de Boardman se fit entendre.

— Ne cédez pas. Approchez-vous. Même si cela vous fait souffrir.

Rawlins fit un pas prudent en avant, pensant à la boule enfouie dans la poche de Muller. Le regard de cet homme prouvait qu'il n'était pas rationnel. Il avança d'un mètre. La puissance des émanations semblait doubler.

— Je vous en prie, ne me chassez pas, M. Muller. Je ne vous veux pas de mal. Si mon père avait appris que je vous ai découvert ainsi, tel que vous êtes, et que je n'ai pas essayé de vous aider, il ne me l'aurait jamais pardonné.

— *Avait appris ? Ne vous aurait jamais pardonné ?* Qu'est-il arrivé à votre père ?

— Il est mort.

— Mort ? Quand ? Où ?

— Il y a quatre ans, sur Rigel XXII. Il était chargé de monter un réseau connectant toutes les planètes du système Rigel. L'amplificateur s'est déréglé et le faisceau a été inversé. Mon père a été tué sur le coup.

— Mon Dieu. Il était encore si jeune !

— Il aurait eu cinquante ans dans un mois. Nous devions aller le rejoindre sans qu'il le sache, pour lui faire une surprise. Au lieu de cela, j'y suis allé seul pour ramener son corps sur Terre.

L'expression de Muller s'adoucit. Une sorte de tristesse emplit son regard et dénoua sa bouche tendue. Comme si la peine de quelqu'un d'autre le lavait un peu de la sienne. Pour combien de temps ?

— Approchez-vous encore, ordonna Boardman.

Un autre pas, et puis un autre, profitant de ce que Muller semblait ne pas le remarquer. Rawlins eut une sensation subite de chaleur. Ce n'était pas physique mais psychologique, comme un embrasement émotionnel rayonnant dans toutes les directions. La terreur le fit trembler. L'héritage de pragmatisme que lui avait légué son père l'avait empêché de croire vraiment à l'histoire qu'on lui avait racontée sur les Hydriens et Muller. Quoi, un sort jeté ? Si cela ne peut être reproduit en laboratoire, ce n'est pas réel. Si cela ne peut être mis en équation, ce n'est pas réel. S'il n'y a pas de circuits, ce n'est pas réel. C'est ainsi que parlait son père. Comment un être humain pouvait-il être transformé fondamentalement au point d'émettre réellement ses propres émotions ? Aucun circuit ne pouvait créer une telle fonction. Et pourtant, Ned Rawlins recevait avec horreur des bribes de cette émission.

— Qu'êtes-vous venus faire sur Lemnos ? demanda Muller.

— Je suis archéologue, mentit-il maladroitement. C'est ma première expédition sur le terrain. Nous essayons de mener un examen approfondi du labyrinthe.

— Il se trouve que quelqu'un habite dans ce labyrinthe. Vous me dérangez.

Rawlins se troubla.

— Dites-lui que vous ne connaissiez pas sa présence, lui souffla Boardman rapidement.

— Nous nc savions pas que quelqu'un habitait ici, répéta le jeune homme. Nous ne pouvions pas deviner que...

— Pourtant vous avez envoyé vos satanés robots, n'est-ce pas ? Alors, quand vous avez vu quelqu'un — quelqu'un qui ne désirait aucune compagnie, vous le saviez sacrément bien — vous...

— Je ne comprends pas, dit Rawlins. Nous avons cru que vous étiez un naufragé. Nous avons seulement voulu vous offrir notre aide.

Comme je mens facilement, songea-t-il.

Muller le regarda de travers :

— Vous ne savez pas pourquoi je suis ici ?

— Je crains que non.

— Cela se peut, d'ailleurs. Vous êtes trop jeune. Mais les autres ? Après m'avoir vu, ils ont dû immédiatement se souvenir. Pourquoi ne vous l'ont-ils pas dit ? Vos robots ont-ils retransmis l'image de mon visage, oui ou non ? Vous saviez qui était à l'intérieur et ils ne vous ont rien dit ?

— Je ne comprends vraiment pas...

— Approchez ! rugit Muller.

Rawlins avança comme dans un cauchemar, sans avoir conscience de bouger ses pieds. Tout à coup, il se trouva face à face avec Muller, touchant presque ce visage massif et durement découpé, ces sourcils sombres et fournis et ces yeux fixes, agrandis par la colère qui brûlait au fond. L'immense main de l'homme enserra le poignet de Rawlins. Celui-ci oscilla, assommé par l'impact, submergé par un désespoir si profond qu'il semblait engloutir tout l'univers. Il essayait de toutes ses forces de ne pas vaciller.

— Maintenant, foutez-moi le camp ! hurla follement Muller. Partez ! Foutez le camp ! *Dehors !*

Rawlins luttait pour ne pas s'enfuir, mais il resta immobile.

Muller cracha une bordée de jurons et courut lourdement vers un bâtiment bas aux parois vitreuses dont les fenêtres opaques semblaient des yeux aveugles. La porte se referma hermétiquement derrière lui. Rawlins mit plusieurs minutes à retrouver son souffle et son équilibre. La douleur lui martelait les tempes comme si quelqu'un cherchait à lui broyer le crâne.

— Restez où vous êtes, dit Boardman. Laissez-le digérer sa rogne. Tout se passe bien.

★

Derrière la porte, Muller se laissa tomber sur le sol. La sueur l'inondait. Il passa ses bras autour du buste et serra si fort que sa poitrine lui fit mal.

Ce n'était pas du tout ainsi qu'il avait prévu de recevoir l'intrus.

Quelques bribes de conversation pour réclamer qu'on le laisse tranquille et, si l'homme refusait, le globe destructeur. Oui, Muller avait ainsi prévu la scène. Mais il avait hésité. Il avait trop parlé et trop écouté. Le fils de Stephen Rawlins ? Une expédition d'archéologie ? Ici ? Le garçon n'avait pas semblé être très affecté par les radiations, sauf de très près. Sa maladie diminuait-elle d'intensité avec les années ?

Muller se força pour reprendre ses esprits et analyser son hostilité. Pourquoi avait-il tellement peur ? Pourquoi se cramponnait-il autant à sa solitude ? Il n'avait rien à craindre des hommes ; eux seuls souffraient à son contact. Il était normal qu'ils s'écartent de lui. Mais lui n'avait aucune raison de se montrer si farouche, ou bien était-ce seulement sa défiance qui le paralysait ou l'endurcissement et la sécheresse causés par neuf années d'isolement ? En était-il arrivé là : à aimer la solitude pour elle-même ?

Etait-il devenu un ermite ? Il s'était retiré ici par considération pour ses frères de race, pour ne pas leur infliger le rayonnement de laideur douloureuse qui irradiait de lui. Et ce garçon était venu pour l'aider, plein de candeur et de bonté. Pourquoi s'enfuir ? Pourquoi réagir aussi grossièrement ?

Lentement, Muller se redressa et ouvrit la porte. Il sortit. La nuit tombait vite en hiver ; le ciel noir était transpercé par les trois lunes. Le jeune homme, encore un peu médusé, n'avait pas bougé. La plus grande lune, Clotho, éclairait ses cheveux blonds et bouclés qui semblaient être une touffe rayonnante et dorée au milieu de la place. Son visage aux pommettes fortement accentuées était très pâle. Ses yeux bleus brillaient d'émotion, comme ceux des enfants quand ils ont été battus.

Muller s'avança, ne sachant trop quoi dire ou faire. Il se sentait comme une vieille machine rouillée sortie d'un hangar après de longues années.

— Ned, appela-t-il. Ned, je veux vous dire que je m'excuse. Vous devez me comprendre. Je n'ai plus l'habitude des hommes. Je n'ai plus... l'habitude des... *hommes*...

— Cela ne fait rien, M. Muller. Je peux m'imaginer tout ce que vous avez dû endurer.

— Dick. Appelez-moi Dick.

Muller éleva ses mains comme pour se protéger des maigres rayons lunaires. Il se sentait transi de froid. Sur le mur d'enceinte de la place, des silhouettes de petits animaux sautaient et dansaient. Muller parla calmement :

— J'en suis arrivé à aimer ma solitude. Vous savez, on doit finir par chérir même le cancer qui vous ronge si on se met dans la bonne disposition d'esprit. Ecoutez, il faut que vous compreniez quelque chose. Je suis venu ici délibérément. Je n'ai pas fait naufrage. Je me suis choisi l'endroit dans l'univers où j'avais le moins de risques d'être dérangé et je me suis caché dedans. Mais il a fallu que vous débarquiez avec vos robots rusés et alors vous êtes arrivés jusqu'à moi.

— Si vous ne voulez pas de moi, je m'en irai, dit Rawlins.

— Peut-être est-ce préférable pour nous deux. Attendez. Restez un peu. Est-ce très difficile de me supporter d'où vous êtes ?

— Ce n'est pas tout à fait confortable, dit le jeune homme en souriant faiblement. Mais ce n'est pas aussi terrible que... que... je ne sais pas. A cette distance, je me sens seulement un peu déprimé.

— Savez-vous pourquoi ? demanda Muller. D'après ce que vous dites, je crois que vous le savez. N'est-ce pas, Ned ? Vous prétendez seulement ne pas être au courant de ce qui m'est arrivé sur Bêta Hydri IV.

Rawlins rougit :

— Eh bien... euh... je m'en souviens un petit peu, oui. Ils ont agi sur votre esprit ?

— Oui. C'est cela. Ce que vous ressentez, Ned, c'est moi. Mon âme pourrie qui suinte autour de moi. Vous recevez le flux de mon courant nerveux qui filtre par tous les pores de ma peau. C'est charmant, vous ne trouvez pas ? Essayez de vous approcher un petit peu... comme ça.

Rawlins stoppa.

— Vous sentez ? poursuivit Muller. Maintenant, c'est plus fort. Vous recevez une dose plus importante. Souvenez-vous un instant de ce que c'était quand je vous ai tiré près de moi. Ce n'était pas très agréable, n'est-ce pas ? A dix mètres on peut le supporter, mais à un mètre ça devient intolérable. Pouvez-vous imaginer de serrer une femme dans vos bras quand vous puez mentalement comme moi ? On ne peut pas faire l'amour à dix mètres l'un de l'autre. Du moins, moi j'en suis incapable. Asseyons-nous, Ned, voulez-vous ? Nous ne risquons rien ici. J'ai disposé des détecteurs pour m'avertir de l'approche des animaux dangereux et cette zone ne contient pas de pièges.

Il s'accroupit sur le sol composé de dalles en marbre poli d'une couleur blanche laiteuse. Après un instant d'hésitation, Rawlins s'assit souplement dans la position du lotus à une douzaine de mètres de son interlocuteur. A sa grande surprise, le pavement était doux et moelleux.

— Quel âge avez-vous, Ned ? demanda Muller.

— Vingt-trois ans.

— Marié ?

Un sourire timide :

— Non.

— Une amie ?

— Oui... enfin... Non. Nous avions passé un contrat de liaison que nous avons résilié quand j'ai accepté cette mission.

— Ah ! Des filles dans l'expédition ?

— Non. Seulement des cubes érotiques.

— Pas terrible, hein, Ned ?

— Non. Vraiment pas. Nous aurions pu prendre des femmes avec nous, mais...

— Mais quoi ?

— Trop dangereux. Le labyrinthe...

— Combien d'hommes avez-vous perdus jusqu'à présent ? demanda Muller.

— Cinq, je crois. J'aimerais bien savoir quelle sorte de créatures étaient ceux qui ont construit une chose pareille. Il a bien fallu cinq siècles pour mettre au point une telle horreur.

— Plus. A mon avis, cela a constitué la grande réalisation de leur race. Leur chef-d'œuvre, leur monument. Chaque piège devait être l'objet de leur fierté. Le labyrinthe résume l'essence fondamentale de leur philosophie : tuer l'étranger.

— Est-ce une hypothèse que vous suggérez ou avez-vous découvert quelque trace ou quelque vestige de leur culture ?

— Le seul vestige de leur culture est cet enclos qui nous entoure. Mais vous savez, Ned, je suis un expert en psychologie. Sauf en ce qui concerne les hommes. Ce qui me donne ce titre, c'est d'avoir été le seul humain à avoir jamais été dire bonjour à une autre race que la nôtre. Tuer l'étranger, telle est la loi de l'univers. Et si vous ne le tuez pas, au moins faites-le un peu souffrir.

— Nous ne sommes pas ainsi, se défendit Rawlins. Nous n'avons pas une hostilité instinctive pour...

— Pour les morpions.

— Mais, je...

— Si un vaisseau cosmique étranger atterrissait sur une de nos planètes nous le mettrions en quarantaine, nous emprisonnerions les membres de l'équipage et nous les interrogerions quitte à les exterminer. Et cela malgré toutes nos bonnes manières et nos prétendus bons sentiments. Nous affirmons être trop nobles pour haïr des êtres différents de nous, mais c'est uniquement une politesse parce que nous réalisons notre faiblesse. Prenez les Hydriens, par exemple. Une importante fraction de notre gouvernement était pour un projet qui consistait à provoquer une fusion génératrice dans leur couche nuageuse protectrice afin de doter leur système d'un soleil supplémentaire, et cela *avant* même d'envoyer un émissaire pour les étudier.

— Non ?

— Ce projet a été refusé et un émissaire a été envoyé et les Hydriens l'ont pourri. Moi, en l'occurrence.

Une idée frappa subitement Muller. Il eut l'air épouvanté et demanda :

— Que s'est-il passé entre les Hydriens et nous pendant ces neuf dernières années ? Nous sommes entrés en relations ? La guerre ?

— Rien du tout, dit Rawlins. Nous nous sommes tenus à l'écart.

— Vous me dites la vérité ou nous avons pour de bon détruit ces espèces de bâtards ? Je vous jure que cela ne me ferait pas de peine, et pourtant ce n'était pas leur faute s'ils m'ont fait ça. Leur réaction a été banalement xénophobe. Dites-moi, Ned, leur avons-nous fait la guerre ?

— Non. Je vous le jure.

Muller se détendit. Après un moment de silence, il reprit :

— Très bien. Je ne vais pas vous demander de me donner les dernières nouvelles de la planète mère. Je m'en fiche totalement. Combien de temps comptez-vous rester sur Lemnos ?

— Nous ne savons pas encore. Quelques semaines, je pense. Nous n'avons pas encore réellement commencé l'exploration du labyrinthe. Et il y a aussi les alentours immédiats. Nous voulons vérifier et confronter les travaux des premiers archéologues, et...

— Et vous serez ici pour un bon bout de temps. Les autres vont-ils venir dans le cœur du labyrinthe ?

Rawlins humecta ses lèvres :

— Ils m'ont envoyé devant pour établir des bonnes relations avec vous. Mais nous n'avons encore aucun plan bien arrêté. Tout dépend de vous. Nous ne voulons pas vous imposer notre présence. Donc si vous ne voulez pas que nous travaillions ici...

— Je ne veux pas, le coupa Muller d'un ton tranchant. Rapportez cela à vos amis. Dans cinquante ou soixante ans je serai mort et ils pourront venir fouiller ici. Mais tant que je vivrai, je ne veux pas qu'ils viennent me déranger. Qu'ils s'occupent dans les quatre ou cinq zones extérieures, mais si l'un d'eux met le pied en A, ou B, ou C, je le tue. J'en suis capable, Ned.

— Et moi ? Aurai-je le droit de venir vous voir ?

— Occasionnellement. Je ne peux prévoir mes humeurs. Si vous désirez me parler, approchez-vous et attendez. Si je vous dis d'aller au diable, Ned, alors courez-y. C'est clair ?

Rawlins eut un large sourire ouvert.

— Très clair.

Il se releva prestement. Muller ne voulut pas rester dans une position vulnérable et se leva lui aussi. Sa méfiance n'était pas complètement tombée. Rawlins fit quelques pas vers lui.

— Où allez-vous ? demanda sèchement Muller.

— Je déteste parler d'aussi loin. On est obligé de hurler. Je peux m'approcher un petit peu, non ?

Muller redevint instantanément soupçonneux :

— Qu'est-ce que vous êtes, un masochiste ?

— Non. Je regrette.

— Eh bien, moi, je ne suis pas sadique. Je ne veux pas que vous vous approchiez de moi.

— Je vous assure, Dick, ce n'est pas tellement insupportable.

— Vous mentez. Cela vous révulse et vous dégoûte. Je suis un lépreux, mon garçon, et si la lèpre vous met mal à l'aise, vous n'avez qu'à restez à l'écart. Cela me gêne beaucoup de voir les autres souffrir à cause de moi.

Rawlins s'arrêta :

— D'accord. Comme vous voudrez. Ecoutez, Dick, je ne veux pas vous causer des ennuis. Je voudrais vous montrer que j'ai de l'amitié pour vous. Si ce que je fais vous dérange, dites-le-moi, et j'essaierai autre chose. Je ne cherche pas du tout à vous compliquer la vie.

— Vous m'embrouillez, mon garçon. Que me voulez-vous en réalité ?

— Rien.

— Alors, pourquoi ne pas m'avoir laissé seul ?

— Parce que vous êtes un être humain et que vous êtes longtemps resté seul ici. Je suis d'une nature très sociable et j'aime bien donner mon amitié. Cela vous paraît très stupide ?

Muller haussa les épaules :

— Je ne suis pas un très bon ami. Peut-être devriez-vous remballer vos impulsions bien pensantes et repartir d'où vous venez. Vous ne pouvez pas m'aider,

Ned. Vous pouvez seulement me faire souffrir en me rappelant ce que je ne puis plus avoir ni connaître.

Se raidissant, Muller regarda au-dessus du jeune homme les silhouettes qui sautillaient sur les murs. Il avait faim et il était temps qu'il parte en chasse pour son dîner.

— Fiston, dit-il brusquement, je crois que ma patience commence à nouveau à être à bout. Il est temps que vous partiez.

— D'accord. Pourrai-je revenir demain ?

— Peut-être. Peut-être.

Le jeune homme sourit ingénument :

— Merci de m'avoir permis de vous parler, Dick. Je reviendrai.

★

Sous les mouvants clairs de lunes, Rawlins se dirigea vers la sortie de la zone A. La voix de l'ordinateur le guidait sur le chemin du retour. De temps en temps, dans les endroits faciles, Boardman se branchait sur le réseau de communication.

— Vous avez pris un très bon départ, Ned. C'est déjà formidable qu'il vous ait toléré. Comment vous sentez-vous ?

— Sale, Charles.

— A cause du contact avec Muller ?

— Non. Parce que je fais quelque chose de dégoûtant.

— Arrêtez vos enfantillages, Ned. Si je dois vous insuffler votre assurance morale à chaque fois que...

— Je ferai mon boulot, le coupa Rawlins, mais je ne suis pas obligé de l'aimer.

Il franchit avec précaution un bloc basculant. Si le poids du marcheur ne prenait pas appui exactement à l'endroit précis, il était précipité irrémédiablement dans un gouffre abyssal. Pendant qu'il négociait soigneusement ce passage délicat, un petit animal lui montra une dangereuse dentition, mais ne l'attaqua pas. Rawlins appuya sur un endroit précis du mur qui pivota sur lui-même, découvrant l'entrée vers la zone B. Sur le montant de l'ouverture, il remarqua la cache d'un objectif d'espionnage et lui sourit, au cas où Muller suivrait son retour.

Maintenant il comprenait pourquoi Muller avait choisi de s'exiler ici. Il aurait peut-être fait de même s'il s'était trouvé dans des circonstances identiques. Ou pire. A cause des Hydriens, Muller portait une difformité de l'âme à une époque attachée à la beauté et aux apparences. Manquer d'un membre, d'un œil, ou avoir une infirmité quelconque était considéré comme un crime esthétique : tout pouvait être réparé et la bienséance commandait d'offrir à ses congénères une apparence agréable. Les imperfections et la laideur outrageante étaient éminemment antisociales.

Malheureusement, aucun chirurgien esthétique ne pouvait rien pour Muller. Le seul remède était de couper tous les liens avec la société. Un homme faible aurait choisi le suicide : Muller avait choisi l'exil.

Au souvenir du bref moment de contact direct avec Muller, Rawlins sentait encore des sanglots lui monter dans la gorge. Pendant un instant, il avait été submergé par une émanation incohérente et informe d'émotion brute. Comme si Muller sécrétait et dégageait involontairement et sans l'aide des mots ce qui était enfoui le plus profondément en lui. Ce flot incontrôlable venu du tréfonds de l'âme corrodait et abattait celui qui le recevait.

Ce n'était pas un vrai phénomène de télépathie. Muller ne pouvait pas *lire* la pensée des autres, ni leur communiquer les siennes. Non. On se trouvait assailli de toutes parts par ce débordement intrinsèquement moral : un torrent de désespoir intime, un fleuve de regrets et de peines, les égouts nauséeux d'une âme malade. Il avait été incapable de le contenir. Pendant un moment qui avait été une éternité, Rawlins avait baigné dans cette fange atroce ; le reste du temps, il avait simplement ressenti un vague sentiment de détresse.

Entraîné dans ce maelström, Rawlins avait mis à jour ses propres démons. Les douleurs de Muller n'étaient pas uniques. Son rôle ingrat consistait seulement à révéler aux hommes les tourments et les punitions que la création leur avait réservés. Rawlins, en un éclair, avait pris conscience des discordes et des troubles qui étaient le sort commun : les chances gâchées, les amours ratées, les paroles trompeuses, les douleurs injustes, les désirs, les envies, les convoitises coupables, la morsure de la faim, les frustrations qui rongent et brûlent la chaîne du temps, la mort des petits insectes en hiver, les larmes des choses. Il avait reçu d'un coup le vieillissement, l'affaiblissement, l'impotence, la fureur, l'abandon, la solitude, l'isolement, la désolation, la rage impuissante et la folie. C'était un hurlement silencieux criant la colère cosmique.

Sommes-nous tous pareils ? se demanda-t-il. Boardman cache-t-il la même boue en lui ? Ou ma mère ? Ou la fille que j'aimais ? Sommes-nous branchés sur une fréquence que nous ne pouvons pas recevoir ? Tant mieux, alors. Le chant qu'elle émet est trop mortellement laid.

Boardman le fit revenir à la réalité :

— Réveillez-vous, Ned. Arrêtez de rêvasser et faites attention où vous posez vos pieds. Vous êtes presque arrivé en zone C.

— Charles, qu'avez-vous ressenti quand vous vous êtes approché de Muller la première fois ?

— Nous discuterons de cela plus tard.

— Vous n'avez pas eu l'impression de découvrir réellement la nature humaine dans toute son horreur ?

— Je vous ai dit que nous en...

— Laissez-moi vous expliquer, Charles. Je ne risque rien là où je suis. Je vais vous dire : j'ai regardé dans l'âme d'un homme et ça m'a secoué. Mais, écoutez-moi bien, Charles, il n'est pas vraiment ainsi. C'est un homme *bon*. Ce truc qu'il irradie, c'est simplement du bruit. C'est une sorte de bourbier général qui ne nous apprend rien de vrai sur Richard Muller. Nous ne devrions pas prêter attention à ce bruit parce qu'il ne correspond pas à son émetteur. C'est comme si vous braquiez un amplificateur sonore sur les étoiles. Si vous le poussez au maximum de sa puissance, vous entendrez les craquements et les explosions internes. Vous savez, certaines étoiles parmi les plus belles renvoient des bruits terriblement laids, mais ce n'est qu'une réponse de l'amplificateur, cela n'a rien à voir avec la qualité propre de l'étoile. C'est... c'est comme...

— Ned !

— Excusez-moi, Charles.

— Rejoignez le camp. Nous sommes tous d'accord : c'est pourquoi nous avons besoin de lui. Nous avons besoin de vous aussi, alors taisez-vous et faites attention à votre itinéraire. Allez. Tranquillement, maintenant. Doucement. Doucement. Quel est cet animal sur votre gauche ? Dépêchez-vous, Ned ; mais restez calme. C'est cela, mon garçon. Continuez. Doucement. Doucement.

8

Quand ils se revirent le lendemain matin, les choses furent beaucoup plus faciles. Rawlins avait dormi sous la tente de relaxation et était en pleine forme. Il s'était rendu au cœur du labyrinthe et il avait trouvé Muller sans avoir à le chercher. Celui-ci se tenait à côté d'une pyramide étroite en métal noir et à un coin de la grande esplanade.

— Qu'en dites-vous ? demanda-t-il quand il vit Rawlins arriver. Il y en a huit semblables, une à chaque coin. Il y a des années que je les étudie. Elles tournent. Venez voir.

Muller désigna une des faces du pylône. Le jeune homme approcha. Arrivé à une dizaine de mètres de son interlocuteur, il sentit les premières émanations. Pourtant il se força à venir plus près. Même la veille, il ne s'était pas tenu aussi près de Muller, sauf pendant ce moment horrible où l'homme l'avait agrippé par le poignet et l'avait attiré contre lui.

— Vous voyez cela ? demanda Muller, en pointant son doigt.

— Une marque.

— Oui. J'ai mis presque six mois pour la faire. J'ai

utilisé un éclat de cristal du revêtement de ce mur là-bas. Chaque jour, j'ai gratté une heure ou deux, jusqu'à ce qu'il y ait une marque visible sur le métal. Après, j'ai pu repérer les mouvements. Elle fait un tour complet le temps d'une année locale. Donc, ces pyramides bougent. C'est imperceptible, mais elles tournent. Elles doivent être une sorte de calendrier.

— Est-ce... pouvez-vous... euh... avez-vous.

— Mon garçon, je ne comprends rien à vos balbutiements.

— Excusez-moi.

Rawlins fit quelques pas en arrière, essayant de cacher l'effet que lui causait la proximité de Muller. Il se sentait sonné et son visage le brûlait. A cinq mètres, c'était plus endurable. Il fit un effort et ne recula pas davantage, se disant qu'il devait s'adapter et que sa tolérance s'accroîtrait au fur et à mesure de leurs rencontres.

— Vous disiez ? demanda Muller.

— Est-ce la seule chose que vous ayez observée ?

— J'en ai gratté quelques autres. Je suis convaincu que les huit tournent. Mais je n'ai pas découvert le mécanisme. Vous savez, sous cette cité est caché un cerveau fantastique et inimaginable. Il doit dater de plusieurs millions d'années et il fonctionne toujours. Peut-être est-ce une sorte de métal liquide dans lequel baignent des éléments cognitifs. C'est lui qui fait tourner ces pylônes, nettoie les rues et fait circuler l'eau dans l'aqueduc.

— Et déclenche les pièges ?

— Et déclenche les pièges, répondit Muller. Mais je n'ai pas été capable de découvrir la moindre trace de cette chose intelligente. J'ai un peu creusé ici et là. Je n'ai trouvé que de la terre. Peut-être que vos copains archéologues arriveront à localiser le cerveau de la cité ? Hein ? Vous avez trouvé quelque chose ?

— Je ne crois pas.

— Vous n'avez pas l'air très sûr de vous.

— Je ne le suis pas. Je n'ai pris part à aucun des travaux à l'intérieur du labyrinthe.

Rawlins sourit timidement. Il le regretta aussitôt en entendant la voix de Boardman dans l'écouteur :

— Ned, les sourires timides annoncent toujours un mensonge. Muller est très fort. Il risque de vous percer à jour.

Le jeune homme enchaîna :

— Je suis resté à l'extérieur la plupart du temps pour diriger les opérations d'accès. Après, je suis entré et je suis venu directement vous voir. C'est pourquoi je ne sais pas ce que les autres ont pu découvrir jusqu'à présent. Si jamais ils ont découvert quelque chose.

— Vont-ils saccager les rues ? demanda Muller.

— Non, je ne crois pas. Voyez-vous, nous ne creusons plus comme dans le temps. Nous utilisons des sondeurs et toutes sortes d'appareils de détection. (Il fut stupéfait de sa propre improvisation et poursuivit sur sa lancée :) L'archéologie était destructrice, je le reconnais. Pour trouver ce qui était enterré sous les Pyramides, il a bien fallu les démonter, pierre par pierre. Mais maintenant, les moyens modernes nous permettent de nouvelles techniques. C'est la nouvelle école, vous comprenez ? On peut voir dans le sol sans avoir besoin de creuser, et ainsi nous préservons les monuments du passé. C'est pourq...

Muller le coupa :

— Il y a une quinzaine d'années, sur une des planètes d'Epsilon Indi, une bande d'archéologues a complètement démantelé une nécropole construite par une race inconnue et quand ils ont voulu la remonter cela leur a été impossible parce qu'ils n'arrivaient pas à comprendre l'architecture interne du monument. Ils ont essayé, mais les blocs ne s'emboîtaient pas correctement et ce fut un vrai massacre. Il se trouve que j'ai vu les ruines quelques mois après leur passage. Quel gâchis ! Mais vous devez connaître cette histoire.

Rawlins n'en avait jamais entendu parler.

— Vous savez, dit-il en rougissant, il y a des incapables dans toutes les disciplines. Je sais...

— Eh bien, j'espère qu'il n'y en a pas ici. Je ne veux pas qu'ils abîment le labyrinthe. D'ailleurs c'est impossible. Le labyrinthe se défend très bien tout seul.

Muller s'éloigna nonchalamment de la pyramide. Rawlins apprécia cet éloignement qui le détendait, mais Boardman lui ordonna de le suivre. La tactique employée pour vaincre la confiance de Muller impliquait une exposition permanente et volontaire à ses émanations émotionnelles. Muller fit mine de ne pas remarquer que le jeune homme le suivait. Il dit à voix basse, comme se parlant à lui-même :

— Les cages sont à nouveau fermées.

— Les cages ?

— Regardez là — dans cette rue qui part de la place.

Rawlins suivit la direction indiquée et vit une

sorte de cage formée par une douzaine ou plus de barreaux courbes en pierre blanche qui partaient du pavement et pénétraient dans le mur d'un bâtiment à une hauteur de quatre mètres ou presque du sol. Un peu plus loin dans la galerie, il y en avait une autre.

— Il y en a à peu près une vingtaine, disposées symétriquement dans les rues qui rayonnent autour de l'esplanade. Elles se sont ouvertes trois fois depuis mon arrivée. Ces barres glissent, entrent et disparaissent dans le pavement, je ne sais comment. La troisième fois, c'était il y a deux nuits. Je n'ai jamais réussi à les voir s'ouvrir ou se fermer et je les ai encore manquées.

— A votre avis, à quoi servaient-elles ? demanda Rawlins.

— A capturer ou emprisonner des animaux dangereux. Ou des ennemis. Vous, vous utiliseriez une cage pour quoi faire ?

— Et quand elles s'ouvrent comme avant-hier ?

— La cité essaye encore de servir ses habitants. Il y a des ennemis dans les zones extérieures. Les cages sont prêtes pour le cas où des ennemis seraient capturés.

— Vous voulez dire nous ?

— Oui. Des ennemis.

Tout à coup, les yeux de Muller luirent sous l'effet d'une soudaine fureur paranoïaque. La rapidité avec laquelle il passait d'un ton raisonnable à une subite colère froide avait quelque chose d'alarmant :

— *L'homo sapiens !* La plus dangereuse, la plus impitoyable, la plus méprisable créature de l'univers !

— Vous dites cela comme si vous le pensiez.

— Je le pense.

— Allons, essaya de le raisonner Rawlins. Vous ne pouvez pas vraiment croire...

Muller le coupa, mais il parlait lentement et doucement :

— J'ai voué ma vie au service de Richard Muller.

Il se retourna brusquement et fit face au jeune homme. Ils étaient seulement à six ou sept mètres l'un de l'autre. Les effluves étaient aussi forts et aussi denses que s'ils avaient été nez à nez.

— Mon garçon, poursuivit-il, vous ne pouvez pas imaginer comme je me fiche de l'humanité. J'avais vu les étoiles et je les voulais. Je désirais être presque un dieu. Un seul monde, ce n'était pas suffisant pour moi. Il me les fallait tous. Alors, je me suis choisi — je l'ai presque créée — une carrière qui m'emmènerait dans les étoiles. Plus de mille fois j'ai risqué ma vie. J'ai enduré des excès de températures fantastiques. J'ai brûlé mes poumons dans des atmosphères morbides et il a fallu qu'on m'en transplante de nouveaux. J'ai mangé des nourritures dont la seule description vous ferait vomir. Des gamins comme vous m'adoraient et ont écrit des essais sur ma vie prétendument dédiée à l'*Homme* et ma quête incessante de connaissances. Laissez-moi vous dire quelque chose et enfoncez-le-vous dans le crâne : je suis un ignoble égoïste. Presque autant que Colomb, Magellan et Marco Polo. Ils étaient de grands explorateurs, c'est certain, mais ils recherchaient surtout leur profit. Moi, mon profit était dans ma pauvre tête. Je voulais vivre à cent kilomètres de haut. Que des statues de moi soient dressées sur des milliers de mondes. Vous lisez les poètes ? *Eperonné par sa renommée. La dernière infirmité d'un cœur noble.* C'est de Milton. Et savez-vous ce que disaient les Grecs anciens ? Quand un homme veut dépasser sa condition les dieux se chargent de le broyer. Cela s'appelle *Hybris.* J'en parle en connaissance de cause. Quand ma capsule de débarquement a traversé la couche de nuages autour de Bêta Hydri IV, je me sentais un dieu. *J'étais* un dieu. Quand j'en suis parti, j'étais encore un dieu. Pour les Hydriens, j'avais été réellement un dieu. Plutôt un mythe dont ils se transmettront l'histoire de génération en génération. Le dieu mutilé. Le dieu martyrisé. L'être qui était descendu parmi eux. Trop beau, trop différent ; il les mettait mal à l'aise, alors ils avaient dû s'occuper de lui. Mais...

— La cage... tenta Rawlins.

— Laissez-moi finir ! gronda Muller. Vous voyez, la vérité a éclaté. Je n'étais pas un dieu. Seulement un pauvre homme mortel qui avait subi des désillusions à propos de sa déité. Les dieux véritables ont compris qu'il fallait que j'apprenne ma leçon jusqu'au bout. Ils ont décidé qu'il faudrait que je me souvienne toujours de la bête misérable cachée sous la couche d'épiderme. Surtout, ne jamais oublier l'animal sous la dépouille humaine. Alors ils se sont arrangés pour que les Hydriens me fassent un petit truc chirurgical au cerveau. Ce doit être une de leurs spécialités, je suppose. Je ne sais même pas s'ils m'ont fait cela par haine ou, innocemment, pour essayer de me guérir de ma tare : cette incapacité que j'avais de leur faire ressentir mes émotions. Ils voulaient peut-être que nous puissions enfin nous rencontrer. Je vous laisse le soin d'en décider. Toujours est-il qu'ils ont agi sur moi. Et je suis revenu sur la Terre. Héros et lépreux à la fois. Quand on s'approche de moi on devient malade. Pourquoi cela, croyez-vous ? Pour vous rappeler en recevant une dose de moi que vous êtes *vous aussi* un animal. Ainsi le cercle vicieux est bouclé. Vous me haïssez parce qu'en vous approchant de moi, vous voyez votre âme mise à nu et que cela vous déplaît. Et moi, je vous hais parce que vous me fuyez. Sachez-le, je suis porteur du plus grand fléau qui puisse s'abattre sur les hommes : la vérité ! Mon existence constitue la preuve qu'il est heureux que chaque homme soit enfermé dans son propre crâne. Vous rendez-vous compte ? Si nous possédions la moindre faculté de télépathie, ne serait-ce que cette petite anomalie honteuse mais très limitée qui est la mienne, nous ne pourrions pas nous supporter. La société humaine deviendrait impossible. Les Hydriens arrivent à atteindre la pensée de leurs frères et ils semblent très bien l'accepter. Mais nous, non ! C'est pourquoi je dis que l'homme est la créature la plus méprisable de l'univers. Il n'ose même pas sentir la puanteur de sa propre espèce, âme contre âme !

— La cage semble s'ouvrir, dit doucement Rawlins.

— Quoi ? Faites voir !

Muller se précipita vers la rue et passa rapidement devant Rawlins. Le jeune homme n'eut pas le temps de se reculer et il reçut une violente bouffée d'émanations. Cette fois-ci, ce fut moins pénible. Des images automnales naquirent dans sa tête : des feuilles mortes, des fleurs fanées, un vent encore doux et de précoces crépuscules enflammés. Il se sentait plus envahi de regrets que d'angoisse, devant la brièveté de la vie. Telle est notre condition : à peine avons-nous commencé qu'il faut déjà mourir.

Muller était bien loin de ces états d'âme. Le nez presque sur les barreaux d'albâtre de la cage, il les contemplait passionnément :

— Ils se sont déjà enfoncés de quelques centimètres. Pourquoi ne me l'avez-vous pas dit.

— J'ai essayé. Mais vous ne m'écoutiez pas.

— Vous avez raison, Ned. Vous avez raison. Cette sale manie que j'ai de toujours soliloquer. (Il rit tout bas :) Ned, j'ai attendu des années pour voir cela. La cage s'ouvre ! Regardez comme les barreaux se déplacent sans à-coups et glissent dans le sol. C'est parfait. (Il se tut un instant pour étudier le mouvement de plus près :) Mais c'est étrange, Ned. Auparavant, elles ne s'étaient jamais ouvertes deux fois dans la même année et voici qu'elles s'ouvrent pour la seconde fois cette semaine.

— Peut-être ne les avez-vous pas toujours remarquées ? Par exemple, pendant votre sommeil ? suggéra Rawlins.

— J'en doute énormément. Regardez ça !

— Alors pourquoi à votre avis une telle entorse au rythme habituel ?

— A cause des ennemis qui se sont approchés, dit Muller. A présent, la cité me considère comme un de ses véritables habitants. Il y a si longtemps que je vis ici. Mais elle cherche à vous mettre en cage, vous. Les ennemis. Les hommes.

Maintenant, la cage était entièrement ouverte. Les barreaux semblaient avoir disparu dans le sol. Seule une étude minutieuse révélait l'emplacement de l'orifice dans le pavement.

— Avez-vous déjà essayé de mettre quelque chose dedans ? Des animaux ?

— Oui. Un jour, j'avais mis le cadavre d'un grand animal mort. Rien ne s'est passé. Puis je lui ai amené des petites bêtes vivantes. Toujours rien. (Son front se plissa :) Une fois, j'avais pensé à entrer moi-même dans la cage pour voir si elle se refermerait automatiquement sur un être pensant et vivant. Mais je n'ai pas osé. Quand on est seul, il est difficile de tenter de pareilles expériences.

Il resta assez longtemps silencieux avant de reprendre :

— Que diriez-*vous* de m'aider pour un petit essai, là, maintenant. Hein, Ned, qu'en dites-vous ?

Rawlins n'arrivait pas à retrouver son souffle. L'air si léger lui brûlait maintenant les poumons.

— Il suffit de pénétrer une minute ou à peu près à l'intérieur, poursuivit calmement Muller. Nous verrons si la cage se referme sur vous. Ce serait une découverte très importante.

Rawlins fit semblant de ne pas le prendre au sérieux :

— Et si elle se referme ? Avez-vous une clé pour la rouvrir ?

— J'ai des armes. Nous pourrons toujours faire sauter les barreaux.

— Ce serait de la destruction. Vous m'avez averti que vous ne vouliez pas que nous détériorions le labyrinthe.

— Parfois il faut détruire pour apprendre. Allez-y, Ned. Allez-y.

La voix de Muller devenait haletante. Il se tenait étrangement ramassé sur lui-même, les mains crispées sur ses cuisses. *Comme s'il se préparait à me pousser dans le piège,* songea Rawlins.

Il entendit dans son oreille la voix tranquille de Boardman.

— Faites ce qu'il dit, Ned. Entrez dans la cage. Montrez-lui que vous lui faites confiance.

Je lui fais confiance, se persuada Rawlins, mais je ne fais pas confiance à cette cage.

Son imagination le travaillait désagréablement ; si le fond de la cage s'ouvrait une fois les barreaux revenus en place, le précipitant dans un insondable puits d'acide ou un lac de feu ? Peut-être était-ce ce que la cité avait prévu pour les ennemis capturés ? Quelle assurance avait-il de s'en sortir ?

— Faites-le, Ned, murmura Boardman.

C'était l'acte fou et insensé. Rawlins pénétra sur l'aire et vint appuyer son dos contre le mur. Presque aussitôt les barres courbes sortirent du pavement et vinrent se ficher hermétiquement dans le mur au-dessus de sa tête. Le fond semblait stable. Aucun rayon mortel ne fusa pour le découper. Ses plus grandes craintes ne s'étaient heureusement pas réalisées ; mais il était bel et bien prisonnier.

— C'est fascinant, dit Muller. Cela doit mesurer le taux d'intelligence de la créature qui se trouve dessus. Quand j'ai essayé avec des animaux morts ou vivants, rien ne s'est passé. Qu'en dites-vous, Ned ?

— Je suis content de vous avoir aidé à vérifier votre théorie. Mais je serais encore plus heureux si vous m'aidiez à en sortir maintenant.

— Je ne vois pas comment.

— Vous disiez que vous pourriez faire sauter les barreaux.

— Pourquoi détruire tout de suite ? Attendons un peu, voulez-vous ? Peut-être vont-ils se rouvrir d'eux-mêmes ? Vous êtes parfaitement à l'abri à l'intérieur. Je vous apporterai à manger si cela dure trop longtemps. Au fait, que vont penser vos amis si vous n'êtes pas de retour à la nuit tombée ?

— Je leur enverrai un message, répondit Rawlins d'un ton renfrogné. Mais j'espère être libéré à cette heure-là.

— Restez calme, lui conseilla la voix de Boardman. Si cela devient nécessaire, nous vous en sortirons nous-mêmes. Pour l'instant, il est important de ne pas brusquer Muller avant que vous n'ayez établi un vrai et profond contact avec lui. Si vous m'entendez, touchez votre menton avec votre main droite.

Rawlins fit ce qui lui était demandé.

— Ce fut très courageux de votre part, Ned, dit Muller. Ou stupide. Parfois, je me demande s'il y a une différence entre le courage et la bêtise. De toute façon, je vous en remercie beaucoup. Je voulais vraiment savoir comment fonctionnaient ces cages.

— Heureux d'avoir servi à quelque chose. Vous voyez que tous les êtres humains ne sont pas aussi moches que vous le dites.

— Pas consciemment. C'est la boue qui est à l'intérieur qui pue. Tenez, je vais vous rafraîchir la mémoire.

Il s'approcha et posa ses mains sur les barres blanches et lisses comme des os. Rawlins sentit les émanations s'intensifier :

— Voilà l'odeur de ce qui croupit sous notre crâne. Naturellement, je ne l'ai jamais sentie moi-même.

J'ai simplement constaté et extrapolé à partir des réactions des autres. Ce ne doit pas être joli, joli.

— Je pourrais m'y habituer, je crois, dit Rawlins. (Il s'assit en tailleur :) Après votre retour de Bêta Hydri IV sur Terre, avez-vous essayé de la faire disparaître ?

— J'ai consulté tous les chirurgiens possibles. Ils étaient incapables de découvrir quels changements étaient intervenus dans mon effluve nerveux. Alors, vous pensez bien qu'ils ne pouvaient pas me réparer.

— Combien de temps êtes-vous resté ?

— Quelques mois. Juste assez pour apprendre que pas un seul être humain ne pouvait s'approcher de moi sans devenir vert. J'ai commencé par me prendre en pitié, puis je me suis répugné moi-même, ce qui est à peu près la même chose. Je désirais me tuer pour éviter au monde d'avoir à renifler sa propre saleté.

— Je ne vous crois pas, dit Rawlins. Certains hommes refusent le suicide. Vous, par exemple.

— Oui, c'est ce que j'ai fini par découvrir. Je ne me suis pas tué, comme vous pouvez le constater. J'ai d'abord essayé des drogues, les plus dangereuses, puis je me suis mis à boire et à rechercher les pires risques. Rien. J'étais toujours vivant. En un mois, j'ai fait quatre séjours dans des cliniques neuropsychiatriques. J'ai essayé de porter un casque blindé et scellé sur moi pour empêcher les radiations mentales. C'était comme vouloir attraper des neutrons avec un filet à papillons. J'ai provoqué une panique générale dans une maison close sur Vénus. Toutes les filles se sont sauvées dehors, complètement nues. (Il cracha de dégoût :) Vous savez, j'avais toujours bien supporter l'isolement. Quand je vivais avec les gens, j'étais gai et cordial. Je savais plaire et j'aimais cela. Bien sûr, je n'ai jamais été aussi rayonnant que vous. Vous êtes aimable, noble et gracieux, Ned. Mais je tenais ma place. J'avais des amis, des femmes, des relations. J'étais un homme parmi les autres. En même temps, je pouvais partir en mission pendant un an, un an et demi, sans voir personne, sans que cela me gêne. Après, quand je fus rejeté pour de bon par la société, je me suis rendu compte que j'avais besoin d'elle et que je souffrais de ma solitude. Maintenant c'est terminé. J'ai dépassé ce besoin. Je pourrais encore vivre un siècle tout seul sans éprouver le désir de voir quelqu'un. Je me suis entraîné à considérer l'humanité comme elle me considère : quelque chose de morbide qui rend malade, qui soulève le cœur et qu'il vaut mieux éviter. Allez tous au diable ! Je ne dois rien à personne. Je n'ai aucune obligation envers les hommes, pas même de les aimer. Je pourrais vous laisser pourrir dans cette cage, Ned, sans éprouver le moindre remords. Je passerais deux fois par jour devant la cage et je sourirais à votre squelette. Ce n'est pas que je vous haïsse, vous personnellement, ou vos semblables qui peuplent la galaxie. Non. Simplement, je vous méprise. Vous ne m'êtes rien. Encore moins que rien. Vous êtes de la saleté. Vous voyez, je vous connais maintenant, et vous me connaissez vous aussi.

— Vous parlez comme si vous apparteniez à une autre espèce que la nôtre, dit Rawlins, hébété d'étonnement.

— Non. J'appartiens à la race humaine. Je suis le

plus humain de tous les hommes parce que je suis le seul qui ne puisse cacher sa profonde essence humaine. La sentez-vous, cette merveilleuse essence humaine ? Toute sa laideur et sa puanteur ? Ce qui est en moi est en vous aussi. Allez voir les Hydriens, ils vous aideront à la libérer et à l'émettre, et alors vous verrez tout le monde vous fuir comme on m'a fui. Je suis le porte-parole des hommes. Je suis la vérité. Je suis l'esprit enfoui sous les crânes. Je suis les tripes et les viscères de la pensée. Je suis ce tas d'ordures que nous prétendons ne pas exister, toute cette sauvagerie bestiale faite de désirs, de convoitises, de petites haines mesquines, de maux de toutes sortes, d'envies. Et pourtant, c'était moi qui me croyais un dieu. *Hybris.* Voilà, j'ai été rappelé à l'ordre et remis à ma place.

— Pourquoi avez-vous décidé de venir sur Lemnos ? demanda calmement Rawlins.

— C'est un certain Charles Boardman qui m'a mis cette idée dans la tête.

Le jeune homme tressaillit de surprise.

— Vous le connaissez ? demanda Muller.

— Eh bien... Oui. Naturellement. Il est... heu.. il occupe une place très importante au gouvernement.

— Vous avez raison. C'est bien lui. Savez-vous que c'est Boardman qui m'a envoyé sur Bêta Hydri IV ? Oh ! il ne m'a pas trompé. Avec moi il n'avait pas besoin d'employer ses ruses habituelles ou des moyens détournés. Il me connaissait assez. Il s'est contenté de jouer sur mon ambition. Une race différente de la nôtre vit sur une planète, m'a-t-il dit, et nous cherchons quelqu'un pour y aller. C'est probablement une mission suicide, mais ce sera la première fois qu'un homme entrera en contact avec une autre espèce intelligente. Etes-vous intéressé ? Naturellement que je l'étais. Il savait parfaitement que je ne saurais résister à une telle offre. Après, quand je suis revenu dans *l'état* où je suis, il a essayé pendant un moment de m'éviter. Peut-être était-ce parce qu'il ne pouvait supporter ma présence, ou peut-être parce qu'il se considérait comme fautif. Finalement, un jour je l'ai coincé et je lui ai dit : regardez-moi bien, Charles, voilà comment je suis maintenant, que dois-je faire, où puis-je aller ? Je me suis approché de lui. Comme je suis là, devant vous, Ned. Son visage a changé de couleur. Je pouvais lire la nausée qui le submergeait. Il a dû prendre des pilules, puis il m'a rappelé l'existence du labyrinthe de Lemnos.

— Pourquoi ?

— Comme d'un endroit idéal pour se cacher. Je ne sais pas encore s'il le disait par bonté ou par méchanceté. A mon avis, il devait penser que je mourrais dans un des pièges. C'eût été une fin parfaite pour un type dans mon genre, du moins c'était mieux que de terminer dans un égout ou dans une morgue quelconque. Naturellement, je lui ai répondu qu'il n'en était pas question. Je ne voulais pas laisser de traces derrière moi. J'ai piqué une colère et je lui ai dit que j'irais me perdre n'importe où dans l'univers sauf ici. Puis je me suis enterré dans une région déserte de bayous et de marais. Un mois plus tard, j'en suis sorti, j'ai loué un vaisseau cosmique et je suis venu ici, en utilisant un maximum de tactiques de diversion pour être bien sûr que personne ne retrouverait ma vraie destination. Boardman avait raison. C'était l'endroit idéal.

— Mais comment avez-vous fait pour pénétrer dans le labyrinthe ? demanda Rawlins.

— Grâce à une véritable malchance.

— *Malchance ?*

— Oui. J'essayais de mourir dans une explosion de gloire, ricana Muller. Je me fichais absolument de survivre ou non. Je suis entré et j'ai piqué droit vers le centre.

— Je ne peux pas le croire !

— Et pourtant, c'est vrai. Enfin, plus ou moins. L'ennui avec moi, Ned, c'est que j'ai la vie ancrée au corps. C'est un don inné, peut-être même légèrement paranormal. Une sorte de sixième sens, comme on dit, que possèdent ceux qui refusent la mort. En plus, j'avais avec moi des détecteurs de masse et quelques autres instruments utiles. Alors, dans le labyrinthe, chaque fois que je voyais un squelette ou un cadavre, je regardais un peu plus attentivement autour de moi. Ou quand je sentais ma visualisation des lieux se troubler, je me reposais quelques instants. Pourtant je m'attendais sincèrement à être tué dans la zone H. Je le *désirais*. Mais j'ai été assez chanceux pour réussir là où tout le monde avait échoué avant moi. Je suppose que c'est parce que je me fichais absolument de ce qui pouvait m'arriver. Vous comprenez, j'étais décontracté. Tout était facile. Je me déplaçais comme un chat, les muscles et les réflexes obéissant parfaitement. Si bien que j'ai franchi les sections les plus dangereuses et je suis arrivé ici dans la cité. Presque déçu.

— Etes-vous sorti du labyrinthe depuis ?

— Non. De temps en temps, je vais dans la zone E, là où sont vos amis. Deux fois j'ai poussé jusqu'en F.

Mais la plupart du temps je reste dans les trois zones centrales. Je suis assez bien équipé. J'ai une chambre à radiations pour conserver mes réserves de viande, un bâtiment qui me sert de bibliothèque, un autre où je garde mes cubes érotiques, et un autre dans lequel je fais un peu de taxidermie. Je chasse beaucoup aussi. J'étudie le labyrinthe et j'essaie d'analyser son fonctionnement. J'ai dicté le résultat de mes travaux à plusieurs cubes mémorisateurs. Je parie que vos copains archéologues seraient bien contents de mettre la main dessus.

— Je suis certain qu'ils pourraient beaucoup nous apprendre, dit Rawlins.

— Je sais. Mais je les détruirai avant qu'aucun de vous ne les voie. Commencez-vous à avoir faim, Ned ?

— Un peu, oui.

— Attendez. Je vous apporte quelque chose.

Sans se presser, Muller marcha jusqu'à une construction voisine et pénétra à l'intérieur. Rawlins parla à voix basse :

— C'est affreux, Charles. Il est devenu fou. C'est évident.

— N'en soyez pas trop sûr, répondit Boardman. Il est indéniable que neuf années d'isolement peuvent affecter la stabilité d'un homme, surtout comme Muller qui n'était déjà pas très équilibré la dernière fois que je l'ai vu. Mais il se peut qu'il vous joue la comédie, prétendant être dérangé pour éprouver votre bonne foi.

— Et s'il ne me joue pas la comédie ?

— Pour ce que nous attendons de lui, cela n'a aucune importance qu'il soit fou ou non. Cela pourrait même être utile.

— Je ne comprends pas.

— Vous n'avez pas besoin de comprendre, répondit froidement Boardman. Simplement, détendez-vous. Jusqu'à présent, vous vous en tirez très bien.

Muller revenait, portant une écuelle et un merveilleux gobelet en cristal rempli d'eau :

— C'est ce que j'ai de mieux à vous offrir, dit-il en passant un morceau de viande à travers les barreaux. Un animal local. Vous mangez de la nourriture solide, n'est-ce pas ?

— Oui.

— A votre âge, c'est bien ce que je pensais. Combien m'avez-vous dit ? Vingt-cinq ans ?

— Vingt-trois.

— C'est encore pire.

Muller lui passa le gobelet. L'eau avait un goût agréable, ou plutôt pas de goût du tout. Muller s'assit tranquillement devant la cage et mangea lui aussi. Rawlins remarqua que l'effet des émanations diminuait et pourtant Muller n'était même pas à cinq mètres de lui. Sans aucun doute, il est possible d'acquérir une tolérance à cet empoisonnement moral, pensa-t-il. Encore fallait-il désirer essayer.

— Voudriez-vous, dans quelques jours, voir mes compagnons ?

— Absolument pas.

— Ils seraient passionnés.

— Je n'ai pas du tout envie de les connaître. Je préfère parler aux animaux sauvages.

— Vous me parlez bien à moi, fit remarquer Rawlins.

— Parce que c'est nouveau pour moi. Parce que votre père était un de mes amis les plus chers. Et aussi parce que, par rapport à la plupart des êtres humains, vous êtes raisonnablement acceptable. Mais je ne veux surtout pas être examiné comme une bête curieuse par un groupe d'archéologues, tout excités d'avoir fait une découverte.

— Vous n'êtes pas obligé de voir tout le groupe. Peut-être deux ou trois d'abord, suggéra Rawlins. Cela vous habituerait à l'idée de vous retrouver à nouveau parmi des gens.

— *Non.*

— Je ne comprends pas...

— Attendez une minute, l'interrompit Muller. *Pourquoi* devrais-je me faire à l'idée de me retrouver *à nouveau* parmi des gens ?

Rawlins expliqua difficilement :

— Eh bien, parce qu'il y a des gens ici, et que ce n'est pas bien de rester isolé quand...

— Quelle saloperie me préparez-vous ? Avez-vous l'intention de m'attraper et de me sortir de force du labyrinthe ? Allez-y, dites-moi, dites-moi ce qui se cache derrière votre tête. Pourquoi essayez-vous de m'attendrir avec votre gentille petite gueule ? Hein ?

Rawlins se troubla. Dans le lourd silence qui suivit lui parvint la voix de Boardman. Il parlait rapidement, lui soufflant les mensonges et les fourberies que Rawlins ignorait. Il écouta et il répéta la leçon de son mieux :

— Dick, vous me prêtez des qualités de stratège que je ne possède pas. Je vous jure que je ne vous prépare pas de pièges. Je reconnais que j'ai essayé de vous attendrir un peu en plaisantant avec vous pour que nous devenions amis. Je pense qu'il vaut mieux que je vous dise la vérité.

— Oui, je pense qu'il vaut mieux !

— Je l'ai fait dans l'intérêt de notre expédition. Voyez-vous, nous ne pouvons rester que quelques semaines ici, alors que vous y vivez depuis... neuf ans, n'est-ce pas ? Vous connaissez tellement de choses sur cet endroit, Dick, et cela me paraît injuste que vous les gardiez pour vous. J'espérais d'abord vaincre votre misanthropie, afin de devenir votre ami et vous faire parler du labyrinthe et de ses secrets. En retournant dans la zone E, j'aurais pu raconter aux autres ce que vous m'auriez appris...

— *Injuste* de les garder pour moi ?

— Eh bien, oui. Taire ce que l'on sait est un péché.

— A votre avis, était-ce juste de me déclarer lépreux et de me fuir ?

— C'est un autre problème, dit Rawlins. Cela n'a rien à voir avec la justice. C'est une tare que vous portez en vous. Une tare terrible que vous n'avez pas méritée et tout le monde est désolé que ce soit tombé sur vous. Mais d'un autre point de vue, vous devez certainement comprendre qu'il est très difficile pour ceux qui vous côtoient de prendre une attitude dégagée devant votre... votre...

— Ma puanteur, grinça Muller. Oui, je pue. Oui, il est difficile de supporter ma présence. C'est pourquoi je ne l'imposerai pas à vos amis. Otez une fois pour toutes de votre idée que je parlerai, ou prendrai le thé avec eux. Je ne veux rien avoir à faire avec ces gens-là. Je me suis séparé de l'humanité. Ce n'est pas parce que je vous ai accordé le droit de m'ennuyer que je suis disposé à revenir en arrière. Pendant que j'y suis, je vous rappelle que mon infortunée condition n'est pas une injustice, comme vous semblez le croire. Je l'ai méritée à force de mettre mon nez là où je ne devais pas et de me croire surhumain parce que j'étais capable d'arpenter l'univers. *Hybris.* Souvenez-vous de ce mot.

Pendant ce temps, Boardman poursuivait son instruction. Rawlins, avec dans la bouche le goût acide du mensonge, répondit :

— Je ne vous blâme pas d'être amer, Dick. Mais je continue à penser qu'il n'est pas correct que vous gardiez pour vous des informations qui pourraient nous être utiles. Par exemple, souvenez-vous de l'époque où vous partiez en exploration. Vous auriez débarqué sur une planète pour découvrir quelque chose. Or, quelqu'un sur cette planète aurait détenu des renseignements de première importance pour votre mission. N'auriez-vous pas fait un effort pour les obtenir, même si cette personne avait eu certains problèmes privés qui...

— Je suis navré, le coupa Muller d'un ton glacial. Cela ne m'intéresse pas.

Il se leva et s'éloigna, laissant Rawlins seul dans sa cage, avec deux morceaux de viande et un gobelet à moitié rempli d'eau.

Quand Muller fut hors de vue, Boardman se fit entendre :

— Il n'est pas commode, ça ne fait pas l'ombre d'un doute. Cela dit, je n'attendais pas de douceur de sa part. Mais vous le touchez, Ned. Vous êtes le bon mélange de ruse et de naïveté.

— Et je suis dans une cage.

— Ce n'est pas un problème. Nous enverrons un robot vous délivrer si la cage ne s'ouvre pas bientôt d'elle-même.

— Muller n'acceptera jamais de sortir d'ici, murmura Rawlins. Il est rempli de haine. Elle sort par tous les pores de sa peau. Je n'ai jamais vu autant de haine chez un homme.

— Vous ne savez pas ce qu'est la haine, alors, dit Boardman. Lui non plus d'ailleurs. Je vous assure que tout se passe bien. Il y a des obstacles, mais le fait qu'il vous parle est essentiel. Il ne *veut* pas haïr. Donnez-lui une chance de se dégeler et il le fera aussitôt.

— Quand enverrez-vous le robot pour me sortir de là ?

— Plus tard, dit Boardman. Si nous sommes obligés.

Muller ne revint pas. Le ciel s'assombrit et l'air se rafraîchit. Rawlins se replia inconfortablement sur lui-même. Il essayait de s'imaginer cette cité quand elle vivait encore, quand la cage avait encore des prisonniers vivants à exhiber. Il vit une foule d'êtres petits et trapus, ceux qui avaient bâti le labyrinthe, dont la peau verdâtre était recouverte de fourrures cuivrées et qui balançaient leurs longs bras en montrant la cage. A l'intérieur de la cage était recroquevillé une sorte de scorpion géant aux yeux enflammés, armé de pinces monstrueuses qui grattaient dérisoirement les dalles de pierre, et d'une queue redoutable, à l'affût d'une proie éventuelle. A travers les galeries résonnait une musique étrange et bizarrement rythmée. Des rires rauques. Des effluves lourdes d'odeurs musquées. Des enfants crachant sur la chose dans la cage des petits jets de salive semblables à des feux follets. Le mouvement désordonné des trois lunes et des ombres dansantes. Une créature prise au piège, hideuse et mauvaise, séparée de son espèce et de sa ruche creusée sur un des mondes de Alphecca ou de Markab, là où d'autres choses semblables à elle rampaient dans des tunnels interminables et luisants. Cela durait longtemps. Des jours et des jours les constructeurs venaient se moquer, insulter et mépriser la créature dans la cage. Celle-ci dépérissait à cause de leurs corps massifs, de leurs doigts longs et articulés comme des pattes d'araignées, de leurs faces aplaties et grotesques déformées par des dentures aberrantes. Et un jour venait où, ayant cessé de divertir ses vainqueurs, le sol s'ouvrait sous elle et elle tombait vertigineusement, sa queue fouettant furieusement le vide et elle s'empalait sur un lit de pieux.

A présent, il faisait nuit. Depuis plusieurs heures le récepteur de Rawlins était resté muet. Il n'avait pas non plus revu Muller. Des animaux, pour la plupart des petits tout en mâchoires et en dents, rôdaient sur l'esplanade. Cette fois-ci, Rawlins était venu désarmé. Il était prêt à écraser toute bête qui se glisserait entre les barreaux.

La faim et le froid le tenaillaient. Il fouilla l'obscurité sans apercevoir Muller. Que se passait-il ?

— Pouvez-vous m'entendre ? demanda-t-il à Boardman.

— Nous allons bientôt vous sortir de là, Ned.

— Oui, mais *quand* ?

— Nous avons envoyé un robot.

— Il ne devrait pas mettre plus d'un quart d'heure pour m'atteindre. Ces zones sont faciles à traverser.

Boardman observa un silence :

— Muller l'a intercepté et l'a détruit, il y a à peu près une heure.

— Pourquoi ne me l'avez-vous pas dit ?

— Nous en envoyons plusieurs tout de suite, dit Boardman. Muller ne pourra pas tous les arrêter. Tout va bien, Ned. Vous n'êtes pas en danger.

— Jusqu'à quand ? dit-il sombrement.

Mais il ne s'inquiétait pas outre mesure. Transi et affamé, il s'appuya fermement contre le mur et attendit. A une centaine de mètres sur la place, il vit une petite bête bondir souplement sur un animal plus gros qu'elle et le tuer. Quelques instants plus tard arrivèrent les nécrophages en groupe serré. Rawlins entendit les bruits de la chair déchirée et arrachée. Il était mal placé dans la cage et il tendait le cou pour guetter l'arrivée du robot qui le délivrerait. Mais aucun robot n'apparaissait.

Une victime offerte à un rite sanguinaire, prête pour le sacrifice, voilà ce que je suis, pensa-t-il.

Les petits charognards avaient fini leur travail. Ils traversèrent l'esplanade en trottinant et se dirigèrent vers lui. Des sortes de belettes avec une grosse tête pointue et des pattes palmées équipées de griffes jaunes recourbées. La pupille rouge de l'œil contrastait avec l'iris jaune. Ils étudièrent le jeune homme avec intérêt, solennellement et pensivement. Des filaments visqueux de sang pourpre, presque noir, pendaient à leurs babines.

Ils s'approchèrent lentement. Un long museau fin

se glissa entre deux barreaux de la cage. Rawlins donna un coup de pied. La bête recula. A gauche, un autre gorin se faufila, et puis un autre, et puis encore un autre.

Alors, de tous côtés, les charognards se glissèrent dans la cage.

9

Dans le camp de base en F, Boardman s'était aménagé un coin particulier très confortable. A son âge, il estimait nécessaire d'avoir partout ses aises. C'est pourquoi il emmenait toujours son équipement avec lui dans ses voyages exténuants et souvent dangereux. Les robots s'étaient chargés du transport des soutes du vaisseau au campement. Sous le dôme d'un blanc laiteux, la tapisserie luminescente dégageait une douce chaleur radiante. La pièce contenait un suppresseur de gravité et une console à liqueurs. Ainsi le cognac et les alcools n'étaient jamais loin. Il dormait sur un moelleux matelas gonflable recouvert d'une épaisse couverture rouge chauffante. Il savait que les autres hommes du camp, bien que vivant à la dure, ne le lui reprochaient pas. Le goût de Charles Boardman pour son confort était universellement célèbre.

Greenfield entra.

— Nous avons perdu un autre robot, monsieur, dit-il d'un ton crispé. Il ne nous en reste que trois dans les zones centrales.

Boardman ajusta le culot à ignition sur le bout de son cigare, tira quelques bouffées voluptueuses, croisa et décroisa ses jambes, rejeta la fumée et sourit largement :

— Croyez-vous que Muller arrête aussi ceux-là ?

— Je le crains, monsieur. Il connaît les voies d'accès mieux que nous. Il les contrôle toutes.

— Avez-vous envoyé des robots par des itinéraires que nous n'avons pas encore repérés ?

— Deux, monsieur. Nous les avons perdus.

— Hum. Nous ferions mieux d'envoyer une troupe de robots en même temps, en espérant qu'au moins un échappera à la surveillance de Muller. Le gosse en a assez d'être enfermé dans sa cage. Changez la programmation, voulez-vous ? L'ordinateur peut commander plusieurs manœuvres à la fois. Il faut qu'une vingtaine de robots entrent simultanément.

— Il nous en reste seulement trois, dit Greenfield.

Boardman mordit nerveusement son cigare :

— Trois ici au camp, ou trois en tout ?

— Trois au camp et cinq autres à l'extérieur du labyrinthe. Ils sont en train de se frayer un chemin jusqu'à nous.

— Comment, huit en tout ? C'est de la folie ! Appelez Hosteen ! Qu'ils se mettent au travail là-bas, et vite ! Je veux cinquante robots pour demain matin ! Non, quatre-vingts ! Quelle bande de crétins ! Greenfield !

— Oui, monsieur.

— Fichez-moi le camp !

— Oui, monsieur.

Boardman haletait furieusement. Il commanda une boisson riche, épaisse, presque sirupeuse, distillée par les Pères Prolepticalistes sur Deneb XIII. Il était fou de rage. Il vida son verre d'un trait et se fit resservir. Il avait conscience du danger de perdre de vue le but final. C'était le pire des péchés pour ceux qui exerçaient la même profession que lui. Cette mission jalonnée d'embûches lui portait sur les nerfs. Cette avancée à petits pas prudents, les infimes complications, toutes les reculades et tous les détours avant d'atteindre enfin la cible. Rawlins dans la cage. Rawlins et ses scrupules moraux. Muller et ses épanchements névrotiques. Toutes les petites créatures qui se faufilaient un peu partout et considéraient songeusement votre gorge. Les pièges inventés et construits par des démons. Et surtout ces êtres extragalactiques qui attendaient avec leurs yeux comme des soucoupes, doués de facultés inconnues et inimaginables ; pour qui même Charles Boardman n'avait pas plus d'importance qu'un légume avarié. Et, au-dessus de tout cela, l'anéantissement total qui menaçait. Boardman tira vainement sur son cigare éteint. Il ne retrouvait plus son culot à ignition. Il se baissa et ralluma son cigare à une lampe infrarouge du générateur. Il tira quelques bouffées énergiques avant de rebrancher d'un mouvement sec le système de communication qui le reliait à Ned Rawlins.

L'écran s'éclaira et montra une cage blanche sous le clair de lune. Sur le sol grouillait une multitude des petites créatures à fourrure. Leurs museaux s'ouvraient sur des rangées de dents acérées.

— Ned, appela-t-il. C'est Charles. Les robots sont

partis, mon garçon. Dans cinq minutes on vous aura délivré de cette stupide cage. Vous m'entendez, cinq minutes !

★

Rawlins était très occupé.

C'était presque drôle, malgré le tragique de sa situation. Les petites bêtes arrivaient de partout, en nombre toujours plus grand. Cela ne finirait jamais. Elles venaient à plusieurs et passaient entre les barreaux ensemble : des belettes, des furets, des visons, des hermines, tout en dents et en yeux. Mais c'étaient des charognards, non des tueurs. Dieu seul savait ce qui les attirait dans cette cage. Ils se massaient autour de ses pieds, frôlant ses chevilles de leurs fourrures râpeuses, le grattant, entaillant sa peau avec leurs griffes, mordant ses mollets.

Il les écrasait. Il constata très vite qu'un coup de talon bien appuyé derrière la tête brisait rapidement et efficacement la mince colonne vertébrale. Presque dans le même mouvement, il repoussait la dépouille dans un coin de la cage. Aussitôt, les autres se ruaient sur le corps qui remuait encore. Ils étaient donc aussi cannibales. Rawlins prenait la cadence, scandée par les bruits de mastication. Crac, crac. Lever, écraser, pousser. Crac, crac. Lever, écraser, pousser. Crac, crac. Lever, écraser, pousser. Crac, crac. Lever, écraser, pousser. Crac, crac.

Il commençait néanmoins à être sérieusement entaillé.

Pendant les cinq premières minutes il avait à peine eu le temps de respirer. Lever, écraser, pousser. Lever, écraser, pousser. Il en avait tué au moins une vingtaine. Dans le coin de la cage s'élevait un monticule de petits corps déchiquetés dans lesquels fouillaient leurs congénères à la recherche des morceaux les plus tendres. Il arriva un moment où tous les charognards furent occupés à dépecer leurs semblables morts et aucun ne pénétrait plus dans la cage. Rawlins eut un instant de répit. Il s'agrippa à un barreau et leva sa jambe gauche pour examiner les dégâts. A partir du mollet, il était couvert de coupures, de griffures et de morsures. Il se demanda si la Croix Stellaire était remise à titre posthume aux explorateurs morts de la rage galactique. Son genou et sa jambe ruisselaient de sang et les blessures, quoique peu profondes, le brûlaient douloureusement. Tout à coup, il comprit ce qui avait attiré les nécrophages vers lui. Pendant son moment de répit, il respira largement pour retrouver son souffle et il sentit l'odeur chaude et écœurante de la viande en décomposition. C'était si fort qu'il pouvait presque la visualiser : une grosse charogne, le ventre ouvert largement sur des organes fumants et visqueux ; des grosses mouches noires tourbillonnant au-dessus ; et des vers par milliers grouillant dans l'amas de chair...

Pourtant, rien ne pourrissait ici. A part les os, il ne restait déjà presque plus rien des petits nécrophages qu'il avait tués quelques minutes plus tôt.

Rawlins réalisa que ce devait être une illusion sensorielle olfactive : un autre piège tendu par le labyrinthe. La cage reproduisait la puanteur de la décomposition. Pourquoi ? Evidemment pour tromper le flair et pour attirer les petits nécrophages. Une torture horriblement raffinée. En un éclair, il se demanda si Muller n'était pas pour quelque chose là-dedans. Dans le centre de contrôle de la cité, n'était-ce pas lui qui avait commandé l'émission ?

Il dut bien vite abandonner ses réflexions. Une nouvelle horde de bêtes traversaient en courant l'esplanade, se dirigeant vers lui. Elles semblaient légèrement plus grosses, pas trop toutefois, juste assez pour se glisser entre les barreaux. Leurs crocs brillaient lugubrement sous l'éclat des lunes. Très vite, Rawlins écrasa sous son pied les trois premiers groins qui se présentèrent. Surmontant sa répulsion, il prit les animaux seulement assommés et les jeta au loin, à une dizaine de mètres de la cage. C'était une inspiration géniale dictée par l'instinct de défense. Les nouveaux arrivants s'arrêtèrent, reniflèrent un instant les trois corps étalés et se jetèrent dessus pour les déchiqueter sauvagement. Seuls quelques nécrophages tentèrent de pénétrer dans la cage. Comme ils étaient peu nombreux, Rawlins avait le temps de les écraser et de les rejeter au loin pour qu'ils servent de pâture à leurs semblables. A ce train, pensa-t-il, s'ils continuent à m'attaquer en ordre dispersé, ils finiront par tous se dévorer entre eux.

Finalement, la ruée se calma. Il avait bien dû en tuer soixante-dix ou quatre-vingts. L'odeur de sang frais couvrait la puanteur synthétique. Ses jambes le faisaient durement souffrir et son cerveau battait lourdement dans son crâne. Petit à petit, la nuit redevint calme et paisible. Des squelettes parfaitement nettoyés et d'autres sur lesquels pendaient encore des lambeaux de fourrures sanguinolentes dessinaient un arc de cercle autour de la cage. Une mare épaisse et poisseuse de sang de toutes les espèces s'étalait sur une douzaine de mètres carrés. Les derniers survivants, repus et rassasiés, étaient partis furtivement sans même un regard vers l'occupant de la cage. Exténué, les nerfs à vif, Rawlins oscillait entre le rire et les larmes. Il s'accrochait aux barreaux, ne se sentant plus soutenu par ses jambes ensanglantées et tremblantes. Elles le brûlaient horriblement. Il s'imagina des micro-organismes envahissant et pourrissant son sang. Que resterait-il de lui au matin : un tas de chairs rouges et boursouflées ? Serait-il un autre martyr à la cause brandie par Charles Boardman ? Quel idiot il avait été de pénétrer dans la cage ! Gagner la confiance de Muller ! Aussi stupidement ?

Soudain, il comprit l'utilité de la cage.

Venant de plusieurs directions, trois lourdes créatures pesant bien une centaine de kilos chacune s'approchèrent de l'endroit où il était. Leur pelage fauve était sale et boueux, l'échine basse et saillante. Leur tête longue et pyramidale portait deux paires de petits yeux méchants disposées de chaque côté du crâne, juste devant leurs oreilles pendantes et déchirées. Des défenses recourbées saillaient hors de leurs babines étroites d'où pendaient des filaments de bave. Leurs puissantes mâchoires étaient garnies de petites canines très tranchantes qui s'entrecroisaient horriblement.

Les animaux s'observèrent avec méfiance et commencèrent à exécuter une série de mouvements complexes, prenant bien soin de ne pas s'attaquer. Rawlins comprit que cette sorte de ballet était uniquement destiné à délimiter les rapports de force entre eux, voire d'établir comment ils se partageraient leur éventuel gibier. Ils allèrent renifler négligemment dans le charnier, mais il était évident que ce n'étaient pas des charognards. Ces bêtes cherchaient de la chair vivante et elles dédaignaient les dépouilles des petits nécrophages. Quand elles eurent terminé de fouiller les restes, elles se retournèrent pour inspecter Rawlins. Elles se présentaient de trois quarts, de sorte que Rawlins voyait seulement trois paires d'yeux qui le détaillaient. Il ne tenait plus du tout à se trouver libre, désarmé et épuisé devant ces trois choses menaçantes.

A ce moment-là, naturellement, les barreaux de la cage commencèrent silencieusement à se rétracter.

★

Muller arrivait à cet instant. D'un coup d'œil, il embrassa la scène; il vit les trois porcs sauvages affamés devant le malheureux Rawlins, effrayé et ensanglanté, qui se trouvait tout à coup sans protection. Il ne prit pas le temps d'admirer le mouvement parfait des barreaux s'emboîtant dans leur logement.

— Couchez-vous ! cria-t-il.

Rawlins eut le réflexe de courir de quelques pas vers la gauche. Il glissa sur le pavement poisseux de sang et alla s'affaler dans le monticule de petits cadavres presque au début de la rue. Au même instant, sans prendre la peine de couper la visée automatique puisque ce n'était pas de la viande comestible, Muller fit feu. Les trois immondes bêtes s'affalèrent sur le sol et restèrent inertes. Muller s'approchait pour secourir Rawlins quand un des robots venant de la zone F apparut, avançant gaiement vers eux. Muller jura entre ses dents. Il sortit le globe destructeur de sa poche et dirigea la petite ouverture vers l'engin. La face totalement inexpressive du robot le regardait faire. Muller tira.

Un éclair et plus rien. La savante mécanique était désintégrée. Entre-temps, Rawlins avait réussi à se soulever.

— Vous n'auriez pas dû le détruire, dit-il en bafouillant. Il venait simplement m'aider.

— Avons-nous besoin d'aide ? demanda froidement Muller. Pouvez-vous marcher ?

— Je crois.

— Etes-vous gravement blessé ?

— Non, j'ai simplement été mâchonné un peu partout. Ce ne doit pas être aussi sérieux que ça en a l'air.

— Venez avec moi, dit Muller.

Déjà d'autres nécrophages, mystérieusement avertis du carnage, se précipitaient à travers l'esplanade vers les trois dépouilles. Des petites choses dentues s'activaient laborieusement à travers les entrailles fumantes. Rawlins vacilla sur ses jambes ; il marmonnait tout bas des paroles incompréhensibles. Oubliant ses émanations, Muller s'approcha et lui saisit le bras. Le jeune homme, coléreusement, échappa à sa poigne et se dégagea, puis, par remords ou par fatigue, il revint s'appuyer de lui-même sur l'épaule de Muller.

Ils traversèrent ainsi la place. Rawlins tremblait fébrilement et Muller se demandait si ses effluves mentaux nauséabonds en étaient la cause ou si c'était le choc nerveux de ce qu'il venait de subir.

— Par ici, dit-il durement.

Ils entrèrent dans la cellule hexagonale où se trouvait son diagnostat. Muller ferma soigneusement la porte tandis que Rawlins se laissait mollement tomber sur le sol nu de la pièce. Ses cheveux blonds étaient collés sur son front. Dans son visage creusé et ruisselant de sueur ses yeux aux pupilles dilatées roulaient follement.

— Combien de temps avez-vous été attaqué ? demanda Muller.

— Quinze, vingt minutes. Je ne sais pas. Ils devaient bien être cinquante ou cent, je ne sais plus. Je n'arrêtais pas de briser leur cou. Vous savez, cela faisait un petit craquement, comme quand on casse du bois sec. Et puis la cage a disparu. (Il eut un rire sauvage :) Ç'a été le meilleur moment. J'avais à peine fini d'écraser toutes ces petites horreurs, je reprenais mon souffle, quand les trois gros monstres sont arrivés. Et alors, tout naturellement, il n'y a plus eu de cage et...

— Du calme, du calme, dit Muller, vous parlez si vite que je ne peux pas vous suivre. Pouvez-vous ôter vos bottes ?

— Ce qu'il en reste.

— Oui. Enlevez-les et on va essayer de vous réparer un peu. Il n'y a pas de bactéries infectieuses sur Lemnos. Ni de protozoaires, ni de trypanosomes, ni même d'algues d'après ce que j'ai pu constater.

Rawlins tremblait trop :

— Vous ne voulez pas m'aider ? Je crains de ne...

— Vous savez bien que vous n'aimez pas que je m'approche, l'avertit Muller.

— Je n'en ai rien à faire ! Allez-y, aidez-moi.

Muller haussa les épaules. Il s'agenouilla et entreprit d'enlever les agrafes. Les bottes et les joints métalliques étaient lacérés, et les jambes de Rawlins n'étaient guère mieux. Débarrassé de ses bottes et de son pantalon, le jeune homme était étendu de tout son long sur le sol. Il grimaçait et faisait des efforts pour avoir l'air héroïque. Ses jambes étaient en assez mauvais état, mais ses blessures ne semblaient pas vraiment sérieuses ; c'était surtout leur nombre qui était inquiétant. Muller brancha le diagnostat. Les lampes rougeoyèrent et les aiguilles des différents compteurs se mirent à osciller.

— C'est un vieux modèle, remarqua Rawlins. Je ne sais pas très bien ce qu'il faut faire.

— Enfoncez vos jambes dans le soufflet de sondage.

Rawlins se tortilla et glissa le bas de son corps dans l'appareil qui ronflait doucement. Une lumière bleue éclairait ses blessures. Un bras articulé muni d'un tampon de gaze essuya longuement et soigneusement la jambe gauche jusqu'au dessus du genou, puis le tampon fut digéré par la machine qui l'analyserait et définirait les soins à apporter pour éviter l'infection. Un autre tampon s'occupa de l'autre jambe. Rawlins se mordit les lèvres. Les tampons étaient humectés d'un produit antiseptique et de coagulant... Ce travail de nettoyage révéla sur la peau des entailles et des écorchures superficielles. C'était encore assez vilain, songea Muller, mais les plaies avaient l'air moins graves qu'il ne l'avait cru au premier abord.

Le diagnostat produisit une nodosité ultrasonique et injecta un liquide doré dans la fesse de Rawlins. Un analgésique, augura Muller. Une seconde injection, d'une couleur sombrement ambrée, suivit. C'était certainement quelque antibiotique général destiné à combattre tout risque d'infection. Visiblement, Rawlins se détendait et se calmait. Maintenant, toute une série de petits bras articulés couraient sur ses jambes pour ausculter et étudier les lésions en détail.

Quand l'examen fut terminé, les bras se rétractèrent. L'appareil semblait réfléchir en cliquetant et en ronronnant. Puis il entreprit de panser les plaies en les bandant fermement.

— Ne bougez pas, dit Muller. Vous serez guéri dans quelques minutes.

— Vous ne devriez pas, dit Rawlins. Nous avons notre équipement médical au camp. Vous dépensez des médicaments pour moi, alors que vous ne devez pas en avoir déjà beaucoup pour vous. Il vous suffisait de laisser le robot me ramener au...

— Je ne veux pas de toutes ces machines ici, grogna Muller. Et le diagnostat a pour au moins cinquante ans de réserves médicales. De plus, je ne suis pas souvent malade. Je peux synthétiser la plupart des produits dont il a besoin pour me soigner. Du moment que, de temps en temps, je lui fournis du protoplasme.

— Au moins permettez-nous de vous donner quelques drogues rares pour remplacer celles que vous avez utilisées pour moi.

— Non. Non. Pas de charité. Ah, ça y est ! C'est

terminé. Vous n'aurez probablement même pas de cicatrices.

La machine s'éteignit automatiquement. Rawlins s'extirpa, se releva et regarda Muller. Toute anxiété ou souffrance avait disparu de son visage. Muller s'appuya contre le mur et frotta ses épaules contre un angle.

— Je ne croyais pas que vous seriez attaqué par des bêtes, dit-il, fixant Rawlins dans les yeux. Sinon, je ne vous aurais pas laissé seul si longtemps. Vous n'êtes pas armé ?

— Non.

— Les nécrophages ne s'occupent pas de ce qui vit. Comment se fait-il qu'ils vous aient attaqué ?

— C'est la faute de la cage, expliqua Rawlins. Elle a commencé à exhaler l'odeur de chair en décomposition. Une illusion, bien sûr. Et tout à coup, ils sont arrivés de tous les côtés et se sont jetés sur moi. J'ai bien cru qu'ils allaient me dévorer vivant.

Muller fit une grimace :

— C'est intéressant. Ainsi la cage est un piège, elle aussi. Donc votre désagréable aventure aura eu le mérite de nous fournir de précieuses informations. Je ne saurais vous dire combien ces cages m'intéressent. Comme toutes ces choses mystérieuses qui m'entourent ici : l'acqueduc, les pyramides calendrier, le système de nettoyage de la cité. Je vous remercie de m'avoir un peu aidé.

— Je connais quelqu'un d'autre ayant la même attitude que vous, dit Rawlins. Il se fiche des risques et de ce que coûte une expérience du moment qu'elle lui permet de récolter de précieuses informations. Board...

Il s'arrêta subitement, comme s'il s'était mordu la langue.

— Qui ?

— Bordoni, inventa-t-il. Emilio Bordoni, mon professeur d'épistémologie à l'université. Son cours était passionnant. Il traitait de l'herméneutique appliquée et de la valeur des recherches...

— Cela, c'est de l'heuristique, rectifia Muller.

— Vous êtes sûr ? Je ne suis pas...

— Vous avez tort, trancha Muller. C'est une des rares théories que je connaisse bien. L'herméneutique est l'art d'interpréter. Au début elle concernait l'interprétation des textes anciens, mais maintenant elle s'applique à toutes les fonctions de communication. Votre père était un merveilleux spécialiste. Ma mission chez les Hydriens était une expérimentation d'herméneutique appliquée. Cela n'a pas réussi.

— Heuristique, herméneutique, se moqua Rawlins. Eh bien, de toute façon, je suis heureux de vous avoir aidé à apprendre quelque chose sur ces satanées cages. Ce sera ma bonne action heuristique. Aurai-je le droit de vous être encore utile ?

— Cela se peut, dit Muller.

Malgré son ton froid, il sentait un étrange sentiment de bonne volonté s'emparer de lui. Il avait presque oublié comme cela pouvait être agréable d'aider une autre personne. Ou même de prendre plaisir à une conversation paresseuse, en parlant de tout et de rien.

— Buvez-vous, Ned ? demanda-t-il.

— Des boissons alcoolisées ?

— Naturellement.

— Oui, modérément.

— Permettez-moi de vous faire goûter à notre liqueur locale, dit Muller. Ce sont des gnomes qui la produisent, cachés au centre de la planète.

Il sortit une flasque délicatement gravée et deux coupes, dans lesquelles il versa avec précaution vingt centilitres de liquide :

— Je me fournis dans la zone C, expliqua-t-il en tendant un gobelet au jeune homme. Elle coule d'une fontaine. On devrait l'appeler *BOIS-MOI*. C'est tout indiqué.

Rawlins trempa sa langue :

— Ouf ! C'est fort !

— Oui. Presque soixante pour cent d'alcool pur. Dieu seul sait ce qu'il y a d'autre là-dedans ou comment c'est synthétisé, ou encore pourquoi. Je me contente de l'accepter. J'aime ce goût, à la fois doux et fort. Naturellement, cela vous monte très vite à la tête. Je suppose que ce doit être un autre piège. Vous vous saoulez gentiment... et le labyrinthe n'a plus qu'à vous cueillir. (Il leva aimablement sa coupe :) A votre santé !

Ils rirent de cette formule démodée et burent.

Attention, Dick, s'admonesta Muller. Tu deviens un peu trop sociable avec ce gamin. Souviens-toi où tu es. Et pourquoi tu y es. Quel genre d'ogre es-tu, pour te conduire ainsi ?

— Puis-je ramener un peu de cela au camp ? demanda Rawlins.

— Oui, je crois. Pourquoi ?

— Là-bas, il y a un homme qui l'appréciera, j'en suis sûr. Il aime beaucoup ce genre de choses. Sa console à liqueurs ne le quitte jamais. Elle contient une centaine de boissons toutes différentes qui doivent bien venir de quelque quarante mondes à mon avis. Je ne peux même pas me souvenir des noms.

— Il n'a rien de Marduk ? demanda Muller Ou des mondes de Deneb ? De Rigel ?

— Vraiment je ne peux pas vous l'assurer. J'aime bien boire, mais je ne suis pas un connaisseur.

— Peut-être votre ami accepterait-il d'échanger... (Muller s'arrêta :) Non. Non. Oubliez cela. Je ne veux pas faire de marché.

— Vous pourriez venir au camp avec moi, suggéra Rawlins. Il serait heureux de vous faire goûter à tous ses nectars.

— Très subtile votre petite ruse. Mais c'est non.

Muller regarda sombrement son gobelet :

— Vous ne m'aurez pas, Ned. Je ne veux avoir aucun rapport avec les autres.

— C'est triste.

— Un autre verre ?

— Non. Il va falloir que je rentre au camp maintenant. Il est tard. Je n'étais pas censé passer toute la journée ici avec vous et je vais en entendre de toutes les couleurs parce que je ne fais pas ma part de boulot.

— Mais vous êtes resté dans la cage pendant presque tout ce temps. Ils ne peuvent pas vous le reprocher.

— On verra bien. Déjà hier ils se plaignaient un peu, comme quoi je n'étais jamais aux fouilles. Je crois qu'ils ne veulent pas que je vienne vous voir.

Muller se sentit brusquement oppressé à l'intérieur.

— Comme je n'ai rien fichu aujourd'hui, poursuivit Rawlins, je serais étonné qu'ils me laissent revenir. Ils ne vont pas être très contents de moi. Vous comprenez, de leur point de vue, comme vous ne vous montrez pas très coopératif avec nous, ils considèrent que je perds mon temps en venant vous voir et que je ferais mieux de mener les recherches en zone E ou F.

Rawlins vida sa coupe et se prépara à partir. Il baissa les yeux sur ses jambes nues. Le diagnostat avait oint ses plaies d'une crème nutritive couleur chair. Il était presque impossible de distinguer les lésions sur sa peau. Il enfila précautionneusement son pantalon tout déchiré :

— Je laisse les bottes, dit-il. Elles sont complètement en lambeaux et je crains un peu de me blesser en les mettant. Je dois pouvoir rentrer pieds nus au camp.

— Le pavement est très doux, dit Muller.

— Vous me donnez un peu de liqueur pour mon ami ?

Silencieusement, Muller lui tendit la flasque à moitié pleine.

Rawlins l'accrocha à sa ceinture :

— Ce fut une journée intéressante et enrichissante. J'espère pouvoir revenir.

★

Sur son chemin de retour vers la zone E, Boardman l'appela :

— Comment vont vos jambes ?

— Elles sont mortes. Mais elles guérissent vite et je crois que je vais m'en sortir.

— Faites attention de ne pas laisser tomber la flasque.

— Ne vous inquiétez pas, Charles. Elle est bien accrochée. Je ne voudrais pas vous priver de votre dégustation.

— Ned, écoutez-moi. Nous avons essayé d'envoyer les robots jusqu'à vous. Je ne vous ai pas quitté des yeux pendant ces terribles minutes où vous étiez attaqué par ces ignobles bêtes. Mais nous ne pouvions rien faire pour vous aider. Muller interceptait nos engins et les détruisait au fur et à mesure.

— D'accord, dit Rawlins.

— On ne peut pas se fier à lui. Il ne voulait rien laisser passer dans les zones centrales.

— Ça ne fait rien, Charles. Je m'en suis sorti.

Mais Boardman insistait :

— Peut-être aurait-il été préférable pour vous que nous n'envoyions aucun robot ; c'est ce que je me suis dit après. En effet ils ont occupé Muller assez longtemps. Sinon, il serait peut-être revenu plus tôt à la cage, et vous aurait libéré. Ou alors il aurait tué les animaux qui vous attaquaient. Il...

Boardman se tut, conscient de se répéter et de radoter. Etait-ce un signe de l'âge ? Il sentit les bourrelets de graisse sur son cou et son ventre. Il avait besoin d'un nouveau remodelage. Il devait se tenir à l'apparence de la soixantaine, tout en ramenant son âge physiologique et biologique à cinquante ans. Toujours plus vieux extérieurement qu'à l'intérieur. C'était son principe. Une façade de sagesse pour mieux dissimuler la sagesse.

Après une longue pause, il reprit la communication :

— Il semble que vous et Muller soyez devenus vraiment des amis maintenant. J'en suis ravi. Il va bientôt falloir que vous l'appâtiez sérieusement.

— Comment ?

— Promettez-lui une cure, laissa tomber Boardman.

10

Ils se rencontrèrent trois jours plus tard, au milieu de la zone B. Muller parut heureux de le voir, ce qui était le but recherché. Rawlins traversa en diagonale une sorte de piste de danse ovale bordée par deux tours courtes et aplaties, de couleur bleu foncé. Muller lui fit un signe de tête :

— Comment vont vos jambes ?

— Très bien.

— Et votre ami... Comment a-t-il trouvé la liqueur ?

— Il l'a beaucoup aimée, répondit Rawlins, se souvenant de la flamme qui avait brillé dans les yeux rusés de Boardman. Il vous renvoie votre flasque. Il vous l'a remplie d'un cognac spécial et il espère que c'est à charge de revanche.

Muller considérait le flacon que Rawlins lui tendait.

— Il peut aller au diable, dit Muller d'un ton glacé. Je ne veux pas faire de marché. Si vous me donnez cette flasque, je la brise par terre.

— Pourquoi ?

— Donnez-la-moi et vous verrez. Non. Attendez. Attendez. Après tout, passez-la-moi.

Rawlins obéit. Muller prit tendrement le précieux flacon entre ses mains, l'ouvrit et le porta à ses lèvres.

— Ah ! les démons, dit-il d'une voix douce. Qu'est-ce que c'est ? Ça vient du monastère de Deneb XIII ?

— Il ne me l'a pas dit. Il m'a seulement dit que vous aimeriez.

— Des démons tentateurs. Voilà ce que vous êtes. C'est un marché que vous m'offrez là. Allez au diable ! C'est bon pour cette fois. Mais si vous vous montrez encore avec de la liqueur — n'importe quoi — même l'élixir des dieux, je refuse et vous tourne le dos. A propos, où étiez-vous tout ce temps ?

— J'ai travaillé. Je vous ai dit qu'ils ne voyaient pas mes excursions avec vous d'un bon œil.

Je lui ai manqué, constata-t-il. Charles a raison : il est touché par moi. Pourquoi faut-il qu'il ait un caractère si difficile ?

— Où êtes-vous en train de creuser ? demanda Muller.

— Nous ne creusons pas du tout. Nous utilisons des sondeurs à la frontière des zones E et F. Nous essayons de déterminer la chronologie ; c'est-à-dire si le labyrinthe a été construit d'un seul coup, ou en plusieurs étapes à partir du cœur. Qu'en pensez-vous, Dick ?

— Allez au diable. Je ne donne pas de cours gratuits d'archéologie ! (Muller avala une gorgée de cognac :) Vous êtes sacrément près de moi.

— Quatre ou cinq mètres, à peu près.

— Vous étiez plus près quand vous m'avez donné la flasque. Pourquoi n'aviez-vous pas l'air malade ? N'avez-vous pas senti les effets ?

— Je les ai sentis. Oui.

— Et comme un bon petit stoïcien que vous êtes, vous avez caché votre dégoût ?

Rawlins haussa les épaules :

— Je pense que l'effet d'impact diminue à des expositions répétées. C'est encore très fort, mais pas autant que la première fois. Avez-vous déjà constaté cela chez d'autres personnes ?

— Vous savez, en général, quand ils m'avaient vu une fois, ils n'avaient pas envie de revenir, dit Muller. Venez fiston. Que je vous montre un peu mon domaine. Voici où je prends mon eau. Ce tube noir court autour de la zone B. C'est de l'onyx, je crois. C'est beau, n'est-ce pas ?

Muller s'agenouilla et caressa l'arrondi lisse de l'aqueduc.

— Il y a un système de pompage qui amène l'eau d'une poche aquifère, peut-être enterrée à mille kilomètres de profondeur. Je ne sais pas. Cette planète ne porte aucune étendue d'eau, n'est-ce pas ?

— Si. Il y a des océans.

— Oui, seulement...

Il se tut, craignant de trop en dire.

— Enfin, je ne sais pas. Vous voyez, cela est un robinet. Il y en a un tous les cinquante mètres. D'après ce que j'ai pu constater, l'aqueduc est le seul endroit où on puisse se fournir en eau dans le labyrinthe. Peut-être les habitants n'en avaient-ils pas un grand besoin. C'est un des mystères de cet endroit. Je n'ai pu trouver aucun conduit. Et il n'y a aucune plomberie. Vous avez soif ?

— Pas vraiment.

Le robinet semblait être formé de plusieurs rondelles concentriques d'onyx, délicatement ciselées, mises bout à bout. Dessous, Muller fit une coupe de ses mains. Aussitôt l'eau coula. Muller avala rapidement quelques gorgées. L'écoulement cessa dès que les mains ne se trouvèrent plus sous l'espèce de robinet. Il devait y avoir un système sensoriel très subtil qui ouvrait et coupait le filet d'eau, se dit Rawlins. Quelle technique ! Et cela fonctionnait depuis des millions d'années ! Par quel miracle ?

— Buvez, dit Muller. Vous risquez d'avoir soif plus tard.

— Je ne peux pas rester longtemps, dit-il.

Finalement, il se pencha et but. Après, ils allèrent se promener dans la zone A. Les cages étaient à nouveau fermées ; Rawlins frissonna en les voyant. Aujourd'hui, il n'était pas prêt à tenter une expérience semblable. Ils trouvèrent des bancs. C'étaient des plaques de pierre solide, assez longues, incurvées aux extrémités. Assis chacun à un bout, ils se faisaient face à une certaine distance l'un de l'autre grâce à quoi Rawlins supportait les émanations de Muller sans trop de difficultés.

Muller était d'humeur loquace :

— Avez-vous remarqué, d'après l'incurvation donnée au banc sur lequel nous sommes, que le postérieur des êtres auxquels il était destiné devait représenter un drôle de volume ? Bien plus gros que nos fesses tristes *d'homo sapiens*.

Sa conversation était capricieuse ; la plupart du temps charmante et spirituelle mais émaillée de temps en temps d'éclairs acides de rage ou d'apitoiement sur lui-même. Puis il redevenait subitement calme ; un homme plus âgé parlant à un jeune homme dont la compagnie semblait lui plaire. Ils échangeaient des opinions, leurs expériences et des bribes de philosophie. Muller raconta le début de sa carrière, les planètes qu'il avait visitées et les délicates négociations menées entre la Terre et ses colonies spatiales, dont les habitants étaient bien souvent très chatouilleux sur les problèmes de dépendance et d'obéissance. Il mentionna le nom de Boardman à plusieurs reprises ; Rawlins prenait bien garde de conserver une expression neutre et attentive. L'attitude de Muller envers Boardman était un mélange d'admiration profonde et de furieuse aversion. Visiblement, il n'arrivait pas à pardonner à Boardman d'avoir joué sur ses propres faiblesses pour l'envoyer chez les Hydriens. Ce n'était pas très rationnel, pensait Rawlins. Connaissant la curiosité insatiable et démesurée de Muller, celui-ci se serait battu pour que cette mission lui fût confiée, avec ou sans l'intervention de Boardman, avec ou sans risques.

— Et vous ? demanda finalement Muller. Vous êtes beaucoup plus fin que vous ne cherchez à paraître. Peut-être un peu bloqué par votre timidité, mais très intelligent, j'en suis sûr. Bien que vous tentiez de le cacher sous des attitudes vertueuses de collégien. Que désirez-vous, que demandez-vous à votre vie, Ned ? Que représente l'archéologie pour vous ?

Rawlins planta son regard dans le sien :

— Une chance de redécouvrir le passé, des millions de passés. Je suis aussi affamé que vous, Dick. Je veux savoir comment sont venues les choses, comment elles sont arrivées jusqu'à nous. Pas seulement sur la Terre ou dans votre système. Partout.

— Bien parlé !

C'est bien ce que je pense, songea Rawlins en lui-même. Il espérait que Boardman avait eu l'occasion d'admirer sa toute nouvelle éloquence.

Il poursuivit sur sa lancée :

— J'aurais peut-être pu me lancer dans le service diplomatique comme vous. Mais j'ai choisi cette voie. Je crois qu'il y a tellement encore à découvrir, ici et partout ailleurs. Nous avons seulement commencé à regarder autour de nous.

— Vous avez l'accent de la vocation sincère.

— Je le suppose.

— J'aime l'entendre. Je parlais ainsi, moi aussi, dans le temps.

— Je dois avouer que, quoique je sois encore bêtement naïf, ajouta Rawlins, ce n'est pas seulement un amour abstrait de la connaissance qui me pousse, mais une curiosité personnelle.

— C'est compréhensible... et bien pardonnable. En vérité, nous ne sommes pas tellement différents. Compte tenu des quarante années qui nous séparent. Ne vous cassez pas trop la tête avec vos motivations profondes, Ned. Allez sur tous les mondes, regardez, bougez, agissez. Et prenez du plaisir et de la joie. Peut-être un jour la vie vous écrasera-t-elle comme elle m'a écrasé, mais ce n'est pas pour demain. Peut-être un jour, peut-être jamais, qui sait ? Oubliez tout cela.

— J'essaierai, dit Rawlins.

A présent il ressentait la chaleur de cet homme. Noyée sous les lourdes vagues cauchemardesques chargées des relents nauséeux venus du plus profond de l'âme, apparaissait néanmoins la véritable et sincère bonté. Coincé par la pitié, Rawlins hésitait à prononcer les mots qu'il était maintenant temps de dire. Boardman le pressa :

— Allez-y, mon garçon ! Attaquez ! (Sa voix semblait irritée.)

— Vous avez l'air bien loin d'ici, lui fit remarquer Muller.

Rawlins se reprit aussitôt :

— Je réfléchissais. Je me disais qu'il était triste que vous nous refusiez votre confiance. Que vous ayez une attitude aussi négative vis-à-vis de l'humanité.

— Je ne l'ai pas voulue, elle m'a été imposée.

— Vous n'êtes pas obligé de passer le reste de votre vie dans ce labyrinthe. Il y a d'autres solutions.

— Oui. Le suicide, mais nous en...

— Non. Ecoutez-moi, le coupa Rawlins.

Il prit une profonde inspiration et son visage s'éclaira de ce sourire rayonnant et transparent qui était une de ses forces :

— J'ai parlé de votre cas avec le médecin de l'expédition. Il a étudié la neurochirurgie. Il sait tout de vous. Il prétend que maintenant il y a des moyens pour vous guérir. Ils ont été mis au point pendant ces deux dernières années. Cela pourrait... comment dire... faire cesser vos émanations, Dick. Il m'a dit de vous en parler. Nous vous ramènerions sur Terre pour l'opération, Dick. Une opération. Une cure, Dick !

★

Et voilà, le petit hameçon brillant et appétissant était lancé. Il flottait sur un ruisseau chantant de murmures doux et aimables, lui accrochant et lui transperçant le cœur. Une *cure !* le mot résonnait dans sa tête et se réverbérait sur les constructions sombres et imprécises. *Cure. Cure. Cure.* Muller sentit la tentation empoisonnée lui ronger les entrailles.

— Non, dit-il. C'est stupide ! Il n'existe pas de cure pour ce que j'ai.

— Comment pouvez-vous en être si sûr ?

— Je sais.

— La science a pas mal progressé en neuf ans. Maintenant, les spécialistes savent comment fonctionne le cerveau. C'est un phénomène électrique. Je vais vous dire ce qu'ils ont fait. Ils ont construit un cerveau synthétique dans un des laboratoires lunaires, il y a quelques années. C'est prodigieux, n'est-ce pas ? Il fonctionne ; il peut émettre et recevoir. Le médecin m'a dit qu'ils se désespèrent de ne pas vous avoir sous la main, car vous constituez la preuve du bien-fondé de leur théorie. Tel que vous êtes, après votre visite chez les Hydriens. En vous opérant de manière à inverser vos émissions mentales, ils démontreraient qu'ils ont raison. Il vous suffirait de venir avec nous.

Méthodiquement, Muller fit craquer ses jointures :

— Pourquoi ne m'en avez-vous pas parlé plus tôt ?

— Je ne savais rien de tout cela.

— Naturellement.

— Je vous l'assure. Vous devez comprendre que nous ne nous attendions pas à vous trouver ici. Au début, personne ne savait exactement qui vous étiez, ni pourquoi vous y étiez. C'est moi qui vous ai reconnu. Après nos premières rencontres, j'ai parlé de vous au médecin et il m'a aussitôt expliqué ce traitement. Qu'est-ce qui ne va pas ?... Vous ne me croyez pas ?

— Vous avez un air tellement angélique, dit Muller en le regardant. Ces yeux bleus si tendres et vos cheveux dorés. Quel jeu jouez-vous, Ned ? Pourquoi me sortir tout ce paquet d'absurdités ?

Rawlins s'empourpra :

— Ce ne sont pas des absurdités !

— Je ne vous crois pas. Et je ne crois pas un mot de cette fameuse cure avec laquelle vous essayez de m'allécher.

— C'est votre droit absolu. Mais vous serez le perdant si...

— *Pas de menaces !*

— Excusez-moi.

Il y eut un long et désagréable silence.

Muller remuait une masse de pensées. Quitter Lemnos ? Etre enfin guéri ? Libéré ? Tenir à nouveau une femme, une vraie femme, entre ses bras ? Sentir des seins brûlants se presser contre sa peau ? Des lèvres ? Des cuisses douces ? Recommencer sa carrière. Une fois encore, reprendre la route des étoiles ? Se laver de neuf années d'angoisses ? Fallait-il croire ? Partir ? Se soumettre ?

— Non, dit-il lentement. Rien ne peut guérir mon mal.

— Vous n'arrêtez pas de le répéter. Mais vous ne pouvez pas savoir.

— Non, ce serait contraire à l'ordre des choses.

Je crois à la destinée, mon garçon. A des tragédies agencées par les lois de l'univers. A la punition de l'orgueil. Les dieux ne marchandent pas. Ils ne cassent pas leurs jugements après quelques courtes années. Œdipe n'a pas recouvré ses yeux... ni sa mère. Ils ont laissé Prométhée sur son rocher. Ils..

— Vous n'êtes pas un personnage de tragédie grecque, l'interrompit Rawlins. Vous vivez dans le monde réel, où tout bouge et tout change. Peut-être les dieux ont-ils décidé que vous avez suffisamment souffert. Et, puisque nous discutons littérature, ils ont bien pardonné à Oreste, n'est-ce pas ? Pourquoi neuf ans ne seraient-ils pas assez pour votre punition ?

— *Peut*-on me guérir ?

— Le médecin dit que oui.

— Je pense que vous me mentez.

Rawlins détourna son regard :

— Qu'ai-je à gagner en vous mentant ?

— Je l'ignore.

— Bon, d'accord, je vous mens, dit Rawlins brusquement. Personne ne peut rien pour vous aider. Parlons d'autre chose. Par exemple, ne me montreriez-vous pas la fontaine d'où coule votre liqueur ?

— C'est dans la zone C, dit Muller. Mais je ne me sens pas l'envie d'aller là-bas aujourd'hui. Pourquoi m'avez-vous raconté cette histoire si elle est fausse ?

— J'ai dit que nous ferions mieux de changer de sujet.

— Pour un instant, faisons *comme si* c'était vrai, s'entêta Muller. C'est-à-dire que si je revenais sur Terre, je pourrais être guéri. Je tiens à ce que vous sachiez que, même avec une garantie, je ne suis pas intéressé par cette offre. Je connais la vraie nature humaine. Ils m'ont piétiné et repoussé quand j'étais à terre. Ce n'est pas très sportif, n'est-ce pas, Ned ? Ils puent. Ils empoisonnent l'atmosphère autour d'eux. Ils se sont fait gloire de ce qui m'était arrivé.

— Ce n'est pas vrai !

— Qu'en savez-vous ? Vous étiez un gamin à l'époque. Encore plus que maintenant. Ils m'ont traité comme si j'étais une ordure parce que je leur montrais ce qui était en eux. J'étais un miroir dans lequel il voyaient leurs âmes sales et pourries. Pourquoi retournerais-je à présent vers eux ? Pourquoi aurais-je besoin d'eux ? Des vers. Des porcs. Pendant les quelques mois que j'ai passés sur Terre après mon retour de Bêta Hydri IV, je les ai vus, tels qu'ils sont réellement. Cette révulsion dans les yeux, le sourire jaune et nerveux tandis qu'ils s'écartaient de moi. Oui, M. Muller. Naturellement, M. Muller. Seulement, voulez-vous ne pas vous approcher trop près, M. Muller. Mon garçon, venez me voir une de ces nuits et je vous montrerai les constellations vues d'ici. Je les ai nommées moi-même. Il y a d'abord le Poignard, longue et pointue. Il semble qu'elle est prête à s'enfoncer dans le dos. Puis le Sillon. Et vous verrez le Singe aussi, et le Crapaud. Elles s'imbriquent les unes dans les autres. La même étoile est l'œil gauche du Crapaud et elle se trouve aussi sur le front du Singe. Elle s'appelle le Soleil. Oui, mon garçon, *notre* Soleil. C'est une petite étoile laide et faible, couleur de vomissure. Et elle est ceinturée par des planètes peuplées de laids petits monstres qui se répandent comme un écoulement d'urine sur tout l'univers.

— Puis-je vous dire quelque chose qui risque de vous offenser ? demanda Rawlins.

— Vous ne pouvez pas m'offenser. Mais vous pouvez essayer.

— Je pense que votre vision est déformée, tordue. Après tant d'années ici, les perspectives vous échappent.

— Non. Au contraire, j'ai appris ici à voir.

— Vous blâmez l'humanité d'être humaine. Ce n'est pas facile d'accepter quelqu'un comme vous. Si vous étiez, vous, à ma place et moi à la vôtre, vous comprendriez ce que je veux dire. Cela fait mal de se trouver près de vous. *Cela fait mal.* A la seconde même où je vous parle, je sens tous mes nerfs douloureusement blessés. Si je m'approchais, j'aurais envie de pleurer. Vous ne pouvez pas demander aux autres d'accepter tout de suite quelque chose d'aussi intolérable. Même ceux qui vous aimaient n'ont pas...

— Personne ne m'aimait.

— Vous étiez marié.

— C'était terminé.

— Des liaisons, alors.

— Elles n'ont pas pu me supporter quand je suis revenu.

— Des amis ?

— Ils ont pris la fuite. Ils regrettaient de n'avoir pas assez de jambes pour courir plus vite.

— Vous ne leur avez pas laissé le temps.

— Bien assez.

— Non, persista Rawlins. (Mal à son aise, il se remua sur son banc :) Maintenant, je vais vous dire quelque chose qui va vraiment vous blesser, Dick. Je vous demande pardon, mais il le faut. Ce que vous me racontez, je l'ai entendu des milliers de fois à l'université. C'est du cynisme de collégien. Le monde est méprisable, dites-vous. Méprisable. Méprisable. Méprisable. Vous avez percé à jour la vraie nature humaine et vous ne voulez plus rien avoir à faire avec l'humanité. Mais tout le monde répète cela à dix-huit ans. Et puis, on change. On dépasse l'époque confuse de l'adolescence et on regarde le monde. Alors on découvre que ce n'est pas un si mauvais endroit, que les gens essayent de faire de leur mieux, que nous sommes imparfaits mais pas répugnants...

— Un gamin de dix-huit ans n'a pas le droit d'avoir de telles opinions. Moi, j'ai le droit. Je l'ai gagné. J'ai payé chèrement le droit de haïr.

— Mais pourquoi vous y accrocher ? Vous semblez vous glorifier de votre misère. Secouez-vous ! Luttez ! Revenez sur Terre avec nous et oubliez le passé. Ou, si vous ne pouvez pas oublier, du moins pardonnez.

— Pas d'oubli. Pas de pardon, grogna Muller.

Un frisson de peur le secoua. Et si c'était vrai ? Une véritable guérison ? Quitter Lemnos ? Il était confus et embarrassé. Le garçon avait marqué un point à propos de son cynisme de collégien. C'était la vérité. Mais suis-je réellement un misanthrope ? Ou est-ce simplement un rôle que je me joue à moi-même ? Ce gamin m'a emmené là où il l'a voulu. Il veut m'obliger à discuter, à polémiquer. Maintenant, je mets en doute mes propres certitudes. Mais c'est faux : il n'y a pas de guérison possible. Ce garçon est transparent ; il me ment, bien que je ne sache pas pourquoi. Il cherche à me tromper pour que je monte dans leur saleté de vaisseau. Et si c'était vrai ? Pourquoi s'obstiner dans un exil ridicule ? Muller connaissait toutes les réponses à ses questions. C'était la peur qui le retenait. La peur de voir la Terre et ses milliards d'habitants.

Pénétrer à nouveau dans le flot humain de la vie. Neuf années sur une île déserte et il craignait de revenir au port. De reconnaître ces cruelles vérités le plongea dans un abîme de dépression. L'homme qui avait voulu être un dieu n'était plus à présent qu'un malheureux névrotique, s'accrochant désespérément à sa solitude et crachant sa défiance à un éventuel sauveteur. C'était triste, songea-t-il. Très triste.

Rawlins l'enleva à ses sombres ruminations :

— Je sens un changement dans la couleur de vos pensées.

— Vous *pouvez* ?

— Ce n'est pas très précis. Mais tout à l'heure vous étiez hargneux et amer. A présent je vous sens plus... pensif... désenchanté.

— Personne ne m'avait encore dit qu'il pouvait détecter mes sentiments, dit Muller d'un air étonné. D'ailleurs, en général ils ne me disaient pas grand-chose, hormis que c'était intolérable et dégoûtant de se trouver près de moi.

— Pourquoi étiez-vous triste, alors ? Si je ne me suis pas trompé, vous pensiez à la Terre ?

— Peut-être.

Tout à coup, il se renferma dans sa coquille. Il ne voulait plus rien entendre. Son visage s'assombrit. Ses mâchoires se contractèrent. Il se leva et s'approcha délibérément de Rawlins. Avec une délectation morbide, il regardait le jeune homme lutter pour lui cacher à quel point il le faisait souffrir.

— Je crois que vous feriez mieux de reprendre vos fouilles archéologiques maintenant, Ned. Vos amis vont vous en vouloir de négliger votre travail, dit-il sombrement.

— J'ai encore un peu de temps.

— Non, vous n'avez plus le temps. Partez !

★

Cette nuit-là, Rawlins revint jusqu'au camp de base en F, malgré les ordres contraires exprès de Boardman. L'empressement de livrer à celui-ci la nouvelle flasque de liqueur que lui avait finalement donnée Muller lui servit de prétexte. Boardman voulait qu'un homme de l'expédition viennent chercher le flacon afin d'éviter à Rawlins les pièges qui fourmillaient en zone F. Mais ce soir le jeune homme avait besoin d'un contact direct. Il était sérieusement ébranlé et il sentait fléchir sa résolution.

Il trouva Boardman en train de dîner. Il était assis devant une table de bois sombre, poli, précieusement marquetée. Des fruits glacés, des légumes confits, des extraits de viande et des jus piquants lui étaient servis dans un service de fine faïence. A portée de sa main grassouillette était posée une carafe de vin de couleur olive. Dans les petits alvéoles creusés dans un bloc oblong de verre noir étaient disposées de mystérieuses pilules ; de temps en temps, Boardman en avalait une. Rawlins resta quelques minutes sur le seuil de la porte avant que Boardman fasse mine de remarquer sa présence.

— Je vous avais dit de ne pas venir ici, Ned, dit finalement le vieil homme en guise de préambule.

— Muller vous envoie ceci.

Rawlins s'avança et déposa la flasque à côté de la carafe de vin :

— Nous pouvions parler sans que vous preniez tous ces risques.

— J'en ai assez des conversations à distance. J'avais besoin de vous voir.

Boardman continuait à manger et ne lui proposait toujours pas de s'asseoir.

— Charles, je crains de ne plus pouvoir continuer à jouer cette sinistre comédie.

— Vous avez été excellent aujourd'hui, dit Boardman en sirotant son vin. Très convaincant.

— Oui. J'apprends à mentir. Mais à quoi cela sert-il ? Vous l'avez entendu. L'humanité le dégoûte. Il refusera de coopérer, même si nous arrivons à le sortir du labyrinthe.

— Il n'est pas sincère. Vous l'avez dit vous-même, Ned. Ce n'est qu'un vulgaire et banal cynisme de collégien. Cet homme aime encore ses semblables. C'est justement pourquoi il est si amer. Parce que cet amour de l'humanité s'est aigri dans sa bouche. Mais ce n'est pas de la haine. Pas vraiment.

— Vous ne vous trouviez pas devant lui, Charles. Vous ne lui parliez pas.

— Je l'épiais et je l'écoutais. Et surtout, je connais Dick Muller depuis quarante années.

— Malheureusement ce sont les neuf dernières qui comptent. Elles l'ont complètement changé.

Rawlins se plia légèrement sur ses jambes pour se

mettre à la hauteur du visage de Boardman. Celui-ci, impassible, planta sa fourchette dans une poire glacée, la tint un instant devant sa bouche et l'avala en entier avec un sourire de gourmandise. Il feint de m'ignorer pour m'obliger à abattre mes cartes le premier, se dit Rawlins.

— Charles, soyons sérieux. Je suis allé dans le centre de la cité et là j'ai raconté à Muller quelques monstrueux mensonges. Je lui ai proposé une cure qui n'existe absolument pas et il me l'a renvoyée dans la figure.

— En prétendant ne pas y croire. Mais il y *croit*, Ned. Il a simplement peur de sortir de sa cachette.

— S'il vous plaît, écoutez-moi. Supposons qu'il finisse par me croire. Supposons qu'il accepte de sortir du labyrinthe et se remette entre nos mains. Et alors ? A qui incombera la charmante mission de lui avouer qu'il n'y a pas de cure possible et que nous l'avons ignominieusement trompé depuis le début ? Et tout cela pourquoi ? Parce que nous avons à nouveau besoin de lui pour nous servir d'ambassadeur auprès d'une race d'êtres vingt fois plus étranges et cinquante fois plus dangereux que ceux qui ont déjà ruiné sa vie. Je vous avertis, Charles, ce ne sera pas *moi !*

— Vous n'aurez rien à dire, Ned. Ce sera moi.

— Et comment va-t-il réagir ? Croyez-vous tout bonnement qu'il va se contenter de sourire et de s'incliner en disant : bravo, Charles, vous m'avez roulé encore une fois ? Qu'il va céder et vous obéir ? Non. Aucune chance. Vous réussirez peut-être à le faire sortir du labyrinthe, mais justement les méthodes que vous avez utilisées pour ce premier résultat rendront impossible et inconcevable toute collaboration de sa part une fois qu'il *sera* dehors.

— Ce n'est pas nécessairement vrai, dit Boardman calmement.

— Alors, voudriez-vous avoir l'amabilité de m'expliquer la stratégie que vous comptez employer quand vous lui aurez avoué que cette cure est un mensonge destiné à lui imposer un nouveau boulot encore plus dangereux ?

— Je préfère ne pas discuter de tactiques futures en ce moment.

— Dans ce cas, j'abandonne, lâcha brusquement Rawlins.

★

Boardman s'était attendu à quelque chose de semblable. Un sursaut de noblesse, une crise entêtée de vertu, un accès de scrupules moraux. Il abandonna son faux air détaché et leva les yeux. Il plongea fermement son regard dans celui de Rawlins. Il pouvait y lire une force et une détermination farouches. Mais pas de ruse. Pas encore.

Boardman parla presque à voix basse :

— Vous abandonnez ? Après vos professions de foi au service de l'humanité ? Nous avons besoin de vous, Ned. Vous nous êtes indispensable. Vous êtes le seul chaînon qui nous relie à Muller.

— Mon dévouement à la cause de l'humanité m'oblige à m'intéresser aussi à Dick Muller, dit Rawlins sèchement. Il appartient au genre humain, qu'il le veuille ou non. J'ai déjà commis un crime considérable contre lui. Je vous jure que si vous ne m'expliquez pas la suite de votre plan je ne tiendrai aucun rôle dedans !

— J'admire vos convictions.

— Ma résolution est inébranlable.

— Je suis même d'accord avec votre position, concéda Boardman. Ce que nous devons faire ici ne m'emplit pas de fierté. Mais je le considère comme un maillon indispensable d'une nécessité historique : la nécessité d'une trahison personnelle pour le bien du plus grand nombre. Moi aussi j'ai une conscience, Ned. Une conscience de quatre-vingts ans, très bien développée. C'est une des rares choses qui ne s'atrophie pas avec l'âge. Simplement on apprend à vivre avec ses reproches... c'est tout.

— Comment allez-vous amener Muller à coopérer ? En le droguant ? En le torturant ? En lui lavant le cerveau ?

— Rien de tout cela.

— Alors comment? Je suis sérieux, Charles. J'abandonne mon rôle à l'instant même si vous ne me dites pas ce que vous lui préparez.

Boardman toussota, but un peu de vin, mangea une pêche et avala trois pilules à la suite. Cette rébellion de Rawlins était inévitable et il s'y était préparé. Pourtant cela l'ennuyait qu'elle ait finalement lieu. Maintenant, il en était à un point où il devait prendre des risques calculés.

— Je vois, Ned, dit-il, que le temps est venu de laisser tomber les faux-semblants. Je vais vous dire ce que je garde en réserve pour Dick Muller, mais je voudrais que vous conserviez bien présent à l'esprit le but final de l'opération. N'oubliez pas que le petit ballet que nous dansons sur cette planète n'est pas simplement une affaire de problèmes moraux personnels. Au risque de vous sembler pompeux, je dois vous rappeler que l'enjeu en est le destin de la race humaine.

— Je vous écoute, Charles.

— Très bien. Dick Muller doit aller rendre visite à nos amis extra-galactiques et doit les convaincre que les hommes sont réellement une espèce intelligente. Vous êtes bien d'accord ? Lui seul peut réaliser cela à cause de son incapacité, unique chez la race humaine, de voiler ses sentiments.

— D'accord.

— A présent, il n'est pas nécessaire que nous convainquions ces êtres étranges que nous sommes une race bonne, ou honorable, ou même sympathique. Il nous suffit de leur montrer que nous avons une intelligence et que nous sommes capables de nous en servir pour penser. Que nous avons des sens, des sentiments, des émotions, en un mot que nous sommes autre chose que des machines dotées d'un cerveau. Pour atteindre ce but, il n'est pas obligatoire que Richard Muller irradie de bonnes émotions. Il suffit qu'il irradie quelque chose.

— Je commence à comprendre.

— C'est pourquoi, une fois qu'il sera sorti du labyrinthe, nous pourrons lui révéler l'objet de son voyage. Sans aucun doute notre tromperie le rendra furieux. Mais, derrière sa colère, il devinera peut-être quel est son devoir. Je l'espère. Vous, Ned, vous pensez qu'il refusera. Mais cela ne changera rien. Dès qu'il aura sorti le bout du nez du labyrinthe il n'aura plus le choix. Il sera envoyé directement chez les extra-galactiques pour prendre contact avec eux. C'est brutal et odieux, je sais. Mais c'est nécessaire.

— Sa coopération est donc entièrement hors de propos, dit Rawlins d'une voix lente. Il sera transporté et déchargé là où il faut. Comme un vulgaire sac.

— Non. Comme un sac *pensant*. Ainsi que nos amis lointains l'apprendront.

— Je...

— Non, Ned. Ne dites rien maintenant. Je sais ce que vous pensez. Cette machination est ignoble. Je vous comprends. Moi aussi je la trouve ignoble. Pour l'instant partez, et réfléchissez-y. Examinez-la sous toutes les coutures avant de prendre une décision. Si demain vous voulez encore abandonner, dites-le-moi et nous essayerons de mettre au point un nouveau plan auquel vous ne participerez pas. Mais d'abord, promettez-moi de dormir dessus. D'accord ? Il est toujours préférable de juger à froid.

Le visage du jeune homme resta pâle pendant un moment. Puis, lentement, les couleurs lui revinrent. Il se mordit les lèvres. Boardman lui souriait avec bienveillance. Rawlins serra les poings, regarda autour de lui d'un air égaré et sortit en courant.

Un risque calculé.

Boardman avala une autre pilule puis il tendit le bras vers la flasque que Muller lui avait envoyée. Il se versa à boire. C'était doux, un peu amer et très alcoolisé. Une délicieuse liqueur. Il la garda un moment sur la langue avant de déglutir.

11

Muller en était presque arrivé à aimer les Hydriens. Ce dont il se souvenait le plus clairement et le plus agréablement était la grâce avec laquelle ils se déplaçaient. Ils semblaient virtuellement flotter. L'étrangeté de leur aspect physique ne l'avait jamais gêné ; il avait coutume de dire qu'il n'était pas nécessaire de sortir vraiment de la Terre pour découvrir des formes grotesques et caricaturales. Par exemple les girafes, les homards, les anémones de mer, les calmars, les chameaux. Regardez objectivement un chameau et demandez-vous si son anatomie est moins ridicule que celle d'un Hydrien.

Il avait atterri dans une région humide et lugubre de la planète, un peu au nord de l'équateur. C'était un continent amiboïde sur lequel étaient dispersées une douzaine de quasi-cités tentaculaires, chacune s'étendant sur plusieurs milliers de kilomètres carrés.

Muller portait une tenue de survie spécialement étudiée pour cette mission, qui était plus ou moins une mince couche filtrante qui se collait à lui comme une seconde peau. Des milliers de microscopiques plaques dialysantes incorporées lui fournissaient l'air qu'il respirait. Ce n'était pas parfaitement confortable mais il pouvait se déplacer aisément.

Il avait marché pendant une heure à travers une forêt d'arbres géants semblables à d'énormes champignons vénéneux. Les faîtes atteignaient une hauteur de plusieurs centaines de mètres. Peut-être la gravité locale, qui représentait les cinq huitièmes de la pesanteur terrestre, était-elle responsable de ce gigantisme. Les larges troncs ne semblaient pas très durs. Muller supposa qu'une mince couche ligneuse externe, pas plus épaisse qu'un doigt, devait recouvrir un cœur pâteux et pulpeux. Les larges coupelles qui les coiffaient se touchaient presque entre elles et formaient une sorte de voûte végétale continue. Déjà la couche nuageuse qui ceignait la planète ne laissait filtrer qu'une pâle lumière d'un rouge gris perlé qui était à son tour interceptée par les arbres. Ce concours de phénomènes expliquait la presque totale obscurité qui régnait dans la forêt.

Sa plus grande surprise quand il rencontra les Hydriens fut leur taille. A peu près trois mètres de haut. Jamais depuis son enfance il ne s'était senti aussi petit. Ils l'entouraient et il devait tendre son cou pour rencontrer leurs regards. C'était le moment ou jamais de mettre en pratique ses connaissances en herméneutique appliquée. Il parla d'une voix calme, détachant soigneusement chaque mot :

— Mon... nom... est... Richard Muller. Je viens en ami... ami... Je suis envoyé par les habitants de la Sphère Culturelle Terrestre...

Comme il l'avait supposé, ils ne pouvaient pas comprendre ce qu'il disait. Pourtant ils restèrent immobiles. Leur attitude ne lui semblait pas hostile.

Il s'agenouilla et traça le théorème de Pythagore sur le sol humide et mou.

Il releva la tête en souriant :

— Cela est un concept de base de géométrie. Un schéma de pensée universel.

Les narines verticales remuèrent imperceptiblement. Les Hydriens s'inclinèrent légèrement. Ils devaient échanger des regards interrogateurs entre eux, se dit Muller. Cela leur était facile vu la disposition circulaire de leurs yeux tout autour du visage, sans qu'ils aient besoin de tourner la tête.

— Laissez-moi vous montrer d'autres symboles, poursuivit-il.

Il traça un trait sur le sol. Un peu plus loin il en traça deux autres. Et encore plus loin, trois. Puis il posa les signes entre les barres. I +II=III.

— Voilà, dit-il. Nous appelons cela une addition.

Des grappes de membres se balancèrent. Deux de ses auditeurs touchèrent leurs bras. Muller revit en esprit comment ils avaient détruit l'œil qui les espionnait, sans même prendre la peine de l'examiner. Il s'était préparé à rencontrer la même réaction. Au lieu de cela, ils l'écoutaient. Un signe prometteur. Il se releva et montra ses marques sur le sol.

— A vous, dit-il d'une voix forte, tout en souriant largement. Montrez-moi que vous comprenez. Parlez-moi le langage universel des mathématiques.

Rien. Aucune réponse.

Il désigna à nouveau les symboles dessinés sur le sol. Puis il tendit sa main, paume ouverte, au premier Hydrien.

Après un long moment, un des spectateurs s'avança

fluidement et posa un de ses pieds sur les marques tracées par Muller. Le petit piédestal en forme de globe glissa légèrement et les signes disparurent. Quand le sol fut bien lisse et aplani, Muller dit :

— Très bien. Maintenant dessinez quelque chose.

L'Hydrien retourna à sa place dans le cercle.

— D'accord, poursuivit Muller uniment. Voici un autre langage universel. J'espère qu'il ne blessera pas vos oreilles.

Il sortit une flûte soprano de son équipement et mit l'embouchure entre ses lèvres. Ce n'était guère commode de souffler à travers la membrane de protection. Il prit néanmoins sa respiration et joua la gamme diatonique. Certains membres s'agitèrent doucement. Ils pouvaient donc entendre, ou du moins ils ressentaient les vibrations. Il passa et joua à nouveau la gamme diatonique. Puis il essaya la gamme chromatique. Ils semblaient réagir un peu plus. Très bon, pensa-t-il. Des mélomanes. Peut-être la série procédant par tons entiers est-elle plus en harmonie avec l'ambiance nuageuse de cette planète. Il monta et descendit encore une fois les deux gammes et, pour faire bonne mesure, il leur joua un fragment d'une pièce de Debussy.

— Cela vous touche-t-il ? demanda Muller.

Ils semblaient conférer entre eux.

Sans aucune explication, ils lui tournèrent subitement le dos et s'éloignèrent.

Il tenta de les suivre. Naturellement, il était incapable de soutenir leur allure, et bientôt il les perdit de vue dans la forêt sombre et mystérieuse. Il persévéra et les retrouva finalement. Tout le groupe s'était arrêté comme s'ils l'attendaient. Quand il fut assez près, ils repartirent. Ainsi, après plusieurs haltes semblables destinées à lui permettre de les rejoindre, ils le conduisirent jusqu'à leur cité.

Il subsistait avec des aliments synthétiques. Les analyses chimiques avaient prouvé qu'il pouvait être dangereux d'essayer les nourritures locales.

Il traça plusieurs fois le théorème de Pythagore. Il dessina une grande variété de procédés arithmétiques. Il joua du Bach et du Schönberg. Il construisit des triangles équilatéraux. Il essaya quelques représentations de géométrie dans l'espace. Il chanta. Il parla en français, en russe, en mandarin, pour leur montrer la diversité des langues humaines. Il étala devant eux une table de fonctions périodiques. Et pourtant, après six mois, il n'en savait toujours pas plus sur le fonctionnement de leur cerveau qu'une heure avant son atterrissage. Ils toléraient sa présence mais ils ne lui parlaient pas. Quand ils communiquaient entre eux, c'était surtout par des petits gestes évanescents ; des mains qui s'effleuraient, des oscillations fugitives des narines. Ils avaient bien un langage parlé, mais si doux, si bas et si peu articulé qu'il ne pouvait distinguer aucun mot ni même une syllabe. Il avait néanmoins enregistré tous les bruits qu'il avait pu entendre.

Parfois ils venaient le voir et le considéraient en silence.

Il lui arrivait aussi de dormir.

Ce n'est que bien plus tard qu'il découvrit ce qui lui avait été fait pendant son sommeil.

★

Il avait dix-huit ans. Il était nu sous le ciel embrasé de Californie. Il avait l'impression qu'il lui suffisait d'étendre le bras pour pouvoir toucher et cueillir les étoiles.

Etre un dieu. Posséder l'univers.

Il se tourna vers elle. Son corps était mince et frais. Elle était étendue de tout son long. Elle s'étira langoureusement. Il caressa ses seins, puis sa main descendit sur le ventre doux et plat. Elle frissonna un peu. « Dick », dit-elle. « Oh ! Dick. » Etre un dieu, songea-t-il. Il l'embrassa légèrement puis brutalement. « Attends », demanda-t-elle. « Je ne suis pas prête. » Il attendit en l'excitant tendrement. Ou du moins il fit ce qu'il croyait devoir faire pour la préparer. Bientôt elle commença à gémir en murmurant son nom. « Dick, Dick, Dick. » Combien de mondes un homme pouvait-il visiter en une vie ? Chaque étoile possède une vingtaine de planètes en moyenne ; or il y a environ deux cents milliards d'étoiles dans notre galaxie dont le diamètre est de... Elle s'ouvrait à lui. Il sentit le contact des aiguilles de pin séchées qui craquaient gaiement sous ses genoux et sous ses coudes. Il contemplait ce visage aux yeux baissés qu'il aimait tant. Elle n'était pas la première mais elle était la première qui comptait. Comme étourdi par l'éclat du soleil qui lui brûlait le dos et la tête, il se laissait bercer par les mouvements de la fille. Elle se libérait, puis elle s'arrêtait, comme aux aguets de sa jouissance. Soudain il la sentit se raidir violemment. L'intensité de son plaisir lui fit peur un très court instant, puis il se laissa sombrer en elle.

Etre un dieu, ce doit être un peu pareil.

Ils se séparèrent. Il lui montra les étoiles et lui dit leurs noms. La moitié des noms étaient faux et inventés par lui mais elle ne le savait pas. Il lui raconta ses rêves. Plus tard ils firent l'amour une seconde fois et ce fut encore mieux.

Il espérait que la pluie tomberait vers minuit pour qu'ils puissent danser nus sous l'eau ruisselante mais le ciel resta clair. Ils allèrent se baigner. Quand ils revinrent trempés et heureux, il l'accompagna jusque chez elle. Elle avala sa pilule avec un verre de Chartreuse. Elle riait de bonheur. Il lui dit qu'il l'aimait.

Pendant plusieurs années ils échangèrent des cartes de vœux.

★

La huitième planète d'Alpha Centauri B possédait un noyau central à très faible densité, mais les immenses réserves de gaz en suspension lui conféraient une pesanteur à peu près équivalente à celle de la Terre. C'était le second voyage de noces de Muller, mais il y allait aussi pour le travail. En effet, les colons de la sixième planète menaçaient de déclencher un gigantesque effet de tourbillon qui aspirerait une grande partie de l'atmosphère de la huitième planète, afin de l'utiliser pour leur propre usage.

Muller conféra avec les dirigeants des deux bords. Finalement il parvint à leur faire signer un accord. Les deux parties acceptaient un quota honorable d'échanges de volumes gazeux à un tarif raisonnable et remercièrent Muller pour la petite leçon de politique interplanétaire qu'il leur avait administrée. Après cela, Nola et lui furent invités par le gouvernement de la huitième planète. Ils y vécurent des vacances magnifiques. Nola, au contraire de Lorayn, aimait voyager. Plus tard, elle l'avait accompagné dans plusieurs de ses expéditions.

Protégés par des combinaisons isolantes ils avaient nagé dans un lac de méthane liquide. Ils avaient couru à perdre haleine sur des plages ammoniacales. Nola était aussi grande que lui, très sportive et musclée. Elle avait une opulente chevelure roux sombre et de merveilleux yeux verts. Ils s'étaient aimés dans une chambre confortablement chauffée dont les larges baies s'ouvraient sur une immense mer grise, s'étalant sur des centaines de milliers de kilomètres.

— Pour toujours, lui avait-elle dit.

— Oui. Pour toujours.

Avant la fin de leur séjour ils s'étaient déjà querellés plusieurs fois. Mais ce n'était qu'un jeu ; plus leurs disputes étaient féroces, plus passionnées étaient leurs réconciliations. Cela dura un temps. Plus tard ils ne prirent même plus la peine de s'opposer. Quand leur mariage arriva à échéance, ni l'un ni l'autre ne voulut renouveler le contrat. Après, au fur et à mesure de sa renommée grandissante, il recevait de temps en temps des lettres amicales d'elle. A son retour de Bêta Hydri IV, il essaya de revoir Nola.

Elle saurait l'aider, pensait-il, dans cette période difficile qu'il traversait... Elle au moins ne lui tournerait pas le dos, en souvenir de l'époque où ils s'étaient aimés.

Malheureusement, juste à ce moment-là, elle passait sa septième lune de miel sur Vesta. C'est son cinquième mari qui l'apprit à Muller. Lui avait été le troisième. Il ne l'appela pas. Il commençait à comprendre que plus personne ne pourrait l'aider.

★

Le chirurgien semblait désolé :

— Je suis navré, M. Muller. Nous ne pouvons rien faire pour vous. Il est inutile que nous vous leurrions avec de faux espoirs. Nous avons étudié votre système neural sans arriver à découvrir le ou les points d'altération. Nous sommes vraiments navrés.

★

Il avait eu neuf années à sa disposition pour aiguiser sa mémoire. Pendant les premiers temps, quand il craignait encore que son passé ne s'évanouisse définitivement en fumée, il avait rempli plusieurs cubes de ses souvenirs. Plus tard, il remarqua qu'il se rappelait un plus grand nombre de choses de plus en plus nettement. Peut-être était-ce dû à son entraînement. Il pouvait évoquer avec précision des paysages, des sons, des goûts, des visages, des odeurs. Il pouvait reconstituer mot pour mot des conversations entières. Il pouvait récrire le texte de plusieurs traités qu'il avait négociés. Il pouvait citer dans l'ordre tous les rois d'Angleterre depuis Guillaume 1er jusqu'à Guillaume VII. Il se rappelait le nom de chaque femme qu'il avait un jour tenue dans ses bras.

Il devait admettre que si la possibilité lui en était offerte, il reviendrait sur Terre. Tout le reste n'était que prétentions et mensonges. Il était conscient de n'avoir trompé personne, ni Ned Rawlins ni lui-même. Le mépris qu'il professait pour l'humanité était sincère, mais pas son prétendu désir de solitude. Maintenant il attendait fébrilement le retour du jeune homme. Pour tuer le temps, il but de nombreux gobelets de liqueur de la cité ; il partit chasser, tuant nerveusement des animaux qu'il ne pourrait raisonnablement pas consommer en une année entière ; il engagea des dialogues embrouillés avec lui-même ; et surtout il rêva de la Terre.

★

Rawlins courait à perdre haleine. Il était rouge et congestionné. Muller, se tenant légèrement à l'intérieur de la zone C, le vit traverser à toute vitesse le passage d'entrée.

— Vous ne devriez pas courir ici, dit-il. Même pas

dans les zones centrales. Il est impossible d'être absolument sûr que...

Rawlins se laissa tomber à côté d'un tube de calcaire ondulé. Il se tenait douloureusement les côtes et grimaçait pour essayer de retrouver son souffle.

— Donnez-moi à boire, haleta-t-il. Votre liqueur que...

— Qu'y a-t-il ?

— Tout à l'heure.

Muller alla jusqu'à la fontaine proche et remplit une flasque de liqueur. Rawlins ne manifesta aucune crispation quand il s'approcha de lui pour lui tendre le flacon. Il semblait ne pas remarquer du tout les émanations de Muller. Il but avidement. Un mince filet de liquide miroitait sur son menton et coula sur ses vêtements. Il ferma les yeux un instant après avoir vidé le flacon.

— Vous avez l'air complètement effondré, dit Muller. Comme si vous aviez été battu.

— Oui. Exactement.

— Que se passe-t-il ?

— Attendez. Laissez-moi reprendre mon souffle. J'ai couru jusqu'ici depuis la zone F.

— Eh bien, vous avez de la chance d'être encore en vie.

— Peut-être...

— Voulez-vous encore boire ?

— Non, dit Rawlins. Pas maintenant.

Muller, perplexe, l'étudia attentivement. Le changement chez le jeune homme était frappant et saisissant. Même une extrême fatigue ne pouvait être responsable d'un tel état. Le visage empourpré et luisant, les muscles faciaux tirés et tendus. Ses yeux injectés de sang roulaient de tous côtés, cherchant quelque chose qu'ils ne trouvaient pas. Etait-il saoul ? Malade ? Drogué ?...

Rawlins ne disait toujours rien.

Après un long moment, Muller voulut briser ce silence lourd et inquiétant :

— J'ai pas mal réfléchi depuis notre dernière conversation. J'en suis venu à me dire que je m'étais conduit comme un vieil idiot. Toute cette misanthropie minable avec laquelle je vous ai cassé les oreilles.

Muller s'agenouilla et essaya d'accrocher le regard fiévreux du jeune homme :

— Ecoutez-moi bien, Ned. Je veux tout reprendre de zéro. J'accepte de retourner sur la Terre pour me faire soigner. Même si le traitement est expérimental, je prendrai le risque. Comprenez, le pire qui puisse m'arriver est que cela ne me fasse aucun effet. Alors...

— Il n'y a pas de traitement, dit Rawlins sourdement.

— Pas de... traitement ?...

— Non. Aucun. Rien du tout C'était un mensonge du début à la fin.

— ... Oui... Bien sûr...

— Vous l'aviez deviné vous-même, lui rappela Rawlins. Vous ne croyiez pas un mot de ce que je vous disais. Souvenez-vous.

— Un mensonge ?

— Vous ne compreniez pas pourquoi je vous mentais. Vous disiez que je racontais des absurdités. Vous m'accusiez de vous mentir. Vous vous demandiez ce que j'avais à gagner en vous trompant. Je vous *mentais,* Dick !

— Vous me mentiez ?

— Oui.

— Mais puisque j'ai changé d'avis, dit Muller doucement. J'étais prêt à retourner sur Terre.

— Il n'y a aucun espoir de guérison, insista Rawlins.

Lentement, il se releva et passa sa main dans ses longs cheveux dorés. Il arrangea un peu sa tenue et prit le flacon pour aller le remplir de liqueur à la fontaine. Quand il fut plein, il revint et le tendit à Muller qui but longuement. Rawlins termina ce qui restait dans la flasque. Une petite bête vorace passa à côté d'eux sans les attaquer et continua sa course vers la zone D.

— Voulez-vous m'expliquer un peu toute cette histoire ? dit finalement Muller d'une voix lasse.

— D'abord, nous ne sommes pas des archéologues.

— Continuez.

— Nous sommes venus ici spécialement pour vous. Ce n'est pas du tout fortuitement que nous vous avons trouvé. Nous savions très bien où vous étiez. Depuis neuf ans... depuis votre départ de la Terre, vous avez été suivi à la trace.

— Mais j'avais pris des précautions pour égarer les...

— Elles n'ont servi à rien, le coupa Rawlins. Boardman savait parfaitement où vous alliez et il vous a fait suivre. Il ne vous a laissé en paix que parce qu'il n'avait pas besoin de vous. Mais il savait où vous trouver quand l'occasion se présenterait. Il vous gardait en réserve, pour ainsi dire.

— C'est Charles Boardman qui vous a envoyé me chercher ? demanda Muller.

— Oui. C'est pour cela que nous sommes ici. C'est le but de cette expédition, reprit Rawlins d'une voix blanche. C'est moi qui ai été choisi pour prendre contact avec vous parce que vous aviez connu mon père et que vous étiez susceptible de me croire. Et surtout à cause de mon visage innocent. Sans arrêt, Boardman me dirigeait, me soufflant mes mots et mes gestes. Il me disait même quelles erreurs commettre, quelles gaffes risqueraient de vous émouvoir. Par exemple, c'est lui qui m'a conseillé de rentrer dans la cage. Il pensait que cela nous aiderait à gagner votre confiance.

— Boardman est *ici* ? Ici, sur Lemnos ?

— Dans la zone F. Nous avons un camp là-bas.

— *Charles* Boardman ?

— Il est ici, oui. Oui !

Le visage de Muller restait de pierre, mais en dessous bouillait le tumulte de l'agitation :

— Pourquoi a-t-il manigancé tout cela ? Que me veut-il ?

— Vous savez certainement qu'à part nous et les Hydriens il y a une troisième race intelligente dans l'univers ?

— Oui. Ils venaient d'être découverts quand je suis parti pour mon séjour chez les Hydriens. J'étais censé établir avec eux un traité d'alliance défensive contre cette autre race extra-galactique, avant qu'ils entrent en contact avec nous. Malheureusement, cela n'a pas marché. Mais qu'ont-ils à voir avec...

— Que savez-vous au juste de ces êtres extra-galactiques ?

— Très peu, reconnut Muller. Presque rien, sinon ce que je viens de vous dire. C'est le jour où j'ai accepté ma mission sur Bêta Hydri IV que j'ai entendu parler d'eux pour la première fois, par Boardman. Il avait refusé de m'en dire plus. D'après lui, ils étaient d'une espèce supérieure. Ce sont des êtres extraordinairement intelligents qui vivent dans un système voisin. Ils connaissent les voyages extra-galactiques et il se peut qu'ils viennent nous rendre visite un jour.

— A présent, nous en savons un peu plus long, dit Rawlins.

— D'abord, dites-moi ce que Boardman me veut ?

— Ce sera plus facile, si je vous raconte tout dans l'ordre.

Rawlins eut un sourire niais. Il était peut-être un peu ivre. Il s'assit, le dos contre le tube de pierre, et étendit ses jambes devant lui :

— En fait, nous ne savons pas encore grand-chose sur ces extra-galactiques. Nous avons envoyé un vaisseau-sonde en hyperpropulsion. Nous l'avons fait sortir de la trame temporelle à quelques milliers d'années-lumière... ou à quelques millions. Je ne connais pas exactement les détails. De toute façon, c'était un astronef-robot muni de toutes sortes de systèmes de détection. Il a atteint une des galaxies à rayons X. Tout cela est gardé secret, mais j'ai entendu dire que c'était ou dans Cygnus A, ou dans Scorpius II. Bref, on a découvert qu'une planète appartenant à une de ces galaxies était habitée par une race très avancée d'êtres étranges.

— Etranges comment ?

— Ils peuvent percevoir toute la gamme spectrale du haut jusqu'en bas, répondit Rawlins. Leur champ visuel de base est sur les hautes fréquences. Ils voient par rayons X. Ils semblent être aussi capables de se servir des ondes radioélectriques pour voir, ou du moins pour recevoir quelques informations sensorielles. Ils peuvent donc tout voir. Cependant, nous avons remarqué qu'ils ne manifestent pas un grand intérêt pour tout ce qui se passe entre l'infrarouge et les ultraviolets. C'est-à-dire notre petit spectre visible à nous.

— Eh, attendez une minute. Des sens radio ? Avez-vous une idée de la longueur des ondes radioélectriques ? Même s'ils ne percevaient des informations que sur une seule longueur d'onde, il leur faudrait des yeux, ou des récepteurs, ou ce que vous voudrez, d'une taille gigantesque. Quelle taille ont-ils d'après-vous ?

— Ils pourraient manger un éléphant, répondit Rawlins.

— Une forme de vie intelligente ne peut atteindre une telle démesure.

— Rien ne les limite. C'est une planète géante gazeuse. Tout en océans. Il n'y a presque pas de gravité. Ils flottent. Ils n'ont aucun problème de poids et de pesanteur.

— Et une bande d'hyperbaleines aurait développé une civilisation technologique ? demanda Muller. Vous n'espérez pas me faire croire à...

— Si. C'est la vérité, affirma Rawlins. Je vous l'ai dit. Ce sont des êtres très étranges. Mais ils ne peuvent construire leurs machines eux-mêmes. Ils ont besoin d'esclaves.

— Oh ! laissa tomber Muller calmement.

— Nous commençons seulement à comprendre ce qui se passe là-bas et, je vous l'ai dit, je ne suis pas très bien renseigné. Mais d'après ce que j'ai pu entendre, il semblerait qu'il se servent d'espèces vivantes inférieures, en les transformant en robots qu'ils contrôlent par radio. Ils ont besoin de tout ce qui peut être mobile et qui a des membres. Ils ont débuté avec certains animaux de leur planète, une sorte de petit dauphin presque intelligent qu'ils utilisent pour les vols spatiaux. Puis ils sont allés sur les planètes voisines — des planètes solides — et ils ont pris à leur service des pseudo-primates qui doivent ressembler à des chimpanzés protohistoriques. Ils ont besoin de doigts. Ce qui compte le plus pour eux, c'est la dextérité manuelle. A l'heure actuelle, leur influence s'étend sur quelque quatre-vingts années-lumière et il apparaît que leur expansion suit une courbe exponentielle.

Muller secoua la tête :

— C'est une absurdité encore plus énorme que celle que vous me serviez à propos de ma guérison. Ecoutez, la vitesse des transmissions radio possède une certaine limite, vous êtes d'accord ? Bon. S'ils contrôlent des esclaves, comme vous le dites, qui se trouvent à quatre-vingts années-lumière d'eux, chaque ordre ou commande mettra quatre-vingts années pour atteindre sa destination. Alors, chaque mouvement, chaque contraction d'un muscle...

— Ils peuvent quitter leur planète mère, le coupa Rawlins.

— Mais s'ils sont tellement énormes...

— Justement. Ils se sont servis d'esclaves pour construire des caissons gravitationnels. De plus, ils possèdent à fond les vols extra-galactiques, je vous l'ai dit. Toutes leurs colonies sont dirigées par une sorte de surveillant placé en orbite à quelques milliers de kilomètres au-dessus. Il flotte dans sa station, où ont été recréées les conditions de vie de la planète mère. Il suffit d'un surveillant pour diriger une planète. Je suppose qu'ils doivent avoir des tours de roulement.

Muller ferma les yeux un instant. Il essaya de visualiser ces colossales et inimaginables créatures dans leur expansion vers de lointaines galaxies ; contraignant d'autres créatures plus faibles et moins intelligentes à les servir ; forgeant une civilisation oppressive et technologique grâce au labeur de leurs esclaves ; et flottant dans le vide comme d'incroyables baleines spatiales pour diriger et coordonner leur grandiose et invraisemblable entreprise, alors qu'elles-mêmes étaient incapables d'accomplir le moindre acte physique. Des masses monstrueuses de protoplasme rose et luisant, des sortes d'amas gélatineux nés de la mer, hérissés d'organes de perception fonctionnant sur les deux extrémités du spectre. Communiquant entre elles par des impulsions de rayons X. Envoyant des ordres par ondes radioélectriques. Non, pensa-t-il. Non.

— Bien, dit-il finalement. Et alors ? Ils sont dans une autre galaxie.

— Plus maintenant. Ils ont déjà empiété sur quelques-unes de nos colonies éloignées. Savez-vous ce qu'ils font quand ils en découvrent une ? Ils mettent en orbite une station avec un surveillant à l'intérieur qui prend le contrôle des hommes. Ils trouvent que nous faisons des esclaves parfaits, ce qui n'est guère surprenant. Pour l'instant, ils se sont déjà emparés de six de nos planètes. Ils en avaient une septième, mais nous avons détruit le surveillant. Seulement, ils ont tout de suite trouvé la parade. Ils se contentent de prendre le contrôle de nos missiles et ils nous les renvoient.

— Si vous inventez cela, dit Muller, je vous tue !

— C'est vrai. Je vous le jure !

— Quand cela a-t-il commencé ?

— L'année dernière.

— Et que se passe-t-il ? Est-ce qu'ils avancent de plus en plus dans notre galaxie et nous transforment tous, à tour de rôle, en zombis ?

— Boardman pense que nous avons une possibilité d'empêcher cela.

— Laquelle ?

— Ces monstres ne semblent pas réaliser que nous sommes des êtres intelligents. Nous n'arrivons pas à le leur faire comprendre. Ils communiquent entre eux par un système télépathique, entièrement non verbal. Pourtant, nous avons essayé d'entrer en contact avec eux. Nous les avons submergés de messages sur toutes les longueurs d'ondes, sans qu'aucun indice ne laisse supposer qu'ils nous reçoivent. Boardman pense que si nous arrivons à les persuader que nous... euh... eh bien, que nous avons une âme, ils nous laisseraient peut-être tranquilles. Dieu seul sait pourquoi. A mon avis, ce doit être une réponse d'ordinateur. Enfin, il croit que ces êtres possèdent une structure morale, quelle qu'elle soit. Ils maîtrisent et dominent n'importe quelle créature leur paraissant utile, mais ils ne toucheraient pas à une espèce qui aurait atteint un niveau certain d'intelligence, même inférieur au leur. Dans ce cas, si nous pouvions leur montrer que nous...

— Ils voient que nous avons des villes, que nous avons des vaisseaux cosmiques. Cela ne prouve-t-il pas notre intelligence ?

— Les castors construisent des barrages, dit Rawlins. Et ce n'est pas pour cela que nous signons des traités avec eux. Nous ne leur payons pas de dommages et intérêts lorsque nous asséchons des marais. Nous savons que, dans un certain sens, les sentiments d'un castor ne comptent pas.

— Ah, oui ? Le savons-nous bien ? Ou n'est-ce pas plutôt nous qui avons décidé arbitrairement que les castors ne comptent pas ? Et toutes ces histoires à propos d'un niveau certain d'intelligence. Quelle est la frontière ? Comment la définissez-vous ? L'intelligence est un spectre continu qui va des protozoaires aux primates. Nous sommes un peu plus évolués que les chimpanzés, je vous l'accorde, mais est-ce bien une différence *qualificative* ? Est-ce que la principale réussite de l'humanité, qui consiste à enregistrer le savoir pour pouvoir le réutiliser par la suite, est un tel changement, si profond et si important ?

— Je ne veux pas discuter philosophie avec vous, dit Rawlins prudemment. J'essaye de vous expliquer la situation et... en quoi elle peut vous affecter.

— Oui. Dites-moi en quoi elle peut m'affecter.

— Boardman croit que nous arriverons à éloigner ces créatures de notre galaxie si nous leur prouvons que nous sommes plus près d'eux, sur le plan de l'intelligence, que leurs autres esclaves. Il nous faut donc leur montrer que nous avons des émotions, des ambitions, des rêves...

— Un Juif n'a-t-il pas des yeux ? Un Juif n'a-t-il pas

des mains, des organes, des proportions, des sens, des émotions, des passions ?... Si vous nous piquez, ne saignons-nous pas ? Si vous nous chatouillez, ne rions-nous pas ?

— Oui. C'est bien cela.

— Et comment leur ferez-vous parvenir ce long message s'ils ne possèdent pas de langage articulé ?

— Vous ne devinez pas ? demanda Rawlins.

— Non, je... Si ! Mon Dieu, oui ! Je devine, oui !

— Un homme parmi les milliards qui composent l'humanité n'a pas besoin de mots pour communiquer. Il émet ses sentiments les plus profonds. Il émet son âme, réellement, tangiblement. Nous ne savons pas quelle fréquence il utilise, lui non plus ne le sait pas. Mais peut-être *eux* le sauront-ils.

— Oui. Oui.

— C'est pourquoi Boardman voulait que vous partiez pour une autre mission, pour sauver l'humanité si elle peut encore être sauvée. Que vous alliez chez ces êtres extra-galactiques. Qu'ils reçoivent vos émanations. Qu'ils sachent ce que nous sommes. Différents des animaux.

— Mais alors, pourquoi toutes ces simagrées quant à ma prétendue guérison ?

— Une ruse. Un autre piège. Il fallait que nous vous poussions à sortir du labyrinthe. Une fois que vous auriez été dehors, nous aurions pu vous raconter toute l'histoire et vous demander votre aide.

— Même après avoir reconnu qu'il n'y avait pas de traitement pour moi ?

— Même.

— Qu'est-ce qui vous laisse supposer que je lèverai le petit doigt pour éviter aux hommes de devenir des esclaves ?

— Il n'était pas nécessaire que vous acceptiez, laissa tomber Rawlins.

★

Maintenant, submergeant tout, arrivait au galop le fleuve boueux charriant la haine, l'angoisse, la peur, la jalousie, les tourments, l'amertume, la dérision, le dégoût, le mépris, le désespoir, le vice, la fureur, la désolation, la véhémence, l'agitation, les rancœurs, la douleur, l'agonie, le tumulte, le feu. La force énorme d'impact plaqua Rawlins contre son appui, l'oppressant et l'étouffant. Muller avait atteint les abîmes de la désolation. Une ruse, une ruse ! Un piège, un piège ! Tout n'était donc que ruses et pièges ! Encore une fois. Il reconnaissait bien là les armes habituelles de Boardman. Muller jura et blasphéma. Il ne prononça que quelques mots ; le reste venait de l'intérieur. Un torrent de rage et de colère se libérant toutes bondes ouvertes et inondant tout sur son passage.

Quand le spasme sauvage fut passé, Muller réussit à maîtriser le tremblement qui s'était emparé de lui. Planté solidement sur ses jambes, il regarda le jeune homme effondré devant lui :

— Boardman voulait me jeter chez ces extra-galactiques que je le veuille ou non ?

— Oui. Il prétend que c'est trop important pour

vous laisser la liberté de choisir. Vous n'avez rien à dire. C'est la loi du nombre contre un seul.

— Vous avez participé à cette conspiration. Pourquoi êtes-vous venu me raconter tout cela ? demanda Muller sur un ton étrangement calme.

— J'ai abandonné.

— Naturellement.

— Non. C'est vrai. J'ai renoncé. Oh ! vous avez raison, j'ai participé à cette saloperie. J'obéissais parfaitement à Boardman. Chaque mot que je vous disais était un mensonge, mais je ne connaissais pas la suite — qu'on ne vous laisserait aucun choix. Je n'ai pas pu continuer. Je ne pouvais pas les laisser vous faire une chose pareille. J'ai abandonné et je suis venu vous avouer la vérité.

— Bravo, dit Muller en ricanant. Ce qui me laisse donc deux possibilités. Hein, Ned ? Ou me laisser traîner dehors pour servir une nouvelle fois de pantin à Boardman... ou me tuer dans la minute qui suit et laisser l'humanité aller au diable. N'est-ce pas ?

— Ne parlez pas ainsi, dit Rawlins nerveusement.

— Pourquoi pas ? Ce sont les deux seules vraies possibilités qui me restent. Vous avez été assez bon pour me révéler la situation réelle. Maintenant je peux encore agir et décider pour moi. Vous venez de me lire ma sentence de mort, Ned.

— Non !

— Que puis-je faire d'autre ? Me laisser utiliser encore une fois ?

— Vous pourriez... coopérer avec Boardman. (Rawlins passa sa langue sur ses lèvres sèches :) Je sais que cela a l'air idiot. Mais ne serait-ce que pour montrer quel genre d'homme vous êtes. Oubliez toute votre amertume. Tendez l'autre joue. Boardman n'est pas toute l'humanité. Il y a des milliards d'êtres innocents qui...

— Père, pardonne-leur, car ils ne savent pas ce qu'ils font.

— Oui !

— Sur tous ces milliards d'êtres dont vous me parlez, il n'y en a pas un seul qui ne s'enfuierait pas si je m'approchais de lui.

— Et alors ? Ils ne peuvent pas s'en empêcher ! Mais quoi qu'il en soit, ils sont encore vos frères !

— Je suis l'un d'eux. Pourquoi l'ont-ils oublié quand ils m'ont chassé ?

— Vous n'êtes pas rationnel.

— Non. Je ne le suis pas. Et je n'ai pas l'intention de le devenir maintenant. Vous rendez-vous compte quel mauvais ambassadeur des Terriens je ferais si j'acceptais cette mission ? Ce que je refuse entièrement d'ailleurs. Ce serait un sale tour à jouer à l'humanité. Pas rationnel. Je vous remercie de m'avoir averti à temps. J'aurais saboté mon travail. Enfin, enfin, je comprends ce qui se tramait ici. Vous m'avez fourni l'excuse que je me cherchais depuis longtemps. Je connais dans ce labyrinthe plus de mille endroits où la mort est rapide et certainement pas douloureuse. Laissez donc Charles Boardman aller parler lui-même à ces extra-galactiques maudits, moi je...

— Je vous en prie, ne bougez pas, Dick, dit Boardman à quelque trente mètres derrière lui.

12

Boardman n'appréciait pas du tout cette scène. Mais elle était nécessaire. Il n'était pas surpris que les événements aient pris cette tournure. Dans son analyse première, il avait prévu deux éventualités également probables : ou Rawlins réussissait à gagner la confiance de Muller et celui-ci sortirait du labyrinthe de son gré, ou bien Rawlins finirait par se rebeller et dévoilerait la vérité. Boardman s'était préparé à affronter les deux situations.

Il avait donc dû suivre Rawlins jusqu'au cœur du labyrinthe afin de pouvoir intervenir avant que les dégâts ne deviennent irréparables. Il craignait que Muller ne choisisse le suicide comme seule réponse. Ce ne serait pas le désespoir qui l'y pousserait, Muller était trop attaché à la vie, mais il pourrait se tuer rien que pour se venger. Avec Boardman se trouvaient Ottavio, Davis, Reynolds et Greenfield. Hosteen et les autres contrôlaient les événements de l'extérieur. Tous étaient armés.

Muller se retourna très lentement. Ce qui se passait derrière son visage n'était pas facile à lire.

— Je suis désolé, Dick, dit Boardman. Nous ne pouvons pas faire autrement.

— Vous n'avez pas du tout honte, n'est-ce pas ? demanda Muller.

— Non. Pas quand le sort de la Terre est en jeu.

— Oui. Il y a déjà longtemps que je croyais l'avoir compris. Mais je pensais que vous étiez un petit peu humain, Charles. Je vous mésestimais.

— J'aimerais bien que nous ne soyons pas obligés de recourir à de telles méthodes, mais il le faut, Dick. Venez avec nous.

— Non.

— Vous ne pouvez pas refuser. Le garçon vous a dit ce qui est en jeu. Nous vous devons déjà énormément, Dick. Plus que nous ne pourrons jamais vous rembourser. Acceptez que notre dette augmente encore, Dick. S'il vous plaît.

— Je ne quitterai pas Lemnos. Je ne me sens aucune obligation envers l'humanité. Je refuse votre mission.

— Dick...

— A cinquante mètres au nord-ouest de l'endroit où je suis en ce moment se trouve un puits de lave bouillante, l'interrompit Muller. Je vais marcher jusque-là et je sauterai dedans. Richard Muller disparaîtra en quelques secondes. Une calamité en annulera une autre et la Terre ne sera ni pire ni meilleure qu'elle ne l'était avant que je contracte ma maladie honteuse. Puisque vous n'avez guère semblé apprécier mes si particulières aptitudes qui vous soulèvent le cœur, je ne vois pas de raison pour vous permettre de les utiliser maintenant.

— Si vous voulez vraiment vous tuer, dit Boardman, pourquoi ne pas attendre quelques mois ?

— Parce que je ne veux pas mourir en service commandé.

— Ce sont des enfantillages, Dick. Le suicide est le dernier forfait que j'aurais imaginé *vous* voir commettre.

— N'était-ce pas un enfantillage de rêver des étoiles ? répondit Muller. Je continue à être logique vis-à-vis de moi-même. Ces êtres des galaxies lointaines peuvent vous avaler tout cru s'ils le veulent, Charles. Je m'en moque éperdument. Ou alors feront-ils dc vous un esclave ? Cela ne vous amuserait pas, Charles ? Quelque part au fond de votre crâne vous existeriez encore, hurlant et pleurant pour qu'on vous libère. Et les messages radio arriveront, vous dictant quel bras vous devez lever, quelle jambe vous devez bouger. J'aurais bien aimé pouvoir voir cela, mais je n'ai pas le temps. J'ai rendez-vous avec un puits de lave. Désirez-vous me souhaiter bon voyage, Charles ? Approchez, laissez-moi vous toucher le bras. Que vous preniez une bonne dose de moi avant de me quitter. La dernière. Après cela je ne vous dérangerai plus.

Muller tremblait de tous ses membres. Son visage était ruisselant de sueur et sa lèvre supérieure se relevait en un rictus hargneux.

— Au moins venez avec moi jusqu'au camp de la zone F. Nous nous assiérons tranquillement et nous discuterons de cela devant un verre de cognac, proposa Boardman.

— Côte à côte ? ricana Muller. Vous vomiriez. Vous ne pourriez supporter ma présence.

— Je veux discuter avec vous.

— Pas moi ! répondit Muller.

Il fit un pas chancelant en direction du nord-ouest. Son grand corps robuste semblait s'être brusquement rétréci et tassé. De petits membres raides et atrophiés accrochés sur une faible armature. Il fit un autre pas. Boardman le fixait intensément. Ottavio et Davis se tenaient à sa gauche ; de l'autre côté, entre lui et le supposé puits de lave, étaient Reynolds et Greenfield. A l'écart du groupe, comme oublié, Rawlins restait seul.

Boardman sentit une étrange émotion lui nouer la gorge et une douleur lancinante sourdre dans ses reins. Une grande lassitude l'emplit et, en même temps, il était habité par une excitation furieuse et grandissante, comme il n'en avait pas connu depuis sa jeunesse. Elle le poussait vers l'action. Il permit à Muller un troisième pas, puis il bougea deux doigts.

C'était un geste presque imperceptible, mais Greenfield et Reynolds se mirent aussitôt en action.

Tels des fauves prêts à l'attaque, ils bondirent sur Muller et lui empoignèrent les avant-bras. Boardman remarqua à quel point leur teint virait brusquement au gris quand ils pénétrèrent dans le champ des émanations nauséeuses. Muller se débattait, pesait de tout son poids et se tordait pour se libérer. Presque en même temps, Davis et Ottavio arrivèrent sur lui. Muller, plus grand que ses assaillants, se débattait farouchement. Dans l'obscurité naissante, le groupe houleux formé de corps enserrés et agités surmonté d'une seule tête hagarde faisait penser à une Gorgone furieuse et frénétique. L'emploi d'un tétaniseur aurait évité cette scène pénible, songea Boardman.

Mais il avait refusé que ces armes soient utilisées car il arrivait souvent qu'elles provoquent des troubles cardiaques parfois mortels. Or, ils n'avaient pas de défibrillateur ici, et la vie de Muller comptait plus que tout.

Quelques instants plus tard, Muller était à genoux.

— Désarmez-le, ordonna Boardman.

Ottavio et Davis le tinrent pendant que Greenfield et Reynolds le fouillaient. D'une poche, Greenfield extirpa le dangereux petit globe qui avait si facilement pulvérisé les robots.

— C'est la seule arme qu'il semble porter, dit-il.

— Vérifiez soigneusement.

Ils obéirent consciencieusement. Les traits figés, le regard de pierre, Muller resta immobile pendant la fouille. Il avait l'attitude et le visage d'un condamné se présentant au bourreau. Finalement, Greenfield se releva.

— Rien, dit-il.

A ce moment Muller ouvrit la bouche :

— Une de mes molaires supérieures contient une cavité secrète dans laquelle est sertie une ampoule de poison. Je vais compter jusqu'à dix. A dix, je l'écraserai et je me dissoudrai devant vous.

Greenfield se précipita et tenta de lui écarter les mâchoires de force.

— Laissez-le, dit Boardman. Il nous fait marcher.

— Mais comment pouvez-vous être sûr que... commença Greenfield.

— Laissez-le. Reculez-vous !

Boardman fit un geste impératif.

— Restez à cinq mètres de lui. Ne vous approchez que s'il bouge.

Ils se reculèrent avec une évidente satisfaction. C'était la première fois qu'ils approchaient Muller de près. Même Boardman qui était presque à quinze mètres de lui ressentait de faibles relents chargés de peine et de désespoir. Il prit soin de ne pas bouger.

— Vous pouvez vous relever maintenant, Dick, dit-il. Mais je vous en prie, n'essayez pas de vous échapper. Je regrette tout cela, Dick.

Muller, lentement, se remit debout. Son visage était livide de rage, mais il ne dit rien et ne bougea pas.

— Si vous nous y contraignez, poursuivit Boardman, nous vous pulvériserons une enveloppe plastique étanche et nous vous porterons ainsi jusqu'au vaisseau. Vous ne sortirez plus de votre cocon, même quand vous rencontrerez les extra-galactiques. C'est-à-dire que vous serez absolument sans défense devant eux. Moi-même je trouve cela ignoble, mais je n'ai pas le droit de risquer votre vie. Il vous reste une autre solution, Dick. C'est d'accepter de collaborer avec nous. Faites ce que nous vous demandons. Aidez-nous une dernière fois.

— Vous pouvez crever ! dit Muller d'un ton presque anodin. Que des vers vous bouffent le ventre pendant des milliers d'années ! Que votre ignominie vous étouffe à petit feu ! Je refuse toutes vos saloperies !

— Aidez-nous. Volontairement.

— Enveloppez-moi, congelez-moi, enchaînez-moi, Charles. Sinon, à la première occasion, je me tue.

— Comme vous devez me détester, hein, Dick ? demanda Boardman. Mais je préférerais ne pas avoir à recourir à de tels moyens. Venez de vous-même, Dick.

Muller grogna une insulte.

Boardman soupira. Que tout cela était embarrassant. Il se tourna vers Ottavio.

— Le pulvérisateur, dit-il.

Rawlins, qui jusqu'alors semblait anéanti et effondré, réagit avec une promptitude qui laissa tout le monde pantois. Il bondit vers Reynolds, subtilisa son revolver dans son étui et courut le donner à Muller.

— Tenez, dit-il lourdement, maintenant, c'est à vous de jouer !

★

Muller regarda l'arme qui se trouvait brusquement dans sa main comme si c'était la première qu'il voyait de sa vie. Son étonnement ne dura qu'une fraction de seconde. Il empoigna aussitôt la crosse bien moulée et repoussa le cran de sécurité d'un coup sec du pouce. C'était un modèle familier quoique doté de certaines modifications par rapport à ceux qu'il avait connus. D'une seule décharge flamboyante il pouvait tous les tuer. Ou se tuer lui. Il se recula de manière qu'ils ne puissent pas l'attaquer dans le dos. Quand il se fut assuré avec l'éperon fixé sur sa botte que le mur derrière lui ne recelait aucun piège, il s'appuya contre lui avec lassitude. Puis, d'un mouvement souple du poignet, il fit décrire à son revolver un arc de 270° qui englobait tous ses assaillants.

— Serrez-vous, dit-il. Tous les six. A un mètre l'un

de l'autre, sur un rang. Et attention à vos mains. Laissez-les bien en vue.

Il goûta avec une évidente satisfaction le regard noir et brillant que Boardman lança à Ned Rawlins. Celui-ci restait figé, hébété et confus. Dans son visage empourpré ses yeux n'osaient se fixer sur personne. Muller attendit patiemment que les dix hommes se rangent comme il le leur avait commandé. Son propre calme le surprenait.

— Vous avez l'air malheureux, Charles, dit-il en souriant. Quel âge avez-vous à présent ? Quatre-vingts ans ? Et vous aimeriez bien vivre encore soixante-dix, ou quatre-vingts, ou même quatre-vingt-dix ans, n'est-ce pas ? Votre carrière est bien tracée à l'avance et dans votre plan il n'est pas prévu que votre vie s'arrête sur Lemnos. Ne bougez pas, Charles. Et redressez-vous. Ce n'est pas en vous faisant paraître vieux et tout tassé que vous gagnerez ma pitié. Je connais aussi ce truc. Vous êtes en aussi bonne santé que moi sous vos faux airs de vieillard. En meilleure santé même. Redressez-vous, Charles !

— Si cela peut vous faire du bien, tuez-moi, Dick, dit Boardman rageusement. Puis acceptez de monter dans le vaisseau et acceptez la mission que nous vous proposons. Je suis remplaçable.

— Vous le pensez vraiment ?

— Oui.

— Je vous crois presque, dit Muller avec une sorte d'émerveillement. Espèce de vieille crapule rusée, vous me proposez un marché ! Votre vie contre ma collaboration ! Seulement vous ne vous rendez pas compte que c'est une fausse proposition. Voyez-vous, je n'aime pas tuer. Vous détruire ne me calmerait pas. Je resterais avec mon drame personnel et rien ne serait changé.

— Mon offre tient toujours.

— Rejetée, dit Muller. Si je vous tue ce ne sera pas pour passer un marché. Par contre je peux me tuer. Vous savez, Charles, au fond de moi, je suis un homme honnête. Un peu instable, je l'admets, mais à qui la faute, je vous le demande ? Un homme honnête, Charles. Je préfère me servir de cette arme contre moi que contre vous. C'est moi qui souffre. J'ai enfin la possibilité de me guérir... définitivement.

— Vous aviez tout le temps pour vous guérir définitivement, comme vous dites, pendant ces neuf dernières années, fit remarquer Boardman. Mais vous ne l'avez pas fait. Vous avez mis en œuvre toute votre intelligence pour survivre à tout prix dans cet endroit où la mort est partout.

— Ah ! oui. Mais c'était différent ! C'était une sorte de combat abstrait. Un homme seul contre le labyrinthe. Une mise à l'épreuve de mon intelligence et de mon habileté. Mais si je me tue maintenant, ce sera votre échec à vous, Charles, pas le mien. Je vais disparaître devant vous tous. Et pourtant, vous prétendez que je suis indispensable à l'humanité. Eh bien, ne trouvez-vous pas que c'est la meilleure occasion pour moi de lui rembourser tout ce qu'elle m'a fait subir ?

— Nous avons regretté votre souffrance, Dick, dit Boardman.

— Je suis certain que vous avez dû beaucoup pleurer, Charles. Mais vous vous êtes contenté de pleurer. Vous m'avez laissé me sauver en rampant, malade, corrompu et sali. Enfin est venu le temps de ma libération. Ce ne sera pas réellement un suicide, plutôt une revanche.

Muller sourit. Il régla l'émission du faisceau mortel au plus fin et appuya le canon contre sa poitrine. Son doigt effleura la détente. Il regarda les six hommes devant lui. Les quatre soldats restaient indifférents. Rawlins semblait être assommé debout. Seul Boardman était vraiment concerné. Ses traits accusaient la crainte et la peur.

— Je suppose que je pourrais vous tuer d'abord, Charles. Ce serait une bonne leçon pour notre jeune ami. Il apprendrait que la mort est le seul prix de la tromperie. Mais non. Cela gâcherait tout. Vous devez vivre, Charles. Afin de pouvoir revenir sur Terre et admettre que vous avez laissé le seul homme indispensable vous filer entre les pattes. Quelle tache sur votre carrière ! Rater votre plus importante mission ! Oui. Oui. Je m'en réjouis à l'avance. Tomber mort devant vous ; qu'il ne vous reste plus que des morceaux à ramasser.

Son index se posa sur la détente.

— Maintenant, dit-il. Vite !

— *Non !* hurla Boardman. Pour l'amour de...

— De l'homme ? demanda Muller en riant amèrement.

Il resta immobile un instant. Son doigt se contracta, mais il ne tira pas. Son bras retomba mollement. Il jeta avec mépris le revolver aux pieds de Boardman.

— Le pulvérisateur ! cria celui-ci. Vite !

— Ce n'est pas la peine, dit Muller. Je me rends.

★

Rawlins mit longtemps avant de comprendre le geste de Muller. D'abord ils eurent à régler le problème qui consistait à sortir du labyrinthe. Même avec Muller pour les guider, ce n'était pas facile. Ainsi qu'ils l'avaient soupçonné, les pièges ne se présentaient pas de la même façon qu'à l'aller. Muller leur fit traverser prudemment la zone E ; en F, qu'ils connaissaient bien à présent, ce furent eux qui menèrent le chemin ; puis, quand ils eurent démonté leur camp, ils entrèrent en G. Rawlins craignait à tout instant de voir Muller se précipiter délibérément dans un jet de flammes ou quelque autre mécanisme mortel. Mais il semblait tenir autant qu'eux à sortir en vie du labyrinthe. Boardman, d'ailleurs, devait en être conscient car il laissait Muller libre de ses mouvements, bien qu'il le surveillât perpétuellement.

Se sentant en disgrâce, Rawlins se tenait à l'écart des autres, en queue de groupe. Il considérait sa carrière comme ruinée. Il avait mis en danger la vie de ses compagnons et le succès de leur mission. Pourtant, quand il y réfléchissait, il ne regrettait rien. Un moment vient où un homme doit s'opposer à ce qu'il croit faux et injuste.

Ce réconfort moral était contrebalancé par le sentiment d'avoir agi naïvement, romantiquement et bêtement. Il n'osait plus faire face à Boardman. Plus d'une fois il songea à se laisser prendre volontairement par un des nombreux pièges qui regorgeaient dans les zones extérieures ; mais cela aussi, pensa-t-il, serait naïf, romantique et bête.

Il regardait Muller marcher en tête, grand, fier, toutes tensions et doutes calmés. Et plus de mille fois, il se demanda pourquoi Muller avait rendu le revolver.

Un soir qu'ils se préparaient à camper sur une petite place proche de la limite externe de la zone G, Boardman l'attrapa par le bras.

— Regardez-moi, dit-il. Que se passe-t-il ? Pourquoi détournez-vous les yeux quand je suis en face de vous ?

— Ne vous moquez pas de moi, Charles. Bon, allez-y. Prononcez-la.

— Prononcer quoi ?

— La sentence... *ma* sentence.

— Mais tout va bien, Ned. Vous nous avez aidés à obtenir ce que nous étions venus chercher. Pourquoi serais-je fâché contre vous ?

— Mais le revolver... je lui ai donné le revolver...

— Une autre confusion que vous commettez entre la fin et les moyens. Regardez. Il vient avec nous. Il accepte notre proposition. Seul cela compte.

— Et s'il s'était tué ? bafouilla Rawlins. Ou s'il nous...

— Il n'aurait tué personne. Même pas lui.

— Vous dites cela maintenant. Mais au début... quand vous l'avez vu avec une arme dans sa main, vous...

— Non, le coupa Boardman. Je vous avais dit que nous devions toucher son sens de l'honneur... qu'il s'était endormi. Eh bien, vous l'avez réveillé chez lui. Regardez-moi. Je suis un représentant brutal d'une civilisation brutale et amorale, n'est-ce pas ? Et je confirme tous les plus durs jugements portés par

Muller contre l'humanité. Pourquoi aiderait-il une pareille horde de loups sauvages ? Et alors vous entrez en scène. Vous, jeune, innocent, plein d'espoirs et de rêves. Vous lui rappelez cette humanité qu'il a su si bien servir avant que le cynisme l'ait gagné. Vous essayez maladroitement, mais sincèrement, d'avoir une morale dans un monde qui en est dépourvu. En agissant comme vous l'avez fait, vous avez exprimé de la sympathie et de la bonté pour un autre être humain. Vous avez accepté de faire un geste difficile et dramatique pour défier l'injustice. Vous lui avez prouvé qu'il subsiste encore un espoir dans l'homme. Vous me comprenez ? Vous m'avez désobéi et vous lui avez tendu un revolver, ce qui le rendait maître de la situation. Ainsi, il lui restait plusieurs options : la plus évidente était de nous détruire tous ; une autre était de se tuer lui-même et la moins évidente consistait à accorder ses actes au vôtre, c'est-à-dire renoncer délibérément à commettre un meurtre contre lui ou nous et exprimer son sens moral supérieur brusquement réveillé. C'est ce qu'il a fait. Il a rejeté l'arme. Vous étiez nécessaire, Ned, ne le voyez-vous pas ? Vous avez été l'instrument par lequel nous avons réussi à le vaincre.

— Quand vous l'expliquez ainsi, Charles, cela a l'air moche. Comme si vous l'aviez préparé. Me pousser à bout pour que je lui passe le revolver, sachant qu'il...

Boardman souriait.

— Est-ce bien vrai ? demanda soudain Rawlins. Non. Vous ne pouviez avoir prévu et calculé tous ces retournements de situation. Maintenant, après coup, vous essayez de me faire croire que vous aviez tout manigancé et que tout cela correspondait à vos plans. Mais je vous ai vu, Charles, au moment où je lui ai passé le revolver. Votre visage exprimait la peur et la colère. Vous ne saviez pas du tout ce qu'il allait faire. Après seulement, maintenant que tout est terminé, vous construisez une explication satisfaisante.

— Comme c'est délicieux d'être transparent, dit Boardman ravi.

★

C'était à croire que le labyrinthe ne cherchait plus vraiment à les retenir. Ils suivaient un itinéraire très prudent, mais ils ne rencontrèrent que peu de vraies difficultés et aucun danger sérieux. Très vite, ils arrivèrent au vaisseau et embarquèrent.

Ils donnèrent à Muller une cabine à l'avant, assez éloignée des quartiers de l'équipage. Il ne parut pas s'en offenser et l'accepta comme une nécessité à sa condition. Il était replié sur lui-même, très réservé et l'air préoccupé. Souvent un sourire ironique jouait sur ses lèvres et ses yeux avaient un éclat méprisant. Cependant il ne faisait pas preuve de mauvaise volonté. Il avait eu son moment de victoire, maintenant il obéissait.

Hosteen et son équipe préparèrent les opérations de départ. Muller resta dans sa cabine. Boardman vint le voir, seul et sans arme. Il était lui aussi capable de noblesse.

Ils se firent face de part et d'autre d'une table

basse. Muller, le visage froid et inexpressif, attendit sans desserrer les dents.

— Je vous remercie, Dick, dit Boardman après un long silence.

— Epargnez-moi vos formules de politesse.

— Je sais que vous me méprisez et rien ne pourrait vous faire changer d'avis. Seulement, je veux que vous sachiez que j'ai fait ce que je devais faire. Le garçon aussi. Et maintenant, vous aussi. Malgré tout, vous ne pouviez oublier totalement que vous êtes un homme.

— Je voudrais pouvoir l'oublier.

— Ne dites pas cela. C'est trop mesquin. C'est indigne de vous, Dick. Nous sommes trop vieux tous les deux pour employer de tels clichés. L'univers est un sale coin dans lequel nous essayons de faire de notre mieux. C'est tout. Le reste n'a aucune importance.

Il s'assit près de Muller. Les émanations le frappèrent violemment mais il refusa de bouger. Cette marée de désespoir l'entourait de toutes parts. Il eut soudain l'impression d'avoir mille ans... la dégradation du corps... l'âme qui s'effrite... le vieillissement de tout... la venue de l'hiver... le vide... plus que des cendres...

— Quand nous atteindrons la Terre, dit-il d'un ton dur, vous recevrez toutes les données concernant les extra-galactiques. Vous en saurez sur eux autant que nous, ce qui à vrai dire n'est pas énorme. Après, ce sera à vous de jouer. Mais je suis certain que vous réalisez, Dick, que le cœur et l'esprit de milliards d'êtres humains prieront pour votre succès et votre retour.

— Qui utilise des clichés maintenant ? demanda Muller ironiquement.

— Y a-t-il quelqu'un que vous aimeriez voir quand nous atterrirons ?

— Non.

— Je peux envoyer des messages. Certaines personnes vous aiment toujours, Dick. Elles seront là si je les préviens.

Muller parla lentement :

— Charles, je lis sur vous l'effort que vous faites pour rester près de moi. Vous sentez ma pourriture et elle vous révulse. Elle vous pénètre dans le ventre, dans la tête et dans le cœur. Vous avez le visage gris et congestionné. Vous resteriez assis à côté de moi même si vous deviez en crever parce que c'est votre genre, Charles. Mais c'est un enfer atroce qui vous déchire et vous torture. Si quelqu'un sur Terre m'aime encore, Charles, le moins que je puisse faire pour elle ou pour lui c'est de l'épargner. Je ne veux rencontrer, ni voir ni parler à personne !

— Comme vous le désirez, Dick, dit Boardman. (Des filets de sueur coulaient de son front sur ses bajoues :) Peut-être changerez-vous d'avis quand nous approcherons de la Terre.

— Je ne m'approcherai plus jamais de la Terre, répondit Muller.

13

Muller passa trois semaines à absorber toutes les connaissances recueillies sur les gigantesques êtres extra-galactiques. Pendant ce laps de temps, il refusa de débarquer sur Terre, ou même que son retour de Lemnos fût annoncé. Il prit ses quartiers dans un bunker lunaire. Il passait ses journées et ses nuits à étudier et à errer comme un automate dans les longs couloirs d'acier éclairés par des torches suintantes. Ils montrèrent plusieurs fois les cubes de vision. Sans arrêt, ils revenaient sur les plus petits détails susceptibles de lui être utiles. Muller écoutait. Il enregistrait. Il parlait très peu.

Comme pendant le voyage de retour, ils se tenaient à l'écart de lui. Des jours entiers se passaient sans qu'il aperçût un être humain. Quand ils venaient l'instruire, ils restaient à dix mètres ou plus de lui.

Il ne se plaignait pas.

La seule exception était Boardman. Il passait le voir trois fois par semaine et se faisait une règle de s'approcher de lui. Cette attitude de Boardman s'obligeant à s'exposer à ses radiations volontairement, alors que ce n'était pas nécessaire, lui paraissait méprisablement condescendante. Muller le lui dit à sa cinquième visite :

— J'aimerais que vous restiez à une certaine distance de moi, Charles. Nous pourrions communiquer par téléphone. Ou alors restez seulement près de la porte.

— Votre proximité ne me gêne pas.

— Moi, si, dit Muller. Il ne vous est jamais venu à l'esprit que je pouvais commencer à trouver l'humanité aussi dégoûtante qu'elle me trouve ? Les relents de vos chair rosâtres, Charles, ils m'empestent. Pas vous uniquement, tous les autres, tous les hommes. Votre odeur est hideuse et me soulève le cœur. Même vos visages. Ils sont ignobles. Vos pores gras et suintants. Ces bouches s'ouvrant stupidement pour rien. Vos oreilles. Regardez un jour une oreille humaine de près, Charles. Objectivement, avez-vous déjà vu quelque chose de plus laid que cette espèce de petite excroissance rosâtre pleine de coins et de recoins, toute tordue ? Vous m'écœurez tous !

— Je suis triste que vous voyiez les choses ainsi, répondit Boardman d'un ton las.

Son instruction et sa préparation se poursuivaient intensément. En une semaine il en savait déjà assez pour entreprendre son expédition, mais ce n'était pas suffisant, décida l'ordinateur. Muller absorbait les informations avec une impatience de plus en plus vive. Quelque chose de ce qu'il avait été jadis restait en lui et le poussait à désirer ce nouveau combat fascinant. Il partirait. Il servirait de son mieux comme il avait toujours servi. Il honorerait sa mission.

Finalement, le feu vert de départ lui fut donné.

Il partit de la Lune en vol ionique jusqu'à un point

en orbite de Mars. Là il fut transféré dans un vaisseau préprogrammé pour l'emmener aux confins de la galaxie. Maintenant il était seul. Pendant ce voyage il n'aurait pas à prendre garde de perturber l'équipage par sa présence. Plusieurs raisons avaient présidé à ce choix ; la plus importante était que cette mission était presque considérée comme un suicide ; l'emploi des ordinateurs ne nécessitant plus de pilotage humain, il eût été criminel de risquer des vies — sauf la sienne, bien entendu. Or, lui était volontaire. De plus Muller avait exigé un vol en solitaire.

Boardman ne s'était pas montré pendant les cinq derniers jours précédant son départ ; mais surtout, il n'avait pas vu Ned Rawlins depuis leur retour de Lemnos. Muller ne regrettait pas l'absence de Boardman, mais parfois il aurait eu le désir de pouvoir passer une heure avec le jeune homme. Ce garçon était porteur d'une promesse. Derrière toutes ses confusions et les illusions propres à l'innocence existaient les germes d'une rare qualité humaine.

De la cabine de son petit vaisseau argenté, il vit les techniciens flotter dans l'espace pour rejoindre leur propre véhicule. Il reçut un dernier message de Boardman. La voix était vibrante d'inspiration ; allez et accomplissez votre devoir pour le bien de l'humanité et cetera et cetera. Muller le remercia poliment pour ces quelques mots d'encouragement.

Puis toutes communications avec le monde extérieur furent coupées.

Un moment plus tard, Muller pénétra dans la trame temporelle.

★

Les extra-galactiques avaient déjà pris possession de trois systèmes en bordure de la Voie Lactée comprenant chacun deux planètes sur lesquelles s'étaient implantées des colonies humaines. Le vaisseau de Muller était dirigé vers une des étoiles : un astre verdâtre et doré dont les planètes n'avaient été colonisées que quarante années plus tôt. La cinquième planète, sèche comme un bout de ferraille, avait une population de type central-asiatique qui avait tenté d'y reproduire une série de cultures pastorales, favorables à la pratique des coutumes nomades. La sixième, en revanche, semblable à la Terre, présentait une grande diversité de climats et d'environnement. Elle était habitée par une demi-douzaine de sociétés humaines, chacune sur son propre continent. Les relations entre ces différents groupes avaient souvent été délicates et belliqueuses dans le passé. Depuis un an tout cela avait changé, car les deux planètes étaient passées sous le contrôle des surveillants extra-galactiques.

Muller émergea de la trame temporelle à vingt secondes-lumière de la sixième planète. Son vaisseau se plaça automatiquement en orbite d'observation et les détecteurs se mirent en action. Sur ses écrans apparurent des vues de la surface ; un dispositif hautement technique permettait de distinguer les formes construites avant l'invasion des extra-galactiques des récentes extensions. Les premières apparaissaient en violet, tandis que tout ce qui avait été édifié sous les ordres transmis par les ondes radio se dessinait en rouge. Les images agrandies étaient très intéressantes. Le même phénomène se répétait partout, remarqua Muller ; autour de chaque agglomération de pionniers s'étalait à présent un enchevêtrement de rues et d'avenues se coupant à angles droits. Instinctivement, ce réseau de lignes brisées s'imbriquant bizarrement les unes dans les autres lui rappela le labyrinthe de Lemnos, bien que les formes et l'agencement en fussent différents. Mais il reconnaissait ce même défaut de symétrie logique et relativement harmonieuse qui était le propre des œuvres humaines. Indubitablement, cette géométrie appartenait à une autre espèce. Il rejeta de son esprit la possibilité que le labyrinthe ait pu être construit un jour sous la direction des extra-galactiques. Non. Il ne voyait ici qu'une similitude dans l'étrangeté. Chaque espèce est unique.

En orbite à sept mille kilomètres au-dessus de la sixième planète scintillait une capsule de forme ovoïde. La taille était à peu près celle d'un astronef de transport interplanétaire. Une autre, parfaitement identique, gravitait autour de la cinquième planète. Les surveillants.

Pendant plus d'une heure il essaya vainement d'entrer en communication avec une des deux capsules ou avec des planètes. Il manœuvrait ses cadrans et ses commandes dans tous les sens au mépris des réponses irritées de l'ordinateur de bord qui lui conseillait d'abandonner cette idée. Rien. Le silence. Ses circuits étaient bloqués. Il dut se résoudre à choisir une autre tactique de contact.

Il s'approcha de la capsule la plus proche. Il fut

très étonné de constater qu'il pouvait conserver le contrôle de son vaisseau. Les missiles destructeurs arrivés à cette proximité d'un surveillant avaient été pris sous commande et déviés de leur route. Pourtant ses instruments de navigation lui obéissaient encore parfaitement. Etait-ce un signe favorable ? Etait-il déjà épié et le surveillant avait-il été capable d'établir une distinction entre lui et un projectile hostile ? Ou était-il simplement ignoré ?

A une distance d'un million de kilomètres, il régla sa vitesse sur celle du satellite étranger et mit son propre vaisseau en orbite autour de lui. Il entra dans sa capsule d'atterrissage. Puis il partit dans le vide.

★

Maintenant, l'extra-galactique s'était emparé de lui. Il n'y avait aucun doute. Sa capsule était programmée pour effectuer une rotation rasante autour de l'appareil du surveillant ; or, il découvrit qu'il déviait de son itinéraire prévu. Les déviations ne sont jamais accidentelles. Sa capsule accélérait anormalement par rapport à ses données initiales. Cela signifiait qu'elle avait été saisie et qu'elle était attirée vers quelque chose. Il ne réagit pas. Il se sentait plein d'un calme glacé. Il était neutre, n'attendant rien, préparé à tout. Sa capsule ralentit sensiblement. Maintenant, il voyait de près le satellite luisant. Il approchait.

Métal contre métal, les deux engins se frôlèrent, se touchèrent et finalement se rejoignirent.

Le panneau du sas glissa silencieusement.

Muller flotta et dériva vers la sortie.

Sa capsule reposait sur une vaste plate-forme, dans une immense salle caverneuse de plusieurs centaines de mètres dans les trois dimensions. Equipé de sa tenue, Muller quitta son véhicule. Il brancha ses semelles de gravité car ici, comme il l'avait prévu, la pesanteur était presque nulle. Après un certain temps d'accoutumance rétinienne, il finit par distinguer un faible rougoiement pourpre au milieu de l'obscurité. Le silence du vide est absolu. Pourtant, ici, régnait un sourd grondement, comme un long et interminable soupir énormément amplifié qui résonnait entre les traverses et les voûtes du satellite. Malgré ses semelles de gravité, il perdait la conscience de son poids. Le plancher roulait sous ses pieds. Un océan rugissait dans son crâne ; de grandes vagues venaient s'écraser sur des côtes déchiquetées ; des masses d'eau gigantesques tourbillonnaient et venaient battre les murailles de son cerveau ; les parois tremblaient sous l'assaut sauvage. Muller se sentit transpercé par un frisson contre lequel sa tenue ne pouvait le protéger... Une force irrésistible l'attirait. Il hésita... il bougea... surpris et soulagé de constater que ses membres obéissaient encore à des impulsions qui n'étaient déjà plus tout à fait les siennes. Il avait la certitude profonde que quelque chose était près de lui, quelque chose qui palpitait, vibrait et soupirait.

Il marcha le long d'un boulevard noyé de ténèbres. Plus loin, il repéra difficilement une sorte de parapet bas qui semblait luire d'une faible phosphorescence rouge. Pressant sa jambe contre la rambarde, il s'enfonça dans l'obscurité, prenant garde de ne pas perdre le contact qui le guidait. A un moment, il glissa et tomba. Son coude vint cogner contre la barre d'appui et il entendit le son métallique se propager et se répercuter dans toute la structure. Longtemps après, des échos estompés lui revenaient encore. Comme dans son labyrinthe, il longea d'interminables corridors, passa des vannes, traversa des compartiments entrelacés, marcha sur des ponts dominant des abîmes sans fond, glissa sur des rampes inclinées débouchant dans d'immenses salles dont les plafonds étaient à peine visibles. Ici, il se déplaçait en toute confiance. La peur n'existait plus. Il distinguait à peine où il posait ses pieds. Il n'avait aucune vision de la structure totale du satellite. Le propos de toutes ces séparations intérieures lui restait totalement inconnu.

De cette présence géante et cachée arrivaient des vagues silencieuses de plus en plus fortes, une tension s'intensifiant sans cesse. Elle l'empoignait et le secouait démentiellement. Pourtant il continuait. A présent il se trouvait dans une sorte de galerie centrale et, grâce à une faible lueur bleutée, il pouvait discerner une enfilade compliquée de niveaux descendants. Tout en bas, très loin en dessous de l'endroit où il se tenait, il distingua un caisson considérablement volumineux. Quelque chose scintillait dans le caisson, quelque chose d'énorme.

— Me voici, dit-il. Richard Muller. Terrien.

Il agrippa la rambarde et fouilla l'obscurité qui s'ouvrait à ses pieds. Il attendit. Il ne savait quoi au juste. L'immense créature remuait-elle, bougeait-elle ?

Grognait-elle ? Lui parlerait-elle un langage qu'il serait capable de comprendre ? Il n'entendait rien. Mais il ressentait. Il vibrait. Il ressentait avec une acuité terrible. Lentement, subtilement, il prit conscience d'un contact, d'une fusion, d'un engloutissement où il se perdait.

Il sentit son âme s'échapper par tous les pores de sa peau.

Le courant ne se ralentissait pas. Muller choisit de ne pas résister. Il se laissa aller, il offrit, il se débonda et donna librement. De son gouffre sombre le monstre ponctionnait son esprit, ouvrait ses vannes d'énergie neurale, aspirait son être intime, demandait encore et suçait encore.

— Allez-y, dit Muller et l'écho de sa voix dansa autour de lui, carillonnant et se réverbérant. Buvez ! Buvez tout ! Quel goût j'ai ? C'est un peu amer, hein ? Allez, buvez, buvez !

Ses genoux fléchirent et il tomba. Il pressa son front contre le métal froid de la barre d'appui. Maintenant, il lui fallait ouvrir ses derniers réservoirs.

Il se rendit passionnément, en gouttelettes étincelantes. Il abandonna son premier amour et ses premières désillusions, les pluies d'avril, la fièvre et la douleur. L'orgueil et l'espoir, la chaleur et le froid, la douceur et l'amertume. L'odeur de la sueur et le contact des peaux, le tonnerre de la musique et la musique du tonnerre, des cheveux soyeux coulant entre les doigts, des signes tracés sur un sol spongieux. Des étalons s'ébrouant ; des bancs argentés de petits poissons ; les tours de Nouveau-Chicago ; les maisons closes de La Nouvelle-Orléans. La neige. Le lait. Le vin. La faim. Le feu. Le mal. Le sommeil. La tristesse.

Les pommes. Les aubes. Les larmes. Les toccatas de Bach. L'huile grésillante. Le rire des vieillards. Le soleil à l'horizon, la lune au-dessus de la mer, la lueur des étoiles, l'odeur des carburants de fusée, des fleurs tropicales poussant sur un versant de glacier. Son père. Sa mère. Jésus. Les matins. La tristesse. La joie. Il donna tout et plus encore. Il attendit une réponse. Mais rien ne vint. Quand il fut totalement vidé, il s'étendit de tout son long, la tête pendant dans le vide, ses yeux agrandis fixant aveuglément l'abîme.

Il était épuisé, asséché, bu.

★

Quand il fut capable de se relever, il partit. Le sas s'ouvrit pour laisser le passage à sa capsule d'atterrissage et il rejoignit son vaisseau. Bientôt, il entra dans la trame temporelle. Il dormit pendant la plus grande partie du voyage. A proximité d'Antarès, il coupa l'hyperpropulsion, prit les commandes et programma un changement d'itinéraire. Il n'était pas nécessaire de revenir sur Terre. La station de contrôle transmit sa requête, vérifia si le canal était libre et l'autorisa à prendre la route de Lemnos tout de suite. Instantanément, Muller rentra dans la quatrième dimension.

Quand il en émergea autour de Lemnos, il découvrit un vaisseau qui l'attendait en orbite de stationnement. Muller fit mine de l'ignorer, mais l'autre insistait pour entrer en contact avec lui. Il accepta la communication. Il entendit une voix étrangement calme :

— C'est Ned Rawlins qui vous parle. Pourquoi avez-vous modifié votre plan de vol ?

— Quelle importance ? J'ai fini mon boulot.

— Vous n'avez pas remis votre rapport.

— Alors, le voici : je suis allé rendre visite à l'extra-galactique. Tous les deux nous avons bavardé comme deux vieux amis. Puis il m'a autorisé à revenir chez moi. Voilà, j'y suis presque. Je ne sais quels seront les résultats de ma mission sur l'avenir de la race humaine. Fin du rapport.

— Qu'allez-vous faire à présent ?

— Rentrer chez moi, je vous l'ai dit. Ici, je suis chez moi.

— Sur Lemnos ?

— Sur Lemnos.

— Dick, laissez-moi me rendre à votre bord. Accordez-moi dix minutes avec vous... en personne. S'il vous plaît, ne refusez pas.

— Je n'ai pas refusé, répondit Muller.

Bientôt, un petit engin se détacha de l'autre vaisseau, régla sa vitesse sur la sienne et s'approcha pour le rendez-vous. Muller attendit patiemment. Rawlins passa le sas et entra. Il ôta son casque. Ses traits étaient pâles et tirés. Il semblait avoir vieilli. Même ses yeux contenaient à présent une expression que Muller n'y avait jamais vue auparavant. Ils restèrent longtemps face à face, silencieux. Puis Rawlins s'avança et serra fortement le poignet de Muller.

— Je craignais de ne plus jamais vous revoir, Dick, commença-t-il. Je voulais vous dire...

Il s'arrêta brusquement.

— Oui ? demanda Muller.

— Je ne les sens pas, bredouilla Rawlins. *Je ne les sens pas !*

— Quoi ?

— Vos émanations. Vous ! Regardez, je suis devant vous, tout près. Je ne sens rien. Toute cette puanteur... la douleur... les désespoirs... Disparus ! Evanouis !

— C'est l'être extra-galactique qui a tout absorbé, répondit calmement Muller. Je ne suis pas surpris. Pendant un moment, mon âme m'a quitté. Et tout ne m'a pas été rendu.

— De quoi parlez-vous ?

— Je le sentais m'aspirer jusque dans mes plus profondes réserves. Je savais qu'il était en train de me changer. Pas délibérément. Ce n'était qu'une altération accidentelle. Je suis devenu un dérivé de l'ancien Richard Muller.

— Alors, vous le saviez ? demanda lentement le jeune homme. Avant même que je monte à bord ?

— Vous me le confirmez.

— Et vous voulez toujours retourner dans le labyrinthe ? Pourquoi ?

— Parce que c'est ma maison.

— C'est la Terre votre maison, Dick. Maintenant il n'y a plus aucune raison qui s'oppose à votre retour. Vous êtes guéri !

— Oui, dit Muller. C'est une fin heureuse pour une bien triste histoire. Je conviens à nouveau à l'humanité. Ce doit être ma récompense pour avoir noblement risqué ma vie une seconde fois. Quelle justice merveilleuse ! Mais vous êtes-vous demandé si l'humanité me convient ?

— Ne retournez pas là-bas, Dick. C'est vous, aujourd'hui, qui dites une absurdité. Charles m'envoie vous chercher. Il est tellement fier de vous. Nous tous d'ailleurs. Ce serait une grave erreur de vous enfermer maintenant dans le labyrinthe.

— Retournez à votre bord, Ned, dit Muller.

— Si vous allez dans le labyrinthe, j'y vais avec vous.

— Je vous tuerai si vous faites cela. Je veux être seul, Ned, ne comprenez-vous pas ? J'ai fait mon boulot. Mon dernier. A présent je me retire, débarrassé de mes cauchemars. (Muller se força à sourire :) Ne me suivez pas, Ned. Je vous avais fait confiance et vous m'avez presque trahi, vous aussi. Tout le reste ne compte pas. Quittez mon bord maintenant. Je crois que nous nous sommes dit tout ce que nous avions à nous dire. Adieu, Ned.

— Dick...

— Adieu, Ned. Saluez Charles pour moi... et les autres.

— Ne faites pas cela !

— Là, en dessous, il y a quelque chose que je ne veux pas oublier, reprit Muller. Je ne peux pas l'oublier. J'ai appris la vérité sur les hommes. Je ne veux plus vous voir... aucun de vous ! Laissez-moi tous tranquille ! Maintenant partez !

Ned se revêtit en silence. Il se dirigea vers le sas. Au moment où il allait le franchir, Muller l'appela :

— Dites adieu aux hommes pour moi, Ned. Je suis heureux que ce soit vous que j'aie vu le dernier. Grâce à vous, ce fut un peu plus facile.

Rawlins sortit et disparut.

Un peu plus tard, Muller programma son vaisseau

pour qu'il rejoigne automatiquement la station de contrôle la plus proche. Il gagna sa capsule d'atterrissage et se prépara à descendre sur Lemnos. Ce fut un voyage facile et sans histoires. Il se posa parfaitement à deux kilomètres de l'entrée principale. Le soleil était haut et brillant. Muller marcha rapidement vers le labyrinthe.

Il avait fait ce qu'ils lui avaient demandé.

Maintenant, il rentrait chez lui.

★

— C'est bien de lui, dit Boardman, mais il en sortira.

— Je ne le crois pas, répondit Rawlins. Il semblait le penser sincèrement.

— Vous étiez tout près de lui et vous n'avez rien ressenti ?

— Rien. Il n'émet plus rien.

— Le sait-il ?

— Oui.

— Alors il reviendra, affirma Boardman. Nous le surveillerons et quand il demandera à quitter Lemnos nous irons le chercher. Tôt ou tard, il aura besoin des autres. Il est passé par tant d'épreuves qu'il lui faut tout repenser pour bien réaliser ce qui lui est arrivé. Et il estime que le labyrinthe est l'endroit idéal pour une telle réflexion. Il n'est pas encore en état de se replonger dans une vie normale. Je lui donne deux ou trois ans, quatre au maximum mais il reviendra. Les deux altérations qu'il a subies se sont finalement annulées et il pourra bientôt rejoindre la civilisation.

— Je ne crois pas, dit Rawlins tranquillement. Je ne crois pas qu'elles se soient vraiment annulées, Charles. Elles l'ont changé d'une manière plus subtile. Je pense qu'il n'est plus du tout humain... plus du tout...

Boardman éclata de rire :

— Vous voulez parier ? Je prends à cinq contre un que Muller sortira volontairement de son labyrinthe avant cinq ans.

— Eh bien... euh...

— Donc vous acceptez. Pari tenu.

Rawlins quitta le bureau de Boardman. Il faisait nuit à présent. Il emprunta le pont situé en face de l'immeuble. Dans une heure, il serait en train de dîner avec quelqu'un de chaud et de doux et de tendre. Elle considérait comme un grand honneur d'être la maîtresse du célèbre Ned Rawlins. Elle écoutait bien, le cajolant pour qu'il lui raconte l'histoire de ces hommes capables d'affronter de tels risques ou qu'il lui parle de ses rêves et de tous les combats qui restaient à mener. Elle était aussi une délicieuse compagne de lit.

Il s'arrêta sur le pont et leva la tête pour regarder les étoiles.

Un milliard de petits points lumineux scintillaient dans le ciel. Là-bas était Lemnos, là Bêta Hydri IV, là les mondes occupés par les extra-galactiques et toutes les planètes colonisées par les hommes, et encore, réelles bien qu'invisibles, d'autres galaxies peut-être elles aussi habitées par des créatures intelligentes. Là-bas au milieu d'une vaste pleine s'étendait le labyrinthe, là une forêt d'arbres spongieux de plusieurs centaines de mètres de haut, là des milliers de planètes émaillées de jeunes cités humaines et, quelque part, un caisson étrange gravitant autour d'un monde conquis. Dans le caisson reposait quelque chose d'intolérablement étrange. Sur les milliers de planètes vivaient des hommes apeurés craignant le futur. Sous les arbres spongieux se déplaçaient de gracieuses et silencieuses créatures dotées de plusieurs bras. Dans le labyrinthe était enfermé... un... homme.

Peut-être, d'ici à un an ou deux, irai-je lui rendre visite, songea Rawlins.

Il était encore trop tôt pour prévoir la tournure des événements. Personne ne savait encore comment les extra-galactiques avaient réagi, s'ils réagissaient, à ce qu'ils avaient appris de Richard Muller. Le rôle que joueraient les Hydriens, les efforts des hommes pour se défendre, le retour possible ou non de Muller de son labyrinthe, tout cela restait autant de mystères évolutifs et variables. De penser qu'il vivait toutes ces probabilités excitait le jeune homme et l'angoissait aussi un peu.

Il traversa le pont. Il vit des vaisseaux cosmiques transpercer l'obscurité céleste. Il dut s'arrêter à nouveau tellement l'appel des étoiles résonnait fortement en lui. Tout l'univers l'attirait irrésistiblement, chaque étoile exerçant son attraction propre. Ces petits points scintillants l'étourdissaient. Les grandes routes célestes lui faisaient des signes. Il pensa à l'homme dans son labyrinthe. Et aussi à la fille amoureuse, avec ses yeux d'argent et son corps gracile et passionné qui vibrait sous lui.

Soudain, il devint Dick Muller. Lui aussi avait eu vingt-quatre ans comme lui et avait désiré la galaxie comme royaume. Etiez-vous différent de moi, Dick ? Que ressentiez-vous quand vous regardiez le firmament ? Eprouviez-vous le même élancement ? Là ? Là, oui. Comme moi. Et vous êtes parti, Dick. Et vous avez trouvé. Et vous avez perdu. Et vous avez découvert encore autre chose. Vous souvenez-vous, Dick, de ce que vous pensiez à mon âge ? Ce soir, dans le labyrinthe où courent les vents, à quoi songez-vous ? Vous souvenez-vous de nous ?

Pourquoi nous tournez-vous le dos, Dick ?

Qu'êtes-vous devenu ?

Il se dépêcha vers la fille qui l'attendait. Ils burent du vin et mangèrent gaiement. Ils se sourirent à travers l'éclat de la flamme d'une bougie. Après, elle s'offrit à lui. Plus tard ils allèrent sur la terrasse de l'appartement et contemplèrent la plus grande des cités humaines qui s'étalait sous eux. Des faisceaux de lumière montaient vers l'infini pour rejoindre les autres lumières accrochées là-haut. Il passa son bras autour de la taille de la jeune femme, posa sa main sur son ventre nu et l'attira vers lui.

— Combien de temps restes-tu cette fois-ci ? demanda-t-elle.

— Encore quatre jours.

— Et quand reviendras-tu ?

— Quand ma mission sera terminée.

— Ned, t'arrêteras-tu jamais ? En auras-tu un jour assez de partir sans cesse ? Te choisiras-tu un monde pour y vivre et t'y fixer ?

— Oui, répondit-il vaguement. Je suppose. Plus tard...

— Tu ne le penses pas. Tu te contentes de le dire, mais tu ne le penses pas. Aucun de vous ne se fixe jamais nulle part.

— Nous ne pouvons pas, murmura-t-il. Nous continuons sans arrêt... toujours... Il y a tant d'autres mondes... de nouveaux soleils...

— Vous demandez trop. Vous désirez tout l'univers. Toi aussi, Ned. C'est un péché. Il faut savoir accepter des limites.

— Oui, dit-il. Tu as raison. Je sais que tu as raison. Ses doigts caressaient sa peau douce comme du satin. Elle frissonna.

— Nous faisons ce que nous devons faire, poursuivit-il. Nous essayons d'apprendre grâce aux erreurs des autres qui nous ont précédés. Nous servons notre cause en espérant être honnêtes avec nous-mêmes. Que faire d'autre ?

— L'homme qui est retourné dans le labyrinthe...

— ... Il est heureux, dit Rawlins. Il suit le chemin qu'il s'est choisi.

— Mais comment se peut-il qu'il ?...

— Je ne peux pas l'expliquer.

— Il doit nous haïr horriblement pour tourner le dos ainsi à tout l'univers.

— Il est au delà de la haine. D'une façon ou d'une autre, il est en paix. Quoi qu'il soit devenu.

— *Quoi qu'il soit devenu ?*

— Oui, dit-il gentiment.

Il sentit la fraîcheur de la nuit et la fit rentrer. Ils étaient assis sur le bord du lit, seulement éclairés par la flamme de la bougie. Il l'embrassa profondément et repensa à Dick Muller. Il se demanda quel labyrinthe l'attendait, lui, au bout de sa route. Il l'enlaça et ils roulèrent ensemble sur le lit. La fille se frottait sensuellement contre lui. Sa peau douce était à présent brûlante. Il la caressa tendrement. Elle ronronnait et haletait.

Quand je vous reverrai, Dick, j'aurai beaucoup de choses à vous dire, pensa-t-il.

Plus tard elle lui demanda :

— Pourquoi est-il retourné s'enfermer dans le labyrinthe, Ned ?

— Pour la même raison qui a fait que tout est arrivé.

— Quelle est-elle ?

— Il aimait les hommes, dit-il.

C'était une épitaphe aussi bonne qu'une autre. Il attira et pressa la fille contre lui. Mais il la quitta avant l'aube.

Policier et Suspense

Cette collection présente tous les genres du roman criminel : le policier classique avec des auteurs tels que Ellery Queen, Boileau-Narcejac, le roman noir avec Raymond Chandler, Ed McBain et les œuvres de suspense illustrées par Stephen King ou Tony Kenrick.
C'est un panorama complet du roman criminel qui est ainsi proposé aux lecteurs de J'ai lu.

BARKER Clive	**Le jeu de la damnation** 2655/**6***
BAXT George	**Dus sang dans les années folles** 2952/**4*** (Avril 91)
BOILEAU-NARCEJAC	**Les victimes** 1429/**2***
	Maldonne 1598/**2***
BOURGEAU Art	**Sanglants désirs** 2815/**3*** Inédit
BROWN Fredric	**La nuit du Jabberwock** 625/**3***
CHANDLER Raymond	**Playback** 2370/**3***
COGAN Mick	**Black rain** 2661/**3*** Inédit
CONSTANTINE K.C.	**Meurtres à Rocksburg Station** 2858/**3***
COUSIN Philippe	**Le Pacte Pretorius** 2436/**4***
DEMOUZON	**Paquebot** 2651/**3***
DE PALMA Brian	**Pulsions** 1198/**3***
FARRIS John	**L'intrus** 2640/**3***
FRANCIS Dick	**Ecran de fumée** 2630/**3***
GARBO Norman	**L'Apôtre** 2921/**7*** (Juin 91)
GARDNER Erle Stanley	**Les doigts de flamme** 2431/**3***
	L'évêque bègue 2571/**3***
	Le perroquet faux témoin 2608/**3***
JUST Ward	**Le dernier ambassadeur** 2671/**5***
KENRICK Tony	**Les néons de Hong-Kong** 2706/**5*** Inédit
KING Stephen	**La peau sur les os** 2435/**4***
	Running Man 2694/**3***
	Chantier 2974/**6***
LEE Stan	**Puzzle** 2761/**5***
LEPAGE Frédéric	**La fin du 7e jour** 2562/**5***
MACBAIN Ed	**Manhattan blues** 2594/**3***
	Le chat botté 2891/**4*** Inédit
MACDONALD Gregory	**Fletch père et fils** 2717/**3***
MEYERS Martin	**Suspect** 2374/**3*** Inédit
MOSS Robert	**Un carnaval d'espions** 2634/**7***
NAHA Ed	**Robocop** 2310/**3*** Inédit
	Dead-Bang 2635/**3*** Inédit
	Robocop 2 2931/**3***
OSBORN David	**Le sang à la tête** 2799/**3***
PARKER Jefferson	**Little Saigon** 2861/**6*** Inédit
PEARSON Ridley	**Le sang de l'albatros** 2782/**5***
	Courants meurtriers 2939/**6***
PERISSET Maurice	**Les maîtresses du jeu** 2570/**4***
	Le banc des veuves 2666/**3***
	Les noces de haine 2759/**4***
PIPER Evelyn	**La nounou** 2521/**3***

QUEEN Ellery	**Et le huitième jour** 1560/**3***
	La décade prodigieuse 1646/**3***
	Sherlock Holmes contre Jack l'Eventreur 2607/**2***
	L'adversaire 2690/**4***
	Face à face 2779/**3***
	Le mystère des frères siamois 2905/**4***
	Le cas de l'inspecteur Queen 3023/**3*** (Mai 91)
REEVES-STEVENS Garfield	**Dreamland** 2906/**6***
SADOUL Jacques	**L'héritage Greenwood** 1529/**3***
	L'inconnue de Las Vegas 1753/**3***
	Trois morts au soleil 2323/**3***
	Le mort et l'astrologue 2797/**3***
	Doctor Jazz 3008/**3***
SLADE Michael	**Chasseur de têtes** 2738/**5***
STRASSER Todd	**Pink Cadillac** 2598/**2*** Inédit
THOMAS Louis	**Sueurs froides (Crimes parfaits et imparfaits)** 2438/**3***
TORRES Edwin	**Contre-enquête** 2933/**3***
VION Marc	**Panique au Pellerin** 2834/**3***
WILTSE David	**Le cinquième ange** 2876/**4***

Science-fiction

Depuis 1970, cette collection est leader du genre en France. Elle a publié la plupart des grands classiques (Asimov, Van Vogt, Clarke, Dick, Vance, Simak), mais elle a aussi révélé de nombreux jeunes auteurs qui seront les écrivains de premier plan de demain (Tim Powers, David Brin, Greg Bear, Kim Stanley Robinson, etc.). La S-F est reconnue aujourd'hui comme littérature à part entière, étudiée dans les écoles et les universités. Elle est véritablement la littérature de notre temps.

	Univers 1990 2780/**4***
ANDERSON Poul	**La patrouille du temps** 1409/**3*** (Juin 91)
ASIMOV Isaac	**Les cavernes d'acier** 404/**4***
	Les robots 453/**3***
	Face aux feux du soleil 468/**3***
	Tyrann 484/**3***
	Un défilé de robots 542/**3***
	Cailloux dans le ciel 552/**3***
	La voie martienne 870/**3***
	Les robots de l'aube 1602/**3*** & 1603/**3*** Inédit
	Le voyage fantastique 1635/**3*** (Juin 91)
	Les robots et l'empire 1996/**4*** & 1997/**4*** Inédit
	Espace vital 2055/**3*** (Avril 91)
	Asimov parallèle 2277/**4*** Inédit
	Le robot qui rêvait 2388/**6*** Inédit
	La cité des robots 2573/**6*** Inédit
	Cyborg 2875/**6*** Inédit
	Refuge 2975/**6*** Inédit
BALLARD J.G.	**La forêt de cristal** 2652/**3***
	Le monde englouti 2667/**3***
	Salut l'Amérique ! 2704/**3***
	La plage ultime 2859/**3***
	La région du désastre 2953/**3***

BESSIERE Richard	Les 7 anneaux de Rhéa 2848/2*
BLAYLOCK James	Le dernier denier 2860/5* Inédit
BOGDANOFF Igor & Grishka	La machine fantôme 1921/3*
BRIN David	Marée stellaire 1981/5* Inédit
	Le facteur 2261/5* Inédit
	Elévation 2552/5* & 2553/5* Inédit
CANAL Richard	Swap-Swap 2836/3*
CARD Orson Scott	Abyss 2657/4* Inédit
CARROLL Jonathan	Le pays du fou rire 2450/4* Inédit
	Ombres complices 2718/3* Inédit
CHERRYH C.J.	Les adieux du soleil 1354/3*
	L'Opéra de l'espace 1563/3*
	La vengeance de Chanur 2289/4* Inédit
	Le retour de Chanur 2609/6* Inédit
	Les légions de l'enfer 2814/5*
	Cyteen 2935/6* & 2936/6*
CLARKE Arthur C.	2001 l'odyssée de l'espace 349/2*
	2010 : odyssée deux 1721/3*
	Les enfants d'Icare 799/3*
	Terre, planète impériale 904/4*
	Rendez-vous avec Rama 1047/3*
	Les fontaines du paradis 1304/3*
	Base Vénus :
	-Point de rupture 2668/4* Inédit
	-Maelström 2679/4* Inédit
	-Cache-cache 3006/4* (Avril 91)
CURVAL Philippe	Le ressac de l'espace 595/3*
	La face cachée du désir 3024/3* (Mai 91)
DICK Philip K.	Loterie solaire 547/2*
	Dr Bloodmoney 563/4* (Juin 91)
	Le maître du Haut Château 567/4*
	Les clans de la lune alphane 879/3*
	Les machines à illusion 1067/3*
	L'homme doré 1291/3* (Juin 91)
	Le dieu venu du Centaure 1379/3*
	Le message de Frolix 8 1708/3*
	Blade runner 1768/3*
	Coulez mes larmes, dit le policier 2451/3*
DONALDSON Stephen R.	Thomas l'Incrélude - L'éternité rompue 2406/6* Inédit
FARMER Philip José	Les amants étrangers 537/3*
	L'univers à l'envers 581/2*
	Des rapports étranges 712/3*
	La nuit de la lumière 885/3*
	Le soleil obscur 1257/4*
	Le Fleuve de l'éternité :
	-Le monde du Fleuve 1575/3*
	-Le bateau fabuleux 1589/4*
	-Le noir dessein 2074/6*
	-Le labyrinthe magique 2088/6*
	-Les dieux du Fleuve 2536/6*

FOSTER Alan Dean	**Alien** 1115/**3***
	AlienS 2105/**4***
	Futur immédiat - Los Angeles, 1991 2505/**3*** Inédit
FRÉMION Yves	**Rêves de sable, châteaux de sang** 2054/**3*** Inédit
GIBSON William	**Neuromancien** 2325/**4***
	Mona Lisa s'éclate 2735/**4*** Inédit
	Gravé sur chrome 2940/**3***
GIPE Roger	**Gremlins** 1741/**3***
GODWIN Parke	**En attendant le bus galactique** 2938/**4***
GOLDMAN William	**Princess Bride** 2393/**4***
HALDEMAN Joe	**La guerre éternelle** 1769/**3***
HAMILTON Edmond	**Les rois des étoiles** 432/**4***
HEINLEIN Robert A.	**Une porte sur l'été** 510/**3***
	Etoiles, garde à vous 562/**4*** (Avril 91)
	Double étoile 589/**2***
	Vendredi 1782/**4***
	Job : une comédie de justice 2135/**5*** Inédit
	Le chat passe-muraille 2248/**6***
	Au-delà du crépuscule 2591/**7*** Inédit
HOWARD Robert E.	**Conan** 1754/**3***
	Conan le Cimmérien 1825/**3***
	Conan le flibustier 1891/**3***
	Conan le vagabond 1935/**3***
	Conan l'aventurier 2036/**3***
	Conan le guerrier 2120/**3***
	Conan l'usurpateur 2224/**3***
	Conan le conquérant 2468/**3***
JETER K.W.	**Machines infernales** 2518/**4*** Inédit
	Horizon vertical 2798/**4***
KEYES Daniel	**Des fleurs pour Algernon** 427/**3***
KING Stephen	La tour sombre :
	-Le pistolero 2950/**3***
	-Les trois cartes 3037/**7*** (Juin 91)
KLEIN Gérard	**Les seigneurs de la guerre** 628/**3***
	La saga d'Argyre :
	-Le rêve des forêts 2164/**3***
	-Les voiliers du soleil 2247/**2***
	-Le long voyage 2324/**2***
LEE Tanith	La saga d'Uasti :
	-Vazkor 1616/**3***
	-La quête de la Sorcière Blanche 2042/**4*** Inédit
	Terre de lierre 2469/**3*** Inédit
LÉOURIER Christian	**Mille fois mille fleuves...** 2223/**2*** Inédit
	Les racines de l'oubli 2405/**2*** Inédit
	La loi du monde 2736/**3***
	Les masques du réel 2976/**3***
LEVIN Ira	**Un bonheur insoutenable** 434/**4*** (Juin 91)
	Les femmes de Stepford 649/**2***
	Un bébé pour Rosemary 342/**3***
LOVECRAFT Howard P.	**L'affaire Charles Dexter Ward** 410/**2***
	Night Ocean (et autres nouvelles) 2519/**3***
MAC AVOY R.A.	**Le troisième aigle** 2835/**4*** Inédit

MARTIN Georges R.R.	L'agonie de la lumière 2692/5*
MERRITT Abraham	Les habitants du mirage 557/3*
	La nef d'Ishtar 574/3*
	Le gouffre de la lune 618/4*
	Un visage dans l'abîme 886/4*
MOORE Catherine L.	Shambleau 415/4*
MORRIS Janet E.	La Grande Fornicatrice de Silistra 1245/3*
MORROW James	L'arbre à rêves 2653/4*
OTTUM Bob	Pardon, vous n'avez pas vu ma planète ? 568/3*
PARIS Alain	Daïren 2484/3* Inédit
POHL Frederik	Les Annales des Heechees 2632/4* Inédit
POWERS Tim	Les voies d'Anubis 2011/5* (Juin 91) Inédit
	Sur des mers plus ignorées... 2371/4* Inédit
	Le Palais du Déviant 2610/4*
	Le poids de son regard 2874/6* Inédit
RAY Jean	Malpertuis 1677/2*
ROBINSON Kim Stanley	La Côte Dorée 2639/6* Inédit
SADOUL Jacques	Les meilleurs récits de Weird Tales 2556/6*
SILVERBERG Robert	L'homme dans le labyrinthe 495/4* (Avril 91)
	Les ailes de la nuit 585/2*
	Un jeu cruel 800/3*
	Les monades urbaines 997/3*
	Les chants de l'été 1392/3* (Juin 91)
	Pavane au fil du temps 2631/4* Inédit
	Le château de Lord Valentin 2656/8* (Avril 91)
	La saison des mutants 3021/4* (Mai 91)
SIMAK Clifford D.	Demain les chiens 373/3*
	Dans le torrent des siècles 500/4*
	Le pêcheur 609/4*
	Chaîne autour du soleil 814/3*
	Au carrefour des étoiles 847/3*
	Une chasse dangereuse 903/4*
	Les visiteurs 1194/3*
	Projet Vatican XVII 1367/4*
	Le chemin de l'éternité 2432/4* Inédit
	La Confrérie du Talisman 2760/4* Inédit
SPIELBERG Steven	Rencontres du troisième type 947/2*
	E.T. l'extra-terrestre 1378/3*
STEINER Kurt	Le disque rayé 657/2*
TEPPER Sheri S.	Un monde de femmes 2907/5* Inédit
STURGEON Theodore	Les plus qu'humains 355/3*
	Cristal qui songe 369/3*
	Les talents de Xanadu 829/3*
VANCE Jack	Cugel l'astucieux 707/3*
	Cugel saga 1665/4*
	Cycle de Tschaï :
	-Le Chasch 721/3*
	-Le Wankh 722/3*
	-Le Dirdir 723/3*
	-Le Pnume 724/3*

	Le monde magique 836/**2***
	Marune : Alastor 933 1435/**2***
	Trullion : Alastor 2262 1476/**3***
	Wyst : Alastor 1716 1516/**3***
	Rhialto le Merveilleux 1890/**3*** Inédit
VAN VOGT A.E.	*Le monde des Ā* 362/**3***
	Les joueurs du Ā 397/**3***
	La fin du Ā 1601/**3*** Inédit
	A la poursuite des Slans 381/**2***
	La faune de l'espace 392/**3***
	L'empire de l'atome 418/**3***
	Le sorcier de Linn 419/**3***
	Les armureries d'Isher 439/**3*** (Avril 91)
	Les fabricants d'armes 440/**3*** (Avril 91)
	Le livre de Ptath 463/**3***
	La guerre contre le Rull 475/**4***
	Destination univers 496/**4***
	Ténèbres sur Diamondia 515/**3***
	Créateur d'univers 529/**3***
	Des lendemains qui scintillent 588/**3***
	L'homme multiplié 659/**2***
	Invasion galactique 813/**3***
	Le Silkie 855/**2***
	L'horloge temporelle 934/**2***
	Rencontre cosmique 975/**3***
	Les monstres 1082/**2***
	Le colosse anarchique 1172/**3***
	La machine ultime 1548/**3***
	A la conquête de Kiber 1813/**2***
VINGE Joan D.	*La Reine des Neiges* 1707/**5*** Inédit
WALDROP Howard	*Histoire d'os* 2719/**3***
WILLIS Connie	*Les veilleurs du feu* 2339/**4*** Inédit
WINTREBERT Joëlle	*Chromoville* 1576/**3***
	Le créateur chimérique 2420/**4***
ZELAZNY Roger	*L'île des morts* 509/**2***
ZINDELL David	*Inexistence* 2691/**7*** Inédit

KING Stephen

Carrie 835/**3***
Shining 1197/**5***
Danse macabre 1355/**4***
Cujo 1590/**4***
Christine 1866/**4***
Peur bleue 1999/**3***
Charlie 2089/**5***
Simetierre 2266/**6***
Le Fléau 2326/**6***
Différentes saisons 2434/**7***
La peau sur les os 2435/**4***
Brume - Paranoïa 2578/**4***
Brume - La Faucheuse 2579/**4***
Running Man 2694/**3***
ÇA 2892/**6***, 2893/**6*** & 2894/**6***
Chantier 2974/**6***
La tour sombre :
Le pistolero 2950/**3***
Les trois cartes 3037/**7*** (Juin 91)

La bande dessinée est aujourd'hui admise partout. On l'enseigne même à la Sorbonne. La série J'ai lu BD est la première collection de poche consacrée à ce genre. Elle réédite les bandes dessinées françaises et étrangères les plus célèbres : 200 titres. Les dessins ne sont pas réduits mais remontés ; ainsi un album de 48 pages donne 128 à 160 pages dans J'ai lu, et le papier, d'une qualité supérieure permet, la reproduction des couleurs. J'ai lu BD est le panorama de la bande dessinée d'aujourd'hui.

ADAMOV & COTHIAS	**Les Eaux de Mortelune** BD109/**5*** Couleur
ARNAL C.	**Pif le chien - 1** BD81/**4*** Couleur
	Pif le chien - 2 BD107/**4*** Couleur
	Pif le chien - 3 BD135/**4*** Couleur
AUTHEMAN	**Vic Valence - 1** BD41/**4*** Couleur
BARBE	**Cinémas et autres choses** BD30/**2***
BARDET & DERMAUT	Les chemins de Malefosse :
	1-Le diable noir BD19/**5*** Couleur
	2-L'attentement BD71/**5*** Couleur
	3-La vallée de misère BD129/**5*** Couleur
BEAUNEZ Catherine	**Mes partouzes** BD24/**3***
	Vive la carotte ! BD160/**5*** Couleur
BERCK & CAUVIN (Sammy)	**-Les gorilles font les fous** BD158/**4*** Couleur
	-Les gorilles au pensionnat BD196/**4*** Coul.
BERNET & ABULI (Torpedo)	**1-Tuer c'est vivre** BD25/**2***
	2-Mort au comptant BD113/**2***.
BINET Les Bidochon :	**1-Roman d'amour** BD4/**3***
	2-Les Bidochon en vacances BD48/**3***
	3-Les Bidochon en HLM BD104/**3***
	4-Maison, sucrée maison BD121/**3***
	5-Ragots intimes BD150/**3***
	6-En voyage organisé BD183/**3***
	7-Assujettis sociaux BD205/**3***
	Les Bidochon se donnent en spectacle (la pièce) BD189/**4***
Kador :	**Tome 1** BD27/**3***
	Tome 2 BD88/**3***
	Tome 3 BD192/**3***
BOUCQ	**Les pionniers de l'aventure humaine** BD34/**6*** Couleur
BRETÉCHER Claire	**Les Gnangnan** BD5/**2***
	Les naufragés BD185/**3***
	Baratine et Molgaga BD204/**3***
BRIDENNE Michel	**Saison des amours** BD65/**4*** Couleur
BROWN Dick	**Hägar Dünor le Viking** BD66/**3***
BRUNEL Roger (Pastiches)	**Ecole franco-belge** BD46/**5*** Couleur
	Ecole américaine BD115/**5*** Couleur
CAILLETEAU & VATINE	**Fred et Bob / Galères Balnéaires** BD108/**4*** Couleur
CEPPI	**Stéphane / Le Guêpier** BD116/**5*** Couleur
CHARLES J.F.	**Les pionniers du Nouveau Monde** BD103/**4*** Coul.

CHÉRET & LÉCUREUX		Rahan / L'homme sans cheveux BD143/4* Couleur
		L'enfance de Rahan BD187/4*
COLLECTIF		La bande à Renaud BD76/4* Couleur
		Baston / La balade des baffes BD136/4* Couleur
		Parodies BD175/3*
		Rocky Luke BD166/4*
COMÈS		Silence BD12/5*
		La belette BD99/5*
DEGOTTE Charles		Les motards BD201/3*
DELINX & GODARD		La jungle en folie :
		Les aventures de Joé le tigre BD117/4* Couleur
		La conquête de l'espace BD133/4* Couleur
		Salut la compagnie BD172/5*
DÉTHOREY & GIROUD		Louis La Guigne-1 BD97/4* Couleur
DRUILLET Philippe		Les 6 voyages de Lone Sloane BD60/5* C.
		Vuzz BD94/3*
		Yragaël BD122/5* Couleur
ÉDIKA		Débiloff profondikoum BD38/3*
		Homo-sapiens connarduss BD156/3*
		Yeah ! BD188/3*
		Absurdomanies BD216/3* (Juin 91)
FALK		Mandrake le magicien BD58/4* Couleur
FOREST Jean-Claude		Barbarella BD49/5* Couleur
FRANQUIN		Idées noires BD1/3*
	Gaston Lagaffe :	1-Gala de gaffes BD17/3* Couleur
		2-Gaffes à gogo BD39/3* Couleur
		3-Le bureau des gaffes BD70/3* Couleur
		4-Gaffes en gros BD100/3* Couleur
		5-Gare aux gaffes BD126/3* Couleur
		6-Gaffes d'un gars gonflé BD152/3* Couleur
		7-Gaffes en direct BD173/3* Couleur
		8-De gaffes en Lagaffe BD190/3* Coul.
		9-Lagaffe fait des dégats BD208/3*
	Spirou et Fantasio :	1-L'ombre du "Z" BD141/6* Couleur
		2-Le dictateur et le champignon BD155/6* Couleur
		3-Le nid des Marsupilamis BD186/5* Couleur
		4-Les voleurs du Marsupilami BD200/6* Coul.
		5-Il y a un sorcier à Champignac BD215/6* (Mai 91)
FRED		Magic Palace Hôtel BD72/4*
GELUCK Philippe		Le chat BD142/3*
GIARDINO		Sam Pezzo - 1 La souricière BD15/3*
		La porte d'Orient BD162/4* (Juin 91)
GILLON Paul		La survivante-1 BD111/6* Couleur
		La survivante-2 L'héritier BD184/6* Coul.
GODARD Christian		Norbert et Kari-L'île aux monstres BD148/4* C.
GOOSSENS		Le romantisme à la valise est revenu BD213/3* (Avril 91)
GOTLIB		Pervers Pépère BD8/3*
		Rhââ Lovely - 1 BD21/3*
		Rhââ Lovely - 2 BD55/3*
		Rhââ Lovely - 3 BD131/3*

Gai Luron :	**1-ou la joie de vivre** BD43/**3***
	2-en écrase méchamment BD75/**3***
	3-rit de se voir si beau... BD169/**3***
	Hamster Jovial et ses louveteaux BD83/**2***
	Rhâ-gnagna - 1 BD159/**3***
	Rhâ-gnagna - 2 BD195/**3***
GOTLIB & ALEXIS	**Dans la joie jusqu'au cou** BD93/**3***
GOTLIB LOB & ALEXIS	**Superdupont** BD33/**3***
HARDY & CAUVIN	**Pierre Tombal-1** BD182/**3***
HART Johnny	**B.C.** BD79/**3***
	Le magicien d'Id BD95/**3***
HERMANN & VERNAL	*Jugurtha :*
	1-Le lionceau des sables BD53/**5*** Couleur
	2-Le casque celtibère BD114/**5*** Couleur
JODOROWSKI & ARNO	**Alef-Thau - L'enfant-tronc** BD164/**6*** Couleur
JUILLARD & COTHIAS	*Les 7 vies de l'épervier :*
	1-La blanche morte BD77/**4*** Couleur
	2-Le temps des chiens BD144/**4*** Couleur
LAMBIL & CAUVIN	*Les tuniques bleues :*
	Les bleus de la marine BD154/**4*** Couleur
	Des bleux en noir et blanc BD179/**3***
LAUZIER	**Zizi et Peter Panpan** BD23/**5*** Couleur
LELONG (Carmen Cru)	**1-Rencontre du 3e âge** BD14/**3***
	2-La dame de fer BD64/**3***
	3-Vie et mœurs BD119/**3***
	4-Ni dieu ni maître BD180/**3***
	5-L'écorchée vive BD219/**3*** (Mai 91)
LELOUP Roger (Yoko Tsuno)	**1-Le trio de l'étrange** BD37/**5*** Couleur
	2-La forge de Vulcain BD67/**5*** Couleur
	3-La frontière de la vie BD96/**5*** Couleur
	4-Message pour l'éternité BD125/**5*** Couleur
	5-Les 3 soleils de Vinéa BD167/**5*** Couleur
LIBERATORE & TAMBURINI	*RanXerox :*
	- RanXerox à New York BD3/**5*** Couleur
	- Bon anniversaire Lubna BD161/**5*** Couleur
LOUP	**La vie des maîtres** BD197/**3***
MACHEROT	**Chlorophylle contre les rats noirs** BD51/**4*** C.
	Chlorophylle et les conspirateurs BD163/**4*** C.
	Chaminou et le Khrompire BD149/**4*** Couleur
MAESTER	**Athaganor Wurlitzer/Obsédé sexuel non pratiquant** BD202/**3***
McMANUS Geo	**La famille Illico** BD73/**3***
MAKYO	**Grimion Gant de cuir - Sirène** BD157/**5*** C.
MAKYO & VICOMTE	*Balade au bout du monde :*
	1-La prison BD59/**5*** Couleur
	2-Le grand pays BD130/**5*** Couleur
MALLET Pat	**Les petits hommes verts** BD44/**4*** Couleur

MANARA Milo	HP et Guiseppe Bergman BD20/5*
	Le déclic BD31/4*
	Nouvelles coquines BD80/4*
	Le parfum de l'invisible BD105/4* (Edition parfumée)
	Jour de colère BD128/6*
MANDRYKA	Le Concombre masqué BD110/4* Couleur
	Le retour du Concombre masqué BD165/4* Couleur
MARGERIN Frank	Ricky VII BD140/4* Couleur
MARTIN J. Alix :	1-Les légions perdues BD68/6* Couleur
	2-Le prince du Nil BD92/5* Couleur
	3-Les proies du volcan BD178/5* Couleur
Lefranc :	1-Les portes de l'enfer BD82/5* Couleur
	2-L'oasis BD138/5* Couleur
	Jhen (1) Les écorcheurs BD106/5* Couleur
MOEBIUS & JODOROWSKI	L'Incal - Ce qui est en bas BD139/5* Couleur
MORCHOISNE, MULATIER & RICORD	Ces Grandes Gueules...
	...qui nous gouvernent BD16/4* Couleur
	...de la télé BD170/5* Couleur
MORDILLO	Les meilleurs dessins d'Opus BD10/4* Couleur
MOORE & BOLLAND	Batman-1 Souriez ! BD176/5* Couleur
PÉTILLON (Jack Palmer)	- Mr Palmer et Dr Supermarketstein BD13/5* C.
	- La dent creuse BD78/5* Couleur
	- Une sacrée salade BD168/5* Couleur
PICHARD & LOB	Blanche Epiphanie :
	- Blanche Epiphanie BD61/4*
	- La déesse blanche BD137/4*
PRATT Hugo (Corto Maltese)	- La ballade de la mer salée BD11/6*
	- Sous le signe du Capricorne BD63/6*
	- Corto toujours un peu plus loin BD127/6*
	- Les Celtiques BD174/6*
	- Les Ethiopiques BD207/5*
PRATT & OESTERHELD	Ernie Pike - Premières Chroniques BD85/4*
PTILUC	Destin farceur BD147/5* Couleur, Edition grignotée
QUINO	- Mafalda BD2/4* Couleur
	- Encore Mafalda BD54/4* Couleur
	- Mafalda revient BD134/4* Couleur
	- La bande à Mafalda BD181/3* Couleur
	- Le monde de Mafalda BD198/3*
	- Le petit frère de Mafalda BD214/4* (Juin 91)
	... Panorama BD90/2*
RAYMOND Alex	Flash Gordon - La reine des neiges BD47/5* C.
ROSINSKI & VAN HAMME	Thorgal :
	1-La magicienne trahie BD29/5* Couleur
	2-L'île des mers gelées BD74/5* Couleur
	3-Les 3 vieillards du pays d'Aran BD98/5* Couleur
	4-La galère noire BD123/5* Couleur
SCHETTER Michel	Cargo-L'écume de Surabaya BD57/5* Couleur
SEGRELLES (Le mercenaire)	1-Le feu sacré BD32/4* Couleur
	2-La formule BD124/4* Couleur

SERRE	**Les meilleurs dessins** BD6/**5*** Couleur
	Humour noir BD35/**5*** Couleur
	A tombeau ouvert BD86/**5*** Couleur
	Les animaux de compagnie BD212/**5*** (Avril 91)
SERVAIS & DEWAMME	**Tendre Violette** BD42/**5***
SOKAL (Canardo)	**1-Le chien debout** BD26/**5*** Couleur
	2-La marque de Raspoutine BD89/**5*** Couleur
STEVENS Dave	**Rocketeer** Edition intégrale BD91/**5*** Couleur
TABARY	**L'enfance d'Iznogoud** BD9/**5*** Couleur
TARDI (Adèle Blanc-Sec)	**- Adèle et la Bête** BD18/**4*** Couleur
	- Le démon de la tour Eiffel BD56/**4*** Couleur
	- Le savant fou BD120/**4*** Couleur
TARDI & MALET	**Brouillard au pont de Tolbiac** BD36/**4***
TARDI & FOREST	**Ici même** BD62/**6***
TILLIEUX M. (Gil Jourdan)	**- Libellule s'évade** BD28/**4*** Couleur
	- Popaïne et vieux tableaux BD69/**4*** Couleur
	- La voiture immergée BD112/**4*** Couleur
	- Les cargos du crépuscule BD145/**4*** Couleur
	- L'enfer de Xique-Xique BD171/**4*** Couleur
TRONCHET	**Raymond Calbuth-1** BD193/**4*** Couleur
VAN DEN BOOGAARD Théo	**Léon-la-Terreur** BD45/**5*** Couleur
	Léon-la-Terreur atteint des sommets BD118/**5*** C.
VARENNE Alex	**Erma Jaguar-1** BD191/**4***
VEYRON Martin	**L'amour propre** BD7/**5*** Couleur
	Bernard Lermite BD50/**3***
	L'éternel féminin dure BD153/**6*** Couleur
	Executive woman BD194/**6*** Couleur
VUILLEMIN	**Les sales blagues de l'Echo-1** BD203/**6***
WALKER Mort	**Beetle Bailey** BD102/**3***
WALTHÉRY (Natacha)	**- Natacha, hôtesse de l'air** BD22/**4*** Couleur
	- Natacha et le Maharadjah BD52/**4*** Couleur
	- La mémoire de métal BD101/**4*** Couleur
	- Un trône pour Natacha BD132/**4*** Couleur
	- Double vol BD151/**4*** Couleur
	L'île d'outre monde BD206/**4***
WEYLAND (Aria)	**1-La fugue d'Aria** BD40/**5*** Couleur
	2-La montagne aux sorciers BD84/**5*** Couleur
YOUNG Chic	**Blondie** BD87/**3***
ZUBELDIA Serge	**Le Concile d'Amour** BD146/**4***

Épouvante

Depuis Edgar Poe, il a toujours existé un genre littéraire qui cherche à susciter la peur, sinon la terreur, chez le lecteur. Il a suscité de nombreux films.

ALMQUIST Gregg	***L'éveil de la Bête*** *2574/**4*** *Inédit*
ANDREWS Virginia C.	***Ma douce Audrina*** *1578/**4***
BARKER Clive	***Livre de sang*** *2452/**3***
BLATTY William P.	***L'exorciste*** *630/**4***
BRANDNER Gary	***La Féline*** *1353/**4***
	Carrion *2705/**4*** *Inédit*
BYRNE John L.	***Le Livre de la Peur*** *2633/**4*** *Inédit*
CAMPBELL Ramsey	***La poupée qui dévora sa mère*** *1998/**3***
	Le Parasite *2058/**4*** *Inédit*
	La lune affamée *2390/**5***
	Images anciennes *2919/**5***
COLLINS Nancy A.	***La volupté du sang*** *3025/**4*** *Inédit*
FARRIS John	***La forêt sauvage*** *2407/**5*** *Inédit*
GALLAGHER Stephen	***La vallée des lumières*** *2800/**3*** *Inédit*
HERBERT James	***Le sombre*** *2056/**4***
	Pierre de lune *2470/**4***
HOWARD Joseph	***Damien la malédiction II*** *992/**3***
JAMES Peter	***Possession*** *2720/**5*** *Inédit*
	Dreamer *3020/**6*** *(Mai 91)*
JETER K.W.	***Les âmes dévorées*** *2136/**4*** *Inédit*
	Le ténébreux *2356/**4*** *Inédit*
KAYE Marvin & GODWIN Parke	***Lumière froide*** *1964/**3***
KING Stephen	*Voir page précédente*
KOONTZ Dean R.	***Spectres*** *1963/**4*** *Inédit*
	Le rideau de ténèbres *2057/**3***
	Le visage de la peur *2166/**3*** *Inédit*
	Chasse à mort *2877/**5***
	Les étrangers *3005/**8*** *(Avril 91)*
LANSDALE Joe R.	***Le drive-in*** *2951/**2***
LAWS Stephen	***La nuit des spectres*** *2670/**4*** *Inédit*
	Le Veur *2762/**4*** *Inédit*
LEVIN Ira	***Un bébé pour Rosemary*** *342/**3***
MAXIM John R.	***Les possédés de Riverside*** *2654/**4*** *Inédit*
MICHAELS Philip	***Graal*** *2977/**5***
MONTELEONE Thomas	***L'horreur du métro*** *2152/**4*** *Inédit*
	Fantasma *2937/**4***
MORRELL David	***Totem*** *2737/**3***
NICHOLS Leigh	***L'antre du tonnerre*** *1966/**3*** *Inédit*
	L'heure des chauves-souris *2263/**5*** *Inédit*
	Feux d'ombre *2537/**6*** *Inédit*
PIERCE Dale	***Le sang du matador*** *2554/**3*** *Inédit*
REEVES-STEVENS Garfield	***Dreamland*** *2906/**6***
RHODES Daniel	***L'ombre de Lucifer*** *2485/**3*** *Inédit*
	Le banquet de Lucifer *2837/**4*** *Inédit*
RUSSO John C.	***L'appel du sang*** *2611/**5*** *Inédit*
SAUL John	***Corps étranger*** *2308/**4***
SELTZER David	***La malédiction*** *796/**2***
SOMTOW S.P.	***Vampire Junction*** *2862/**6*** *Inédit*
STRAUB Peter	***Le dragon flottant*** *2373/**6*** *Inédit*
	Tu as beaucoup changé, Alison *2816/**5*** *Inédit*
STRIEBER Whitley	***Wolfen*** *1315/**4***
STRIEBER W. & BARRY J.	***Cat Magic*** *2341/**6*** *Inédit*
TESSIER Thomas	***La nuit du sang*** *2693/**3***

495

Impression Brodard et Taupin
à La Flèche (Sarthe) le 22 mars 1991
6830D-5 Dépôt légal mars 1991
ISBN 2-277-11495-2
1er dépôt légal dans la collection : oct. 1975
Imprimé en France
Editions J'ai lu
27, rue Cassette, 75006 Paris
diffusion France et étranger : Flammarion